# 旅游即美好

洁平散文集

王洁平 著

苏州新闻出版集团
古吴轩出版社

图书在版编目（CIP）数据

旅游即美好 ：洁平散文集 / 王洁平著. -- 苏州 ：古吴轩出版社，2023.12
ISBN 978-7-5546-2255-1

Ⅰ. ①旅… Ⅱ. ①王… Ⅲ. ①散文集－中国－当代 Ⅳ. ①I267

中国国家版本馆CIP数据核字(2024)第001328号

责任编辑：李　倩
责任校对：黄菲菲

书　　名：旅游即美好：洁平散文集
著　　者：王洁平
出版发行：苏州新闻出版集团
古吴轩出版社
地址：苏州市八达街118号苏州新闻大厦30F
电话：0512-65233679　　　邮编：215123
出 版 人：王乐飞
印　　刷：无锡市证券印刷有限公司
开　　本：787mm×1092mm 1/16
印　　张：18.5
字　　数：292千字
版　　次：2023年12月第1版
印　　次：2023年12月第1次印刷
书　　号：ISBN 978-7-5546-2255-1
定　　价：68.00元

# 序

PREFACE

# 旅游的美与美的旅游

魏小安

王洁平先生的新书《旅游即美好》即将付梓，照例希望我说几句话。我和洁平是老朋友。20多年以前，一见如故；20多年之中，来往不断，交流思想和事业，彼此都有收获。这本书读完，更有心心相印之感。旅游对于我们来说，不仅是一份工作，更主要是我们的爱好。旅游是发现美、体验美、追求美的过程。喜欢旅游的人一定热爱生活，生活就在日常的点点滴滴；喜欢旅游的人也一定热爱自然，自然就在身边的角角落落。人们常常说，旅游就是诗和远方，其实，要有诗意，不一定要行远方。洁平这本书，就是点点滴滴，角角落落，但是展示了大旅游的大胸怀，体现了对美的全面追求。

旅游的本质就是追求美，可是我们现在不美的旅游太多。怎么理解美呢？把时间花在美好的事物上，才有高质量的生活。所谓美好，曰美文、美境、美景、美人、美食、美术、美乐等等，这是美的对象。从容欣赏，慢慢享受，这是美的过程。我们要把美扩大，覆盖到旅游的全领域，延伸到休闲的全过程，这样才可能进入一个新的高度，达到一个新的意境。如同费孝通先生所言，“各美其美，美人之美；美美与共，天下大同”。

爱美，求美，是人的天性，旅游也是人的天性。在旅游的过程中追求美，体验美，这就是诗与远方的结合。现在，来一场说走就走的旅游，这是一个自发的过程。但是很多人要做功课，甚至做攻略，这就是一个自为的过程。在这个过程中，消费者越来越成熟。这就是好奇心、求知欲、审美感逐步提升的过程。爱美之心人皆有之，进一步认识爱美之心、健康之愿、天伦之乐，这是当代旅游者的深层次的追求，所以应该形成新的旅游风，包括风景、风光、风情、风物、风貌，尤其是风物和风貌，有时候给你的感觉会更好。艺术追求美，美是一种超越交流、达到生命本质的欢喜。所以美是艺术的追求，有一句老话叫艺术求美，宗教求善，科学求真，才形成真善美的追求。旅游追求美，美是天地的辽阔，美是历史的悠然，让人感到一种大欢喜。最美是生命的表现，最好是生命的感动。我是经常被感动的，按说能让我兴奋的风景不多了，但我经常被感动。一种感动就是自然山川的美，比如说正好看到朝阳初升或夕阳西下这种场景的时候，包括到江南，烟雨蒙蒙，会有一种感动。再有一种感动就是看到老百姓的生活，看到孩子看到老人，会有一种感动。这种感动也是打心里有触动。

把握旅游的美，引用一段董其昌的话："读万卷书，行万里路，胸中脱去尘浊，自然丘壑内营，立成鄞鄂。随手写出，皆为山水传神矣。"我们都知道这两句话，"读万卷书，行万里路"，其实是一个画家的感受，就是画家怎么追求美，怎么达到美。这不仅是说绘画，而是世世代代、方方面面皆受其惠。到今天，新组建的文化和旅游部，让我们感受到文化就是万卷书，旅游就是万里路，这就是诗与远方的结合。从旅游的成长过程来看，第一个阶段求多看，第二个阶段求体验，第三个阶段求美感。所以旅游的美，贯穿旅游全过程，在时间上继起，在空间上延伸。

岁月悠悠，古人有足够的耐心，让时间精雕细刻，完成他们的作品。多余的花样就是文明，文明的进化就是精致，精致的发展就是豪华，豪华的极致就是简约，简约的评价就是文化。真正的文化一定是简约的，但是简约而不简单。现代人短缺的就是时间，只争朝夕，也就不可能有相应的耐心。所以用空间来压缩时间，用体系来支撑空间。这是一种新的美学追求，从风景画到风景域，山水画，田园诗，民俗风，文化歌，生活曲，梦幻情，这是未来的一个更高的要求。要达到一个有景皆参与，无处不体验的境界。旅游做到这个程度了，包括一个城市要能做到这个程度了，这就叫好地方。好地方就是时时是场景，处处是舞台，人人是演员，个个是观众。

无锡就是个好地方，美不胜收。洁平生于斯，长于斯，从小就培育了美的眼光、美的感受。他做旅游多年，一直在发现美，创造美，展示美。其中，乡思、乡恋、乡愁，贯穿始终。这也引起我的感叹，我3岁到北京，一直在北京生活，在北京这样的大都市游荡，无从产生家乡之感。所以，有乡思、乡愁的人是幸福的，还能回味老人做的饭，也是一种幸福，这是对根的寻找，也是对美的寻找。

一本好书，文字优美，读来轻松，引发了一堆感慨，是为序。

（作者系世界旅游城市联合会首席专家、
中国旅游协会休闲度假分会会长）

# 目录

CONTENTS

## 第一篇章 季节心情 01—48



## 第二篇章 乡愁味觉 49—105

## 第三篇章 *草木花语* 107—143



## 第四篇章 *感物随想* 145—196

## 第五篇章 行者思悟 197—228



## 第六篇章 诗和远方 229—286

## 第一篇章

# 季节心情

在万物复苏中聆听春的声音，
在蝉鸣热烈里欣赏夏的宁静，
在硕果飘香处感悟秋的深意，
于寒凝大地时思恋冬的温馨。
季节轮回，变换的是时景；
岁月静好，依然的是心情。

# 聆听春天的声音

夜已渐深，三月里的小雨还在淅淅沥沥下个不停。

喜欢在灯下在窗前聆听春雨的声音，滴落的节律，流淌的音符，这是多么动听的乐曲啊！感受着春天的脉搏，感悟着大自然的心跳，我的心池里荡漾出欣喜、惬意的涟漪。

春天到了，踏春、赏春、咏春，是我们最喜欢不过的时光了。但是我想，在这美妙的时光里，在喧嚣的春天，我们何不放慢脚步，何不静下心来，听听春天的声音。满园春色里，绿树有绿树的诉说，百花有百花的呢喃，小草有小草的浅唱低吟……它们在我们身边，默默地和我们说着悄悄话，唱着小夜曲，我们若能驻足倾听一会儿，定能收获到一份来自大自然的生命气息，收获到一份久违的美好和宁静。听，绿树在诉说“绿叶对根的思念，绿叶对根的情意”，感谢大地，感谢春雨，感谢去年曾经的落叶，在春风里表白着她们感恩的心意；小草在吟唱着“没有花香，没有树高，我是一棵无人知道的小草；从不寂寞，从不烦恼，你看我的朋友遍及天涯海角”，她们自在地在春雨中起舞着。竞相盛放的百花们，都在呢喃着她们自己的花语。迎春花，“相爱到永远”；桃花，“爱情的俘虏”；蔷薇花，“只想和你在一起”；栀子花，“一生的等候”……她们都在盛放着浪漫的情怀，绽放着灿烂的生命。她们都在和我们交流，告诉我们：每一种花，每一朵花，自有她盛开的季节，总有她绽放的时光，不急不慌，静静等待；你若盛开，清风自来。

聆听春天的声音，仿佛听到了自己的心声。时光曼妙，岁月静好，生命如此精彩。你若安好，便是晴天。

# 又到春笋上市季

天初暖，日初长，好春光。万汇此时皆得意，竞芬芳。

笋迸苔钱嫩绿，花偎雪坞浓香。谁把金丝裁剪却，挂斜阳?

五代后蜀欧阳炯的这首《春光好·天初暖》，疏疏几笔描写的正是江南此时的风光。既有满眼怡人的景象，还有满鼻沁人的芬芳。笋，亦是种风光也!

或是由于春雨的滋养，或是因为春风的呼唤，此时宜兴竹海里的春笋，正冲破泥土，掀翻石块，一个个从地里冒出来；裹着浅褐色的外衣，头上戴着一顶顶缀有黄绿色穗子的帽子，就像一个个嫩生生、胖乎乎的山娃娃，迎着竹林间透下的一缕阳光，可爱极了。

春笋是竹子的嫩芽，江南特产也。从福建到浙江再到江苏，过了天目山余脉丘陵，笋也很少了。宜兴有“竹的海洋”之美誉，“此处乃竹乡，春笋满山谷”，当年白居易称道的，或许就是这里吧。春风又绿江南岸，正是春笋上市时。来自福建的、浙江的，抑或宜兴的山间春笋，带着清香，就相继上市了。

记得小时候，老家旁边有家蔬菜公司，一过惊蛰节气，就会挂出一块“春笋报到处”的牌子。河里一船一船的，拉着板车的，挑着担子的，热热闹闹，陆陆续续，前来报到。到清明节时，更是蜂拥而至。满眼的春笋，报来春天的讯息，送来春天的味道。

“尝鲜无不道春笋。”春笋以其笋体肥大、洁白如玉、肉质鲜嫩、美味爽口被誉为“菜王”。不时不食，江南人爱吃笋，“一口春笋，咬住春光”，一个春天，甚至四季，餐桌上总少不了笋的身影。会吃的无锡人对笋还甚有讲究：以扁笋为首选，竹筒笋次之，而我更偏爱自家宜兴出的竹笋。宜兴竹笋长在天目山脉北端，成熟期较闽浙的笋要晚些，汲取的阳光、雨水和营养更为充足，鲜洁中还有一种醇厚的质感，可谓“菜王”中的上品。

春笋扎根土壤，更接地气，为寻常百姓家所欢喜。可炖可炒，可焖可煨，可荤可素，可咸可甜，做法多多，风味各异。比如一道腌笃鲜，就是江南人家的心头好。腌笃鲜中的“鲜”，是春笋和鲜肉；“腌”指的是咸肉。最有意韵的是“笃”字，吴语中的象声词，意即炖汤微开时“笃笃”的声音。仅三个字，就看到活灵活现的“腌笃鲜”在锅里翻滚的形态，听到诱人的声音，闻到鲜美的气味了。春笋、咸肉、鲜肉，文火慢慢“笃”；春笋清香，咸肉咸鲜，鲜肉鲜美，笃出的，是一锅春日里的好滋味！

一道美食离不开好的原料，腌笃鲜选用的主料咸肉和鲜肉首选五花肉，不肥不瘦，颇得中庸之道；辅料就是春笋和百叶结，还会放一些同样切成滚刀块的莴笋，鲜香醇厚，倍添绿意。

还有一道应时应景的春味叫“油焖笋”。从名字看，一是重油，二是重于烹饪时长时间的“焖”，不长则味不至。喜欢清淡的，一道凉拌莴笋清香满口。还有竹笋红烧肉、春笋炒韭菜、春笋火腿汤等等，各种搭配各式吃法，总是要把这口春季、时鲜吃个圆满。

吃尽了春天，再想把春天留住。巧妇们充分发挥了想象力和动手能力，把新鲜即食的春笋制成四季可食的笋干，也由此把笋分了等级。上等的笋干必取上好竹笋那最鲜嫩的笋尖，先蒸熟再晒制；经过阳光的洗礼，笋的颜色也从乳白渐渐变成浅黄，成了一道绝佳的配菜。做法更可各种发挥，如笋干红烧肉、笋干老鸭煲、笋干鲜鸡汤、笋干香菇炒腊肉等等。不爱荤菜的则会做笋干炒毛豆、红焖笋干，或干脆做一份素炒笋干，传统叫作“刮油菜”，应该是有减肥之功效吧。笋干“百搭”，搭出一道道带着春天味道的佳肴，满足人们味蕾的需要。最让我忘不了的是当年母亲做的笋脯豆，有的地方也叫“笋衣豆”。每年春季，母亲都会买来春笋，把它们切成像骰子大小的笋丁，和泡制过的上等黄豆一起，添上盐、糖、酱油等，烹制笋脯豆。当水灵白嫩的笋丁遇上滚圆金黄的黄豆，大火煮，小火焖，美味交融，经过晾晒后再回锅，便成就了一款笋脯豆，可咸可甜，味鲜且有嚼劲。搭粥、下酒、零食，可一年吃到头。放到现在，绝对是休闲食品一“爆款”。多年没吃到笋脯豆了，怀念姆妈做菜的味道……

常有朋友说“吃笋没有挖笋乐”，也有一定道理。到宜兴山里去挖春笋，已成城里人时尚的踏青赏春活动。到竹林里去挖笋，在农家乐里尝鲜，多么美好的体验。可挖笋也不是简单的活，不会挖的要么找不到笋在哪里，要么就是把嫩笋挖断。不禁羡慕经验丰富的山农们，瞄准地上一条缝，一锄下去“稳准狠”，一棵鲜活的春笋就被“收入囊中”了。剥笋壳的过程亦很美妙：用刀的尾部倾斜向上，在笋壳上从上至下一刀，从划开处轻松地将春笋的壳一层一层剥去，“渐入佳境”，一个质白如玉的笋心就水灵灵地出现在面前，叫人心生喜欢。记得马山地区还有一款野生小春笋，当地叫作“小笋”，细细长长嫩嫩的，特可爱，怪不得人们形容女孩的手美称作“手纤春笋”“十指露春笋”。当然，用小笋炒雪菜、炒鸡蛋、炒肉丝，也是再鲜不过的春味了。

一部分春笋美了人们的味蕾，一部分春笋则成了竹海的新景。春笋在不断向上的过程中一层一层脱下她的衣裳，一片片笋壳撒落满地。幼笋长成竹子仿佛就在瞬间，不到一月她们就完成了开枝散叶的过程，长成了与她们父母一般高长壮实、婷立隽秀的模样。尤其在一场春雨催发后，竹林中依稀还能听到“吱嘎，吱嘎”春竹向上生长的声音。

聆听这春天的声音，欣赏春天的盛景，品味春天的味道，续写起“雨后春笋”的故事，生活如此美好。

# 江南梅雨季

夏至节气前后，江南就开始进入梅雨季。这梅雨，说来就来，断断续续，淅淅沥沥；天气也随之闷热起来，空气湿漉漉的，皮肤腻乎乎的，让人很不舒服。这天夜里，我坐在窗前，静静聆听着滴滴答答的梅雨声，却生出一种别样的思绪。

“连雨不知春去，一晴方觉夏深。”作为酷暑前最后一抹清凉，梅雨赋予了江南独有的神韵和绮丽。梅雨季，正值江南这位美女最妩媚最丰硕的时光。古镇老街，粉墙黛瓦，小桥人家，深浅雨巷，翠绿茂叶，池塘涟漪……大地若隐若现在蒙蒙的雨帘里，好一幅“烟雨江南图”，诗情画意。那乡野田地间，麦子已经收割脱粒，被收进农家的新仓里；水稻的秧苗在细雨中欢快摇曳；成片的金黄色已经成了一片片新绿，这一更替让人心生欢喜。梅雨季，东郊的樱桃红了，西乡的枇杷黄了，马山的杨梅熟了，阳山的蜜桃甜了，大浮的李子醉了……正是一个采摘季。梅雨季，池塘的荷花开了，田间的薰衣草美了，湖边的百合花笑了，河旁的月季花盛放了……恰是一个赏花季。梅雨季，更是一个美食季，端午时节闻粽香，太湖“三白”鱼虾肥，水蜜桃味甜蜜蜜，夏至馄饨裹心意……正是这个梅雨季，让水墨江南氤氲的空气里都洋溢着满满的芬芳和甜意。也许，这个季节就要下点雨，就是一个滋润的季节嘛。雨滋润着大地，滋润着你我，滋润着人们的心，滋润着江南的美。

“乳鸭池塘水浅深，熟梅天气半晴阴。”乍雨乍晴，说变就变，江南的梅雨季，又总是那么随性和恣意。时而还会强降雨，甚至会任性地淹没大地。说它“无常”，是恰当不过的比喻。然而，“东边日出西边雨，道是无晴却有晴”，用平常心听无常雨，以平常心观无常事，心中有份好天气，总是人生好时节。“黄梅时节家家雨，青草池塘处处蛙”，多雨的季节，闷热的天气，雨也烦，晴也燥；不如学学池塘边的青蛙，不管晴雨，总是欢唱不已。在梅雨的季节里，我们当可静下心来听一听窗外的夏风细雨。千万别因生活给予的匆忙，别因这样那样的不如意，而辜负了当下大自然的梅雨季，辜负了当下人世间的美好季。

“一川烟草，满城风絮，梅子黄时雨。”梅雨知时节，梅熟当发生。每年的 6 月中旬到 7 月中旬，不管你愿意不愿意，梅雨总会飘入我们的心里；不管你欢喜不欢喜，梅雨总会湿润江南的土地，打湿我们生命的轨迹。不经意，多情的梅雨，还会触动我们心里那处柔软地，撩拨我们夏日的记忆：雨巷里那个打着花伞的水乡姑娘去了哪里？高考后我们结伴去旅行的日子可曾忘记？母亲做的冰镇绿豆汤曾甜在嘴里爽到心里；拿着网兜到河边逮捉小鱼小虾的情景依然清晰……淅淅沥沥的梅雨还会伴着我们在夏夜里，在梦乡里，梦回江南，梦回故里；故乡模样依稀，江南依然美丽。

# 站在初夏的路口

春色还没赏够，春天说走就走，已到立夏的时候。“孟夏之日，天地始交，万物并秀”；站在初夏的路口，与夏日的葱茏、盛放邂逅。

站在初夏的路口，但见身边的古运河水潺潺流，清澈的河水里一群群鱼儿在欢快地嬉游；看着它们那般自在自由，仿佛自己也成了其中一条小鱼儿。河面上阵阵微风拂上脸庞，添了几分温柔。湖边荷塘里的初叶正把绿意铺就，欲语还羞。“泉眼无声惜细流，树阴照水爱晴柔。小荷才露尖尖角，早有蜻蜓立上头。” 宋杨万里《小池》诗中描绘的初夏荷池风光才跃入眼帘；“接天莲叶无穷碧，映日荷花别样红”的盛景已上了心头。

站在初夏的路口，任目光和思绪在江南的田野上漫游。“春发夏长”：当下正是夏收作物蓬勃生长的时候；冬小麦扬花灌浆，油菜籽接近成熟，蚕豆荚压得枝干弯下了头；田野的色彩由绿转黄，田野的味道芳香浓稠，昭示着又是一季丰收。乡间的果园里，水蜜桃、李子、杨梅、枇杷、桑葚……果实挂满枝头；微风吹过，树影婆娑，树果摇曳，不知是在含颌点头，还是在向我招手，抑或是一种引诱……时景，总是如诗如画，让人驻足停留。

站在初夏的路口，恍若听到远方传来蛙鸣，声声如歌。立夏三候：初候，蝼蛄鸣；二候，蚯蚓出；三候，王瓜生。经过冬天的蛰伏、春日的萌动，路边草丛里各种小虫已经等待不及亮出各自的歌喉，嘀嘀、叽叽、蝈蝈、嗡嗡、啾啾……它们不需要歌谱，不需要指挥，吟唱着和谐的田间多重奏。夏天是“好声音”的季节，有雨打、雷动、蛙声、虫鸣、蝉唱……如此天籁般的交响，唯夏日独有。这般大自然的恩赐，常常伴着我们进入梦乡，直梦到外婆家的桥头。闻“声”起舞，我们每个人又何尝不是生命中杰出的歌手？时而低吟浅唱，时而轻歌曼舞，时而放开歌喉，把当下的时光吟唱，融入生命的交响。

站在初夏的路口，恍如闻得那栀子花、白兰花的醇香；蓦然回首，依稀见那雨巷走来的丁香姑娘。夏天是“高颜值”的季节。虞美人、栀子花、蔷薇花、月季花、木槿花、茉莉花、石榴花、芍药花、凤仙花、紫薇花……各色各样的花儿，遍地盛开，花香幽悠，风姿绰约。春花多妩媚，夏花更灿烂。泰戈尔不是曾颂“生如夏花之绚烂”吗？在这生机盎然的时光里，站在夏花的绚烂里，我们每个人亦当盛放出自己生命中的花朵，欣赏当下最美的自己。当盛开时就盛开，不让年华似水流。

在立夏之日，古人会举行各种迎夏仪式，表达渴望五谷丰登的美好诉求。无锡及至江南一带，老百姓还有“尝三鲜”的习俗。“三鲜”即地三鲜、树三鲜、水三鲜。初夏的盛宴，只管把“鲜”尝个够。

站在初夏的路口，我要用小麦的谷粒、芍药的叶子、月季的花蕊、茉莉的花瓣、槐花的清香、桃子的蜜汁，再添一瓢甘醴的泉水，酿上一壶美酒。且坐在树荫下，以篱笆墙上的牵牛花为酒杯，再邀上几个朋友，斟满酒，举起杯，一起把夏天迎候：静候夏日的酷暑、雷雨，静候夏日的晚霞、云彩；等候忙碌的夏种、丰硕的秋收；守候绚烂的夏花、当夏的时光。举杯！一念浅喜，一念深爱，让心情在岁月中行走。干杯！往事回首，当下感受，刚下眉头，又上心头；也许会醉倒在初夏的路口，那只为当夏曼妙好时候。

# 红了樱桃，绿了芭蕉

樱桃熟红，芍药绰约，虞美人起舞，暖风熏然欲醉，草木郁郁葱葱……当是立夏节气时分独有的风物映像了。而“红了樱桃，绿了芭蕉”，一个玲珑娇艳，一个宽阔澄碧，一个鲜红，一个嫩绿，在合适的季节里相遇并呼应着对方，恰到好处，分明是春花繁盛过后，初夏时节最美的一组景色了。

初春赏樱花，立夏品樱桃，大自然的馈赠，让我们尝尽春之艳丽，夏之甜蜜，季节如此曼妙。樱花和樱桃，原本是一家子，虽系同源，却一个以花为美，一个则以果为娇。开春时，樱桃树亦悄悄开出花朵，只是不如观赏樱花那般妖娆；暮春时，观赏樱花也会结果，可带有几分酸涩而显得很小。樱花和樱桃似有灵性，总是把自己最美的一面奉献给大地，展示在世人面前。

桃子还小，梨子未熟，樱桃是初夏季节特有的水果。人们青睐樱桃，也许不仅在于它的味道，还在于它诱人的美色和气质吧。艳红、光滑、饱满，娇小可人，通身仿佛紧绷到不起一丝皱褶，让人忍不住想一口咬下去，清甜的果肉也随之在口腔中迸裂开来……而王实甫在《西厢记》中描写“未语人前先腼腆，樱桃红绽，玉粳白露，半晌恰方言”，直以樱桃的羞涩喻年轻美女的妩媚神态。唐代大诗人白居易则对樱桃情有独钟，留下了“樱桃樊素口”之句，后来世人便把樱桃小口视为淑女的典范了。

江南的樱桃，别样姣好。白居易的《吴樱桃》写的正是江南这一带的樱桃吧。“含桃最说出东吴，香气鲜秾气味殊。洽恰举头千万颗，婆娑拂面两三株。鸟偷飞处衔将火，人摘争时蹋破珠。可惜风吹兼雨打，明朝后日即应无。”读着这诗句，是不是已经让人立马产生去摘樱桃的冲动呢？白居易不仅让我们知道黄莺等鸟类也是很喜欢食樱桃的，更提醒人们樱桃红了、熟了，当摘需得及时摘，莫等“即应无”时空后悔。

至于芭蕉，却是“潇洒绿衣长，满身无限凉”，叫人看着心就静下来了，和生鲜活脱的樱桃全然是两种大相径庭的风格。除了梨花，芭蕉也许是最适合雨天欣赏的一种植物了，什么“隔窗知夜雨，芭蕉先有声”“芭蕉为雨移，故向窗前种”……别说，在初夏雨夜，隔着窗户一摇一摇的绿影，听着雨打芭蕉的声音，真让人融入一种别样的宁静呢！

初夏的细雨，轻打着芭蕉叶，水滴沿着叶脉流淌，一滴一滴，溅在青石板上，滴答滴答，不急不慢，似如“大珠小珠落玉盘”，直滴入我们心中柔软处。这天籁，伴随着我等在雨夜思故友，思故乡，思过往，进入恬静的梦乡。

这芭蕉外形，分明如此爽利、疏朗，怎么看都很大气碧澄，可古代一些文人为什么还要说它叫人舒展不起来呢？如李商隐言“芭蕉不展丁香结，同向春风各自愁”，李清照说“窗前谁种芭蕉树？阴满中庭。阴满中庭，叶叶心心、舒卷有余情”，诗句中总有一种清愁。也许是说芭蕉初生的叶片，尚来不及展开，很含蓄地蜷缩着吧。然雨打芭蕉，在夏雨的滋润下，它们不正在舒展开来吗？“春有百花秋有月，夏有凉风冬有雪。若无闲事挂心头，便是人间好时节。”

“红了樱桃，绿了芭蕉”，出自宋代蒋捷的《一剪梅·舟过吴江》，前面还有一句“流光容易把人抛”。在“红了樱桃，绿了芭蕉”的时景中，作者感叹着时光的流逝，随着季节的推移，樱桃一点点变红，芭蕉一点点转绿，而青春年华也正是在这渐红、转绿中流逝，叹春天的匆匆而去，叹时光的匆匆流逝，此番愁绪写得别有情致。也许他还想说的是，当珍惜青春，珍惜当下吧。既然是“流光容易把人抛”，既然知道“美的东西向来是有期限的”，那么，更须懂得“当下正好”。

“红了樱桃，绿了芭蕉”，樱桃的鲜活姣好和芭蕉的清愁舒展，不正是当下人生的真实写照吗？珍惜当下的静好，抛却往事的纷扰，不去预支明日的烦恼，赏红了的樱桃，听雨中的芭蕉，走进夏日，体悟时光的曼妙。

“红了樱桃，绿了芭蕉”，一个惊艳了岁月，一个柔软了时光，当下“刚刚好”。

# 马山杨梅熟了

端午粽子的清香还未散去，我们又期待品味马山杨梅了。

也许正是太湖水的滋润，马山半岛不仅景色秀丽，而且物产丰富，她因盛产“四宝”（茶叶、杨梅、芋艿、橘子）而闻名遐迩。茶叶香、柑橘甜、芋艿糯，然而我最喜欢的要数杨梅红了。

马山盛产杨梅已有百年以上历史，马山人酷爱种植杨梅。这里家前屋后种着杨梅，湖边路旁长着杨梅，津湾深处隐着杨梅。杨梅的树形呈半圆状，叫人一看就赏心悦目。山坡上的杨梅一棵挨着一棵，随风此起彼伏，仿佛一条条绿色的绸带在山水之间翩翩起舞。

杨梅挂果的时节，那一颗颗红红的杨梅在绿叶丛中露出了一张张红彤彤的笑脸，绿中隐红，红跃绿上，煞是好看。有一名品叫作“乌杨梅”，它红得发乌，那种颜色如果不是亲眼所见是绝对想象不出来的，在阳光和绿叶的辉映下，如同一颗颗红色玛瑙，鲜红欲滴，令你舍不得去碰它一下。

马山杨梅因它的鲜洁味甜，肉厚核小，色紫而黑，汁多而浓，被誉为“吴中佳果”，曾为贡品。它的甜，会让你越吃越爱吃，爱不释手。也有说它甜中带酸的，那酸味只有在吃饱杨梅以后再吃别的东西时，才会领会到。马山人还喜欢把它制作成杨梅酒，那绝对称得上世间美酒啦!

马山朋友告诉我，六月十号左右杨梅就能上市啦。届时，古竹街上，马路两旁，尽是杨梅，尽是卖杨梅人和买杨梅人。那谈笑声、吆喝声、讨价还价声、汽车喇叭声，将汇成马山半岛特有的乡音、乡情、乡景和乡愁。

# 木槿花开夏至时

“仲夏之月，木槿荣”。夏至节气，正是木槿花欣欣向荣盛开时分。

仲夏的晨风和煦习习，路边的木槿花迎着晨光悄然绽放，玉白胭红；她们柔嫩娇羞地隐现在交错荫蔽的枝叶间，巧笑倩兮；犹如一个个风姿绰约的江南姑娘，含馨溢香。怪不得古人对木槿花那么偏爱，《诗经》里早有描述：“有女同车，颜如舜华……有女同行，颜如舜英。”“舜华”和“舜英”，即是木槿花。有哪个不以最美丽的花朵来比喻自己心仪的姑娘？又有哪个不喜欢和颜如木槿花的女子同行在岁月里？

光阴荏苒。到了午后，那堆锦簇绣的木槿花便会显露出意兴阑珊的灰紫色调；微风拂过，花影摇曳，分明在撩动大地绯色的衣裙。随着时光的推移，她们或向着渐渐西下的夏日，或和着妖娆纷呈的晚霞，或沐着畅快淋漓的雷雨，悄然凋落，落红一地，带着她的“淡紫色之约”，静静褪去。翌日，那时那处，木槿花又“如约而至”，绽放出那般笑颜，展示那般纯粹。朝开暮落，暮落朝开，她总是把握着朝夕之间每一寸时光，充分却不过分张扬地展露着自己绮丽的花形、婀娜的身影。

木槿花的花朵不仅艳丽好看，而且可食。据说味道清香，泡茶更好。这还不够，木槿叶还有一个更神奇的用途：可以用来洗发。记得以前，人们总会采来木槿叶，揉碎后泡在水里就会生出丰富的泡沫。女孩子用它来洗发，将头发晾在晚风中，既柔顺又清凉，飘出淡淡的芳香。这也许就是原生态的草本精华吧！

木槿的植株结实茂盛且美观，故而又可作篱笆。以往，江南人家的院落里，木槿是天然的绿色屏风。那一道道花叶烂漫的槿篱交错，伴着鸡犬相闻的小径，绿意盎然的稻田，小桥流水的远景，还有那嬉戏的儿童、悦耳的蛙鸣……“凉风木槿篱”“记得芭蕉出槿篱”……那些风雅的诗句里，写的几乎都是这般情景。五代孙光宪有一首《风流子·茅舍槿篱溪曲》如是写道：“茅舍槿篱溪曲，鸡犬自南自北。菰叶长，水荭开，门外春波涨渌。听织，声促，轧轧鸣梭穿屋。”这名字，这词句，已经让人醉在仲夏时分的田园风光里了。

“舜”即“瞬”。称木槿花为“舜华”“舜英”，恰似木槿花易开易谢、转瞬即逝的特质和个性。可木槿花的花语却是“温柔的坚持，坚韧，永恒的美丽”。朝开时，尽情绽放；暮落时，悄然无语。因为她的初衷即是“每一次绽放，都是为了把美丽留给人间”；因为她知晓即使时光短暂，也足够一次恣意的绽放；因为她坚信每一回凋谢，都会迎来下一次更加绚丽的盛开；因为她懂得“花开是景，花落即诗”，只要坚持，每一段时光都是一种美艳；因为她深谙只要自信，美丽即成一种永恒。是啊！花开花落总有时，只要心怀坚韧，何惧光阴短暂？

所谓生如夏花之绚烂，赞美的就是木槿花吧。短暂亦是一种美丽。“世事方看木槿荣”，人生亦当有“温柔的坚持”，在生命的每一段时光里让自己恣意地绽放；如木槿花花开花落这般绚烂，且成一种永恒。

# 芒种·忙种·种“芒”

又到芒种季节。芒种，字面的意思是“有芒的麦子快收，有芒的稻子快种”，这是一个典型反映农业物候现象的节气。

一台台收割机正在金黄色的田野里忙碌着，倒下的是麦秸，收进的是麦粒，让人不禁想起当年在苏北插队夏收的时节。那时，没有收割机，全凭手割、肩挑、人工脱粒。开镰啦！天没亮就下地，跟不上老农速度的我，总落在最后。越急手脚越乱，不是让镰刀碰了手指，就是被划破了小腿，然而渐渐地也就成了一把好手。

割下的麦子一担担往场院上挑，每担足有二百斤以上。最苦的活要数脱粒了。手持一把把麦子往脱粒机上打去，溅起的麦芒直刺脸上，飞起的麦粒砸在手上，即刻显出一片片红红的小点；烈日、汗水、麦芒、尘灰……包裹着全身上下。可当场院上的麦粒堆成小山时，顿时添了几分欢喜在心上。因为分到的麦子可以炒麦粉、兑口粮，下半年的生活有着落啦。从那时起，我似乎才真正懂得“谁知盘中餐，粒粒皆辛苦”的含义。在农村劳动，我也不过干了几年；而对于“面朝黄土背朝天，弯躬曲腰几千年”的老农民而言，他们的感悟肯定更真切、更深刻吧。艰辛过方知不易，经历过倍懂珍惜。

“时而种有芒之谷，过此即失效，故曰芒种。”麦子刚登场，水稻当插秧。插秧机在田野里欢快地奔跑，抢着插秧不失分分秒秒。阡陌上，昨日还是一片金黄，今朝已然绿意荡漾。种下的是稻谷，播下的是梦想。自然想起袁隆平写给母亲的《妈妈，稻子熟了》那篇文章，似乎看到丰收在望的喜人景象，闻到田头饭桌上飘散的稻花香。

芒种芒种，忙收忙种。“春争日，夏争时”，夏收夏种夏管，农村里正值“三夏”大忙。初夏季，人们似乎也都在忙，为了生活，人们四处奔波。然“芒种不种，再种无用”，芒种节气告诉人们一个道理：恰当的时候做恰当的事。适时“播种”，当忙则忙，而不可“茫”。当“忙”着去做自己想做的事，“忙”着做好应该做的事，自然忙而不“茫”。

人生大事无不一“种”一“收”。有种，才有收；种好，才能收好。该播种的及时播种，该收获的及时收获，辛勤耕耘梦想，岁月自然生香。

芒种一到，夏雨如约而至。宋代陆游《时雨》写道：“时雨及芒种，四野皆插秧。家家麦饭美，处处菱歌长。”不觉得吗？江南的初夏分外诗情画意：天高云疏，山清水秀，细雨绵绵，荷风微微，四处流淌着温柔；栀子、茉莉花芳暗香，梅子、桃、李挂满枝头，绿肥红瘦，满目是绚烂锦绣；鱼嬉池塘自由自在，蛙鸣声声欢唱个不休，丰收的喜悦已然悄然生长在心头。多么曼妙的时光。不负时光，种下希望，期许所有温暖和美好如约而至，心遂所愿。

芒种，种“芒”。就是深深地种植光芒。

给自己一个微笑，是把光芒种植；

给朋友一个比心，是把光芒种植；

于事业一个致意，是把光芒种植；

于山水一个礼赞，是把光芒种植；

给今天一个拥抱，是把光芒种植；

对明天一个畅想，是把光芒种植。

一分耕耘，一分收获：

在稻田里种下光芒，雨露滋养，成就希望；

在心田上种下光芒，生如夏花，充满阳光。

# 夏日听蝉

进入三伏天，气温直往上蹿，树上的知了也愈鸣愈欢。乍一听，嫌它烦躁；静下心，感觉甚好。声声蝉鸣可说是夏日里最美妙的音乐。

小时候，曾听说蝉之所以善鸣，是因为它是以喝风为生的：喝进的风从鸣瓦中泄出来，蝉就振翼鸣个不停。后来，得知其实蝉是喝树的汁液生活的。会鸣叫的是雄蝉，在它的腹部有个“发音器”，像蒙上一层鼓膜的大鼓，鼓膜受到震动便会发出声音。按理，蝉吸吮树的汁液，树应该把它赶走啊，可却没见树有怨言，似乎还很乐意用自己的汁液喂养蝉，也许正是为了夏日里的蝉鸣声声与它为伴吧。没有蝉鸣，夏日里的树该多么寂寞；对于人们来说，没有蝉鸣的夏季，又会多么单调。于是，树成了蝉的家园，蝉的歌坛。蝉鸣声声，成了我们夏日生活里不可或缺的陪伴。

自然记起关于蝉的童年趣事。那时每逢暑假，都会回农村老家去。乡村的暑假生活里那些开心的趣事，让人难以忘记：钻到桑园里，采吃着桑葚，那贪婪的模样，嘴边和白衬衣上染满了紫色也顾不上；跳进村前的小河学游泳，尽管只会“狗划水”，鼻里直呛水，还是和小伙伴们打着水仗，玩得欢畅；傍晚时分，在老井里吊上几桶水，从田里捧来两个西瓜在井水里浸上，乘凉时大人小孩一起品尝，分享甜蜜和凉爽；夜晚，躺在场院上架起的竹床上纳凉，边摇着蒲扇驱赶蚊虫，边聆听蝉、蛙和其他夏虫的合唱，渐渐进入梦乡……后来，读到辛弃疾的

“明月别枝惊鹊，清风半夜鸣蝉。稻花香里说丰年，听取蛙声一片”的诗句，恰是描绘的这番景象。

最有趣的当是捕蝉了。高高的树上蝉在鸣唱，却不见在哪躲藏。会爬树的小伙伴嗖嗖嗖地往上爬去，我们在树下喊着加油，谁知嬉闹声惊动了蝉，蝉忽的一下飞走了，只得另选战场。这回，可长了经验，爬树的蹑手蹑脚，我们则憋住呼吸，恰是清代诗人袁枚笔下的“牧童骑黄牛，歌声振林樾。意欲捕鸣蝉，忽然闭口立”的那般意境。后来，我们也会在长长的竹竿顶端粘上一块生麸或面团，举着竹竿去捕蝉，一粘一个准。逮到一只蝉，便互相抢着把玩，但蝉已不再鸣唱。小时候，听蝉、捕蝉，纯粹是为了好玩。

后来去苏北插队劳动，那栖息在杨槐树上的蝉，鸣声一片，已然似夏日里深情的告白和陪伴。晨间听蝉，蝉声悠长，似远似近，低吟浅唱，心情也如夏日的清晨一样敞亮；蝉鸣声声犹如一曲起床号，成了让人们下田劳作的呼唤。午间，似火骄阳下无处躲藏，疲惫困倦袭来，汗水湿透衣裳，而蝉它们却越发精神，争先恐后，引吭高唱，声浪一浪高过一浪，仿佛在激励人们擦擦汗继续干。到了夜晚，不知疲倦的蝉依然欢唱，只是觉得蝉声添了几分温柔，如丝竹弹唱，在几乎没有文化生活的乡村夜晚，蝉鸣声声成了夜间最美的音符，伴随着我们进入梦乡。那时候的蝉鸣，融进了生活和劳动，俨然是人们听惯了而不可或缺的伴唱。

随着年龄和阅历的增长，对蝉鸣渐渐地听出了不一样的情感，多了一份欣赏。不是吗？那夏日的蝉鸣，时而如高山流水，声传悠远，让人恍如置身于静谧的湖上，观扁舟轻扬，听湖水荡漾，忘却世事的烦恼，心里平添几分清凉。时而浩浩荡荡，悲壮激昂，宛如千军万马，排山倒海，令人在疲倦和茫然中振奋，感悟着生命的力量。时而缠绵悱恻，如诉衷肠，似乎在呢喃天涯尽处的惆怅，而把人们的思绪带向远方，思念远方的故乡，念想那夏日雨巷里撑着花布伞的丁香姑娘……

此刻，一个夏日的午后，我沏上一杯茶，坐在窗前，思绪飘向远方。在远方传来的蝉鸣声里，似乎听出了个中的禅意。这些披着“袈裟”的蝉儿在树上不停地向人们宣告：“知了，知了”……也许它们对自己的生命际遇已经“知了”，才得以如此从容、执着和欢喜。不禁问自己，对于“我是谁？我从哪儿来？我到哪儿去”明白了吗，“知了”了吗。“知了，知了”……吾将上下而求索。

“知了，知了”，蝉鸣唱着千年不变的歌谣。我在心里问蝉：你餐风饮露，你日夜鸣唱，不觉累吗？不知枯燥吗？而当我了解到蝉的生命现象后，又不由得对蝉肃然起敬。蝉从幼虫到成虫，需要经过五次脱皮，四年才能成熟。经历了四年地下黑暗的孕育，才换来一个月的阳光下的放声鸣唱，蝉自然懂得珍惜。蝉鸣的是生命的彻悟，蝉唱的是生命的强音，蝉鸣声声是生命的绽放。当低调时从容淡定，当高调时也歌声高扬；耐得住寂寞，创得出辉煌。这也许正是蝉的精神吧。我们不应学蝉吗？更何况光阴荏苒，人生苦短。

听蝉、问蝉、学蝉、悟蝉……我似乎悟得了蝉的品质高尚。对此，唐代虞世南的《蝉》早已有了描绘和颂扬：“垂緌饮清露，流响出疏桐。居高声自远，非是藉秋风。”好一个“居高声自远”。蝉鸣声声，传递悠远，并非凭借风的力量，而是源自内心的敞亮、品格的高尚。人生不也是如此：无论是引吭高歌，还是低吟浅唱，同样能奏响生命音符的嘹亮；与权位无关，与贫富无关，只要守住品行的高处，内心充满阳光。

这时如同看山看水三境界，我则是“听蝉是蝉，听蝉不是蝉，听蝉还是蝉”。因为我和蝉鸣有了一种关乎生命和品行的共鸣，我在心里把人生的乐章弹唱。

夏日听蝉，我把蝉鸣颂扬。不知不觉，会生出一份惆怅：会不会哪天再也听不到夏日里的蝉鸣？

# 冰镇西瓜

大伏酷暑，晌午时分气温已经攀升到38、39摄氏度。此时，来几块冰镇西瓜，那绝对是最凉爽、舒服的事了。

西瓜原产地在非洲，汉时由西域传入中国，故称“西瓜”。无锡地区种植西瓜的历史久远，小时候对于“解放西瓜”和“华东六号”两个品种印象最深。还有谜语“一个胖娃娃，身穿绿衣裳；肚里水汪汪，红汁往外淌”，说的就是西瓜。西瓜又称“果中之王”，它有着“解暑清热，止渴利尿，降火去毒”之功效，并浑身是宝，实乃酷暑里人们的钟爱了。

以前没有冰箱。人们总是把西瓜放入铅桶里，吊到井水之底；或是打一盆凉凉的井水，把西瓜浸泡上一段时间。在吃那个“冰镇西瓜”时，那感觉绝对是爽爽的，恰应了南宋文天祥的诗句：“下咽顿除烟火气，入齿便作冰雪声。”

挑西瓜是一份技术活。长辈们曾言传身教四个字：“看、掂、敲、听”，似乎如同中医的“望、闻、问、切”。老法头的东西，总是有它的道理，不能忘记。

说到西瓜浑身是宝，不得不提西瓜皮。一盆西瓜皮毛豆，那绝对是夏日里上乘的家常菜，人人喜欢。记得以前母亲还总是把西瓜皮腌起来作为日后的搭粥菜，遗憾的是现在我们已经不怎么积攒西瓜皮了。至于那西瓜子，晒干了炒一炒，则成了可口的消闲茶食。而当下要吃西瓜子，只需去超市，方便得很。什么时候，我们变得这么不在乎西瓜皮和西瓜子了呢？西瓜没变，也许我们变了……

热不可耐，来几片冰镇西瓜吧！

# 秋分时光

今日秋分。时日后，昼渐短，夜渐长。一场雨，一夜风，一阵凉。在我国南方，今日起才进入“好个秋”的时光。

我们将走进一段秋色斑斓的时光。秋风、秋雨、秋露、秋阳，犹如神奇的调色大师，正在把大自然调出一个再丰富不过的色彩世界，让人们尽情欣赏。

其实，我们每个人都是自己生命的调色大师。在人生的秋季，在生命的四季，尽可以把自己的心情和生活调得色彩斑斓，把自己的每一段时光欣赏……

我们将走进一段秋味浓郁的时光。丹桂馥香，稻谷清香，菊花淡香，黄酒醇香……醉了秋光，醉了我们的心房，直让我们把这天地间的芬芳尽享。

我们将走进一段秋果累累的时光。春华秋实，人们收获忙，大地在欢唱，生命的轮回如此灿烂。

收获的情怀在心里荡漾。我们不妨把一路上点点滴滴的感悟收藏，收藏一段美好的过往，收藏一份曼妙的时光，添上一份从容和淡定，携上新的希望，走向远方……

一年胜景君须记，秋花秋月最美时；
一生好景吾须惜，秋色斑斓恰正当。

# 落叶知秋

几场秋风秋雨，飘落缤纷落叶。落叶知秋，秋天如约而至。捡起一片落叶，眼看萧萧落叶，历代文人骚客都生出一番悲秋情怀；我却爱秋，爱随风飘舞的秋天的落叶。

这落叶，多么潇洒，犹如大自然的精灵在翩翩起舞；

这落叶，多么繁华，一层一层，铺满大地，把一年的积存和蕴藏纷纷献给母亲；

这落叶，多么飘逸，恰是一片一片俯拾皆是的诗情画意；

这落叶，多么美艳，告别“母体”时，还尽情地为大地、为人间增添斑斓的色彩。

我们走在小道上，踩着厚厚的落叶，落叶沙沙作响，我们仿佛听到了美妙的生命吟唱。

我们驻足大树下，看着那些簇拥在树根旁的落叶，不禁想起“落红不是无情物，化作春泥更护花”。落叶生于泥土，归于泥土，那么安详，那么愉悦，因为她正在进入一个生命的新的境界，在酝酿着下一个勃勃生机。

秋天的落叶，如此可爱，如此可敬！

“自古逢秋悲寂寥，我言秋日胜春朝。”

在风起的时候笑看落叶，人生静美的时光。

# 天凉好个秋

**一阵秋风秋雨过后，气温降了许多；享受着等待已久的凉爽，不由得生出一份感叹：天凉好个秋啊！**

时光飞逝。百花争艳、游人如织的春游美图还在眼前；骄阳似火、激情律动的夏游潮声仍在耳边回响；不经意间，我们已经走进了诗题红叶、蟹肥菊黄的深秋。

我赞美洋溢着生命之蓬勃的春天，我喜欢充满着生命之强盛的夏天，我更钟情蕴含着生命之成熟的秋天。如同旅游之四季，我曾为游情盎然的春季欢呼，我也曾被游潮澎湃的夏季感动，然而，我更想为游意浓郁的秋季喝彩！

天凉好个秋啊！

这是因为，秋是收获的季节。当亮灿灿的新米被做成一锅锅香喷喷的米饭时，粮农们收获着辛勤耕耘的幸福；当沉甸甸的果实挂满枝头，萦绕着人们采摘的笑声时，果农们收获着挥汗劳作的甜蜜。而当记忆起那春游旺季的盛况，回放着暑期旅游的奔忙，盘点着“金九银十”的佳绩，眼前浮现着游客们的一张张笑脸时，我们旅游人则收获着无限的快乐！旅游业是制造快乐的产业，旅游人是给人们带去快乐的使者。我们忙碌，我们辛苦，为谁辛苦为谁忙？我们深知旅游让生活更精彩的真谛。辛苦并快乐着，我们体会着旅游人的价值；快乐之中，我们还撷取着智慧的果实，收获着人生的感悟。

天凉好个秋啊！

这是因为，秋是从容的季节。不是吗？没有了春潮的喧腾，少了些夏日的躁动，深秋显得格外地宁静和淡泊。山峦层林悄悄变换着色彩，江河湖海静静流淌着故事，片片落叶轻轻地亲吻着大地，一切如此静美。我尤其喜欢静静的秋夜，凉风习习，万籁俱寂，常常带我进入一个静思的境地。是啊！人在旅途，亦有成功的喜悦，亦有受挫的烦恼；走过四季，留下一路欢声笑语，但总伴随着一些困惑和无奈，往往“才下眉头，又上心头”；然而，秋风让我们从容淡定，秋夜伴我们静心凝神，秋月照映着在思考中徜徉的我们。“宁静致远，淡泊明志”，经历秋天的“收”与“思”，我们会更加懂得“舍”和“得”、“取”和“与”的哲理，都能积淀一份成熟的思想，增添一份从容应对的力量。行者无疆。让我们背起思想的行囊，从秋天出发，我们的步伐将更加坚定和踏实，走得更远。

天凉好个秋啊！

这是因为，秋又是一个具有精神的季节。“一叶落而知天下秋”，似乎有些萧瑟的感觉，可我赞美秋季飞舞的落叶，常常拾一片红叶当作书签；甚至喜欢走在铺满落叶的小道上，享受那种“咯吱咯吱”的音乐；因为缤纷的落叶让我感悟到了秋的一种精神。“落红不是无情物，化作春泥更护花”，繁华的落叶下正孕育着来年新的生命，孕育着又一个百花盛开、万木葱绿的春天，我们的人生不正需要这种精神吗？“删繁就简三秋树，领异标新二月花”，删繁就简让我们感悟到生命的精髓，领异标新使我们触摸到生命的张力，“删繁就简”意在“领异标新”，我们的旅游业不正需要这种精神吗？如同我们所处的时代，我们从事的旅游业正在发生着深刻的变化，许多熟悉的东西“闲”起来了，许多未知的东西“多”起来了，尤其是人们文化生活的多元化，旅游需求的多样化，休闲方式的多彩化，呼唤着旅游理念、旅游产品、旅游业态、旅游环境、旅游服务的“华丽转身”，需要我们推陈出新，除旧创新。“路漫漫其修远兮，吾将上下而求索”，那么就让我们在秋之精神的启迪和鼓舞下，“删繁就简”，执着追求“领异标新”吧！

秋未赞够，冬又将至。按照我们旅游人的行话说，又将进入一个

“淡季”。然而，“春有百花秋有月，夏有凉风冬有雪，若无闲事挂心头，便是人间好时节”，人生如此，旅游亦此；春之绚丽，夏之灿烂，秋之惬意，冬之浪漫，旅游四季皆精彩，于是我们可以说：“若爱生活在心头，尽是旅游好时节。”

# 冬至团子

冬至将至，要吃团子了。无锡人特别重视这个节气，冬至大如年。在这一天，吃团子是必定的、少不了的仪式。北方人冬至吃饺子，无锡人则是家家户户吃汤团。古有诗云：“家家捣米做汤圆，知是明朝冬至天。”

冬至吃团子，跟民间在冬至祭奠祖先有关。从前，团子是祭奠仪式上用的贡品。祭奠仪式结束后，合家围吃团子，以慰思故之情，以表祈福之意。这一习俗沿袭至今，祭奠的仪式已经淡化，更多是因为那圆圆的团子有圆满、祈福的寓意吧。冬至团子包裹着人们对于未来美好的憧憬。

小时候，每到冬至前夕，最喜欢看外婆包团子。家里有个小石磨子，外婆会拿一半糯米一半粳米来磨成粉，然后加热水和粉拌匀，再捏成一个一个的粉团。同时，开始制作馅心，咸的有猪肉馅、萝卜丝肉馅、荠菜肉馅，甜的有菜猪油馅、豆沙馅、芝麻馅。包馅的过程让我印象尤深。先要把粉团按出一个凹状，用一片小竹片刮入些许馅心，再小心翼翼地捏紧包上，直到把最后一条缝隙完全抹平，似乎在把对于自己、家人的祝福包进去。包好的团子放在锅上蒸熟，热气腾腾间，团子出笼了，已经馋了好久的我，忙抓一个吃起来，吃到嘴里，满足到心里。

冬至那天，早晨吃过团子上学去，元气满满。碰到同学都会互相问道：“今天吃汤团了吗？”

1969年冬季，母亲带我们兄妹四人去苏北大丰插队。那里的主要农作物是玉米和棉花，很少见大米，更谈不上米粉了。冬至还能吃到团子吗？母亲真是有心。她拿出从无锡带来的一小袋米粉，再去公社镇上买了半斤猪肉，去田里割了些野菜，包了十来个团子，在锅里下了给我们吃。别说，那野菜猪肉馅的团子还格外香呢。在那陌生的地方，刺骨的寒冬里，吃到母亲包的冬至团子，心里也是暖暖的，至今都没忘记。

后来在整个苏北期间，以及回到无锡以后，不管工作多忙，每到冬至，母亲都会包团子给我们尝。馅心也越来越丰富，造型也愈加别致：圆形上一个尖角的是全猪肉馅的，两头尖尖的是芝麻馅的，圆的是萝卜丝馅的，扁圆形的是豆沙馅的，而椭圆状、长一点的则是菜猪油馅的。包好后，放在匾里，个个团子萌萌的模样，甚是可爱。放入烧开的水中煮熟，一个个白白胖胖浮上水面就可吃啦！最喜欢吃母亲包的菜猪油馅的，每回要吃几个；菜香和着猪油香，糯糯的，甜甜的，咬一口那真是齿颊留香、甜润心底。母亲已经离我们而去很多年，可我至今还心心念念着母亲包的冬至团。

冬至吃团子，无锡人的习俗，源远流长。而“十里不同风”，各地各有各的特色。鸿山地区的百姓就把冬至团子吃出了故事。鸿山的团子主要有三种馅：萝卜丝、豆沙、芝麻。三馅（吴语“馅”和“让”同音），当地百姓吃三馅团子，用来纪念当年“三让”王位、从中原来到这里开辟江南文明的吴泰伯；留住江南美丽的乡愁。如今，这三馅团子被列为无锡市非物质文化遗产。不仅在无锡家喻户晓，更吸引着周边城市的百姓、食客争相品尝。

而无锡阳山的团子则成了“网红”。到了冬至，阳山地区家家户户蒸团子、吃团子，并送亲友。阳山冬至团，浓浓家乡味。除了前面提到的那些甜的、咸的馅心，喜欢DIY的，还有融入花生仁、坚果仁的创新馅，像是把所有美好的祝福包蕴进去，把所有美好的信息传递出去：这里不仅有最好看的桃花、最甜的蜜桃、最好吃的冬至团子，还有着美好的桃源生活。

时光荏苒，冬至吃团子习俗依然，而吃法也悄然发生着变化。随着人们对于美食“颜值”的追求，好看又好吃的四色汤团应时而生。一客四只，不但馅心有区别，不同皮色亦有区别：鲜肉馅呈白，芝麻馅呈黑色，菜猪油馅呈翠绿，豆沙馅的则显紫芋色。一碗汤团，四色交映，已是一道风景，赢得许多年轻人的青睐，生活就应这般多彩多趣嘛。

无锡人吃团子，以前是冬至才吃，现在生活条件好了，平日也随时可得。基本每个菜场里、巷口小街旁，都有汤团小店。那天，带小孙子去逛小木桥菜场，就见菜场门口有一家，顾客盈门，有的还是专程去吃的，似乎热腾腾的生活就从那一碗汤团中开启。于是，我也请孙子坐了下来。“肉馅2元，豆沙馅2元。”第一次坐在路边小店吃汤团的孙子，一副新奇、满足的模样。于是，我和他讲起了冬至团子的故事。

曾探究“冬至大如年”的说法，发现冬至具备“阳气始至”的特征，意味着万物开始萌动。因此，冬至吃汤团，又何尝不是象征着新的一年的开始？于是，江南地区会有“吃了冬至团长一岁”的俗语似乎也在情理之中了。辛丑年的艰难，谁都感慨万千。辛丑过后是壬寅，吃过冬至团子，道一声“未来可期”。但愿来年平平安安、圆圆满满，又是一个生龙活虎、福满人间的好光景。

# 节气心情24篇

## 立春

明天立春。“立”是开始的意思。按照传统说法，到立春这天才正式进入甲午马年。今天我们告别蛇年，走进马年的春天里。

即将过去的冬季，似乎没有给南方的我们留下什么寒冷的记忆。前几天气温竟升至二十多摄氏度，一个暖暖的冬季，一个没有下雪的冬季，真让人感到气候出了问题。也许会有倒春寒，但毕竟走进了春暖花开的春季。

在那路边泥土里跃跃欲出的小草里，从那无锡梅园里静静绽放的梅花里，从那河边柳条上探出头来的芽苞里，从那家中轻轻摇曳的迎春花丛里……我们感受到越来越浓的春天气息。春天在我们眼里，更在我们心里，我们萌动着对春天的希冀，盼望好年景，走进春天里。

立春有许多习俗：做春饼，吃春卷，饮春酒……最有意思的要数“打春牛”（鞭春牛）了。人们鞭打春牛，表达着期盼春天来得快一点，送来的喜讯多一点，秋天的收成好一点的心意。“春江水暖鸭先知”，对于热爱生命、热爱生活的人们来说，“不用扬鞭自奋蹄”“春风得意马蹄疾”，让我们把春天的信息互相传递，把秋天的收获播种在春天里。

## 雨水

窗外的夜雨滴滴答答淅淅沥沥，想起明天当是雨水节气了。正应了那首好诗：

好雨知时节，当春乃发生。

随风潜入夜，润物细无声。

“天一生水。”“温润散为雨。”“草木萌动，鸿雁来。”雨水不仅表征着降雨的开始和雨量增多，而且标志着气温将逐渐升高。尽管这几天有种春寒料峭的感觉，而雨水中我们仿佛已经听到草木萌动的声音，看到了春回大地、春暖花开的美景。

在雨水节气的十五天里，我们将从“七九”走进“九九”，“七九河开，八九雁来。九九加一九，耕牛遍地走”。前几天去苏北，看到田里的麦苗已经开始返青了，在春风雨水的滋润下，农村的春耕已是繁忙景象！其实这种景象春节一过就在我们身边啦！“人勤春来早”“不用扬鞭自奋蹄”。

江南夜雨缠绵。在我们的生活中，在我们的心田里，何尝不需要一种“当春乃发生”“润物细无声”的春雨啊！

春夜静静，感受着春雨的脉搏，聆听着春雨的声音……

## 惊蛰

《月令七十二候集解》中说：“二月节，万物出乎震，震为雷， 故曰惊蛰。是蛰虫惊而出走矣。”这说的是，从今天起进入中春，进入一个桃红柳绿梨花白、黄鹂鸣啼雁归来的时节。

惊蛰这日阴天，报有小雨，还似春冷，看来不会响起雷声 。其实，有没有惊雷已不重要。因为如约而至的春天，已经把万物唤醒，已经唤醒万千蛰居沉睡的生命。

春姑娘最早唤醒的，要数柳树了，柳树万千枝条上已挂满了新芽；要数小草了，小草们早已探出头来争相看周围的世界；要数麦苗了，麦苗悄悄地拔节，舒张着懒腰；要数那些闻春而动的小蝴蝶、小蜜蜂了，它们在菜花上、桃花上舞动着春天的旋律……万物复苏，生机萌动，若化作声音，可不就是春雷阵阵吗？

当然，早已被春天唤醒的，是我们每个人的心灵。春天唤醒万物，给万物又一次注入新的生命，更给我们带来许多新的希望。

“于无声处听惊雷。”此刻，我们当可以静下心来，聆听大自然寂静的声音，并洞悉寂静背后的“巨响”，感悟春雷声声；此刻，你我还一定能听到自己内心涌动的声音。

## 春分

“春分者，阴阳相半也，故昼夜均而寒暑平。”这天的阳光如此公正地把自己平分给地球的南北，平分给白昼和夜晚。生活中多么需要像春分时节的太阳般的公正。何不邀春分永驻人们的心间，让公正充满人间？我们都可以从自己做起，公正向人、公道处事、公平待物，那么我们的社会、我们的生活，定会像春分季节这般春和景明，风和日丽。

春分即入仲春。一年中最值得欣赏、最值得回忆的季节，或就是这个时分了：柳丝吐绿，小麦拔节，油菜花香，桃花盛开，樱花缤纷……如此恣意和辉煌。这是万物的生命在生长，万物的微笑在绽放。人生如花，我们亦当应时应景，让自己成长，让微笑绽放。朋友，你今天微笑了吗？微笑吧！绽放最灿烂的微笑，收获最美好的心情，幸福定会悄悄地把你围绕。

时光飞逝，季节轮回，岁月更替，亦如人生的一级一级阶梯。当下正是踏青好时节，在每一级人生阶梯上留下自己坚实的脚印，在每一段人生旅途中拥有沿途最美的风景。携着春天出发，心中装着春天，便会满目是春，一路是春！

## 清明

年年清明，今又清明。 清明，一个意味着过去的时节。我们祭祀先祖，怀念先辈。在父母的墓碑前，我想起了母亲烧菜的味道，我想起了父亲的唠叨。青烟袅袅，又见父母的音容笑貌……青烟的上空写满了思念，捎去一声问候——“真的好想你”。此刻似乎听到父母的声音：“你们都好吗？”回音在我心间萦绕。“逝者安息，生者安好”，不正是清明节的心愿和祈祷吗？

清明，又是一个意味着当下的季节。“时万物皆齐而清明，盖时当气清景明，因此得名。”当下多么美好！人间四月芳菲天，让我们踏青去吧，和恣意的春天来个亲密接触。但是出发前一定先让自己的心轻轻地静下来，用一种气清景明的心情去和大自然拥抱，身边多么美好，当下多么美好。

## 谷雨

谷雨，当是春季的最后一个节气。如此一年春季，即将在匆匆忙忙中过去。春景、春色、春花、春意，还没赏够啊！时间都去哪儿啦？

也许我们都有惜春之心。宋代黄庭坚的一首《清平乐》更是对春不胜依恋：“春归何处？寂寞无行路。若有人知春去处，唤取归来同住。春无踪迹谁知，除非问取黄鹂。百啭何人能解，因风飞过蔷薇。”然而，春天总要归去，正如她悄悄地来。只是在这春天里，我们有几多珍惜？人生确应“且行且珍惜”啊！

“春归何处谁人知？”我知你知，因为她归往我们的心灵深处。她归往夏天繁华处，归往秋季丰收处，归往冬日蕴藏处，归往明年又一个春花烂漫处。生命之花绽放时，何处不春天？

雨生百谷，雨润万物。“布谷，布谷”声声里，该是农村田里忙碌播种的时节了。“布谷”声声，声声呼唤，这是童年春天记忆中的声音呀！可惜现在城里的孩子很少能听到了。此时，这声音忽如回响在脑海里，回响在这暮春的时光里。“种豆得豆，种瓜得瓜”“播什么种子开什么花”“栽什么苗儿结什么果”，惜春不如勤耕。

## 立夏

“斗指东南，维为立夏，万物至此皆长大，故名立夏也。”记得小时候，立夏这天有着斗鸡蛋、称小孩的习俗。我们无锡地区亦有“吃三鲜”的传统。

立夏，意味着“人间四月芳菲尽”，对春天，有点依依不舍，然而将走进一个夏花绽放的季节。如果说春花的开放是因为春风的慰问，那么夏花的绽放则是因为夏阳的激发。夏花在阳光最饱满的季节里盛大地绽放，或奔驰，或跳跃，或起舞，或飞翔，诠释着生命的灿烂辉煌。

于是，因为夏花，欣然走进夏季。喜欢泰戈尔的那句“生如夏花之绚烂”，因为它告诉我们，人生亦当绽放。若生命是一朵花，就要尽情地绽放，散发一缕芬芳；若生命是一棵草，就要蓬勃地生长，展露一片绿装；若生命是一阵风，就要快乐地送爽，把希望播撒；若生命是一只蝶，就要翩翩地起舞，低吟浅唱，让美丽绽放。

夏季是一个绽放的季节，人生亦是这样。

## 小满

小满，一个多么有趣有义的名字，一个让人感觉温馨的节气。小满，本来指的是夏熟作物开始灌浆饱满，但还未成熟，只是小满，还未大满，到了芒种以后便是大满，便要收割了。

立夏以后的日子，江南的夏雨总是断断续续、淅淅沥沥下个不停，让人有点烦躁起来。但是当想到小满，当想到如果没有夏雨的滋润，没有夏日的关爱，没有夏雨和夏日一起的孕育，也就不会有夏熟作物的盈满成熟，也就不会有春华秋实的收获喜悦，也就释然了。大自然如此，人生也是如此，一分滋润一分盈满，一分孕育一分收获。此时，竟对夏雨生出一份美好的心情来。

小满，物至于此，小得盈满。古人真是智慧，给这个节气起了个如此美好的名字，创造了这个如此充满哲理的词语。它告诉人们：小小的满足，便是大大的幸福。我们的人生，我们的生活，就是这样。简单就快乐，小满则幸福，且行且知足。

## 芒种

布谷啼鸣，像是催人收获与耕种。

芒种，寓意是有芒的夏熟作物该收割了。田野里，只见一台台收割机正在金黄色的麦田里忙碌着，倒下的是麦秸，收进的是麦粒，不禁想起当年在苏北插队时夏收大忙的季节。那时，没有收割机，全凭手割、肩挑、人工脱粒。“开镰啦！”天没亮就下地，跟不上老农速度的我总落在最后，越急手脚越乱，常常让镰刀碰了手指或划破小腿，但渐渐地也就成了一把好手了。割下的麦子一担担往场院上挑，每担足有二百斤以上。烈日、汗水、麦芒、尘灰包裹着我们的全身上下。可当场上的麦粒堆成一座座小山时，心里也添了几分舒坦。

“时而可种有芒之谷，过此即失效，故曰芒种。”芒种，又为忙种。麦子刚登场，水稻当插秧。插秧时最怕的是叮在腿上的蚂蟥，还有那分秒必争、抢收抢种时的辘辘饥肠。全然不顾啦！因为播下的是光芒，插下的是希望。

是啊！六月的天空如此明亮，我们能感受到四处流淌的光芒。芒种，就是深深种下光芒。在稻田里种下光芒，在心田里播下光芒，我们的生活充盈光芒和希望。

## 夏至

夏至这个节气时令，让人生出一份纠结、一种淡然。

夏至，预示着进入盛夏、进入伏天。“春发夏长”，我们将走进一个万物旺盛的季节，秋熟作物在田里欢腾生长，一天一个模样：豆角满架，瓜果满地，水蜜桃的蜜汁在人们的心头流淌；夏花开得烂漫，小草绿得如翡翠一般。无锡当地有着夏至吃馄饨的习俗，“夏至馄饨冬至团，四季安康人团圆”，蕴含着、滋养着人们多少美好的期待和希望。我们何不和这个盛夏一起蓬勃生长，一起低吟浅唱：天热了，就享受那份豪爽；果熟了，就品尝那份欢畅；花开了，就享受那份芬芳；草绿了，就欣赏那份绿意；蝉鸣了，就聆听那个声音；夜短了，就进入那个夏日梦长。

让人纠结的是梅雨来了，会立刻生出一种闷热、湿漉漉、黏糊糊的感觉。然而，“心中自有好天气”，何不静下心来，把梅雨作一番欣赏：“夏至雨点值千金”“雨露滋润禾苗壮”。夏雨不仅滋润着禾苗草木，也正滋润着我们的心房，让我们原本纷扰烦躁的心静下来，在宁静中让思绪致远。再说，那夏雨忽下忽停，忽急忽慢，如丝如织，如弦如歌，落在荷塘里激起层层涟漪，滴在花叶上，叮叮当当吟唱，岂不是夏日里、生命中一道别样的风景？让我们静静听，心随雨悦；细细品，心随雨舞。在雨中，有多少柔软的回忆让我们轻轻地拨动；在雨中，有多少飘逸的思绪让我们恣意地畅想；在雨中，有多少安然的时光让我们静静地品赏。

# 小暑

小暑，出梅入伏。纠缠了多时的江南梅雨果然停歇，吹来的风果然暖了很多。“小暑大暑，上蒸下煮”，炎热盛夏随之来临。小暑即小热，还不是大热。南宋陆游是这样描述小暑之热的：“万瓦鳞鳞若火龙，日车不动汗珠融。无因羽翮氛埃外，坐觉蒸炊釜甑中。”而唐代元稹的小诗“倏忽温风至，因循小暑来；竹喧先觉雨，山暗已闻雷；户牖深青霭，阶庭长绿苔；鹰鹯新习学，蟋蟀莫相催”，则把小暑时节的酷暑和雷雨交加的气候特征描写得十分生动。

话“暑”说“暑”，我想起了小时候到乡下老家度暑假的时光。坐上轮船，没多久就到了原无锡县的张泾公社。那时的暑假好玩呢！上午和小伙伴们到桑园里采桑子吃，边摘边吃，直吃得嘴边、衣上一片紫红，顺便采些桑叶回去喂“蚕宝宝”；田头树上，知了叽叽叽叽嚷个不停，我们便用头上粘了生麸的竹竿一个一个把它们拿下。下午午睡后，我们会去村前的小河里“狗划水式”游泳，并打水仗，摸蛳螺，欢声笑语惊动了河里的小鱼。傍晚时分，就打一桶井水浸一个西瓜，那西瓜吃起来格外地凉爽和鲜甜。最喜欢的是夜晚在屋前场上乘凉了，左邻右舍们在地上泼上凉水，两张长凳、两块门板一搁就躺了上去，摇着蒲扇，赶着蚊子，数着天上的星星，那忽明忽暗的萤火虫也会赶来凑个热闹。夜渐深，蟋蟀和青蛙则奏起此起彼伏的夏夜交响曲，伴我们在夜风中睡去。此般暑假生活早已成了一份记忆，现在城里的孩子们也体验不到这种暑假了。

那么，就让我们给自己放个暑假吧，让脚步慢下来，让心灵栖息一会，心静自然凉。也不要总是在空调房里避暑，或找把“蒲扇”，或把茶阅读，或出发旅行，心静能致远。

## 大暑

大暑大暑，高温猛如虎。面临酷暑“烤验”，朋友们都在微信圈亮出防暑的秘方和高招。是啊！气温持续在三十八、三十九摄氏度，人体的承受能力已到难熬的程度，预防“身体中暑”乃是当下首要。然而，我想预防“情绪中暑”更为重要。烦躁、不宁，常生无名之火，正是“情绪中暑”的征兆。不妨像预防身体中暑那样，给自己列出几招：对纷乱世事“静观”，把烦恼心事“凉拌”，将火热之事“冰镇”，让急切之事“降温”，把不如意事“冷处理”，把不良情绪“转移掉”。不妨在百忙之中“停一停”，沏一杯茶，让心情少安毋躁，归于宁静。你若静心，凉风自来。

## 立秋

立秋，传统意义上是秋天的开始，标志着暑去秋来；但今年的酷暑迟迟不肯离去，气温则蹿上了历史新高。常有“秋老虎”一说，可这只“秋老虎”也太凶猛啦，真是“秋暑猛于虎”啊！“秋”字由“禾”与“火”组成，本来是禾谷成熟的意思，然而这会不仅禾谷被烤干了，人也快被烤熟啦！立秋开始，一般梧桐树就会开始落叶，故有“一叶落知天下秋”的诗句，可眼下是“落叶缤纷而知天下热”。让我们静静地“三候”吧：一候凉风至，二候白霜降，三候寒蝉鸣。“只待凉风一夜至，满阶梧桐月明中。”

## 处暑

处，止也。处暑，标志着夏日的暑热即将终止，天气开始渐渐转凉。今年的高温酷暑实在是太肆虐啦！终将暑去秋来，心中平添几分惬意。

俗话说“处暑处暑，热死老鼠”，但愿今年的“秋老虎”不再那么“凶猛”。然而，即使它来，我们也会坦然得多，因为“曾经火炉难为热”嘛。

毕竟秋天到了，“一场秋雨一场寒”“七月八月看彩云”。这几天的微信上，朋友们传得最多的是“天边的云彩”了。那云彩那么舒缓、自如、绚丽。看那云卷云舒，心情分外舒畅。

秋高气爽，秋色宜人……民间早有“出游迎秋”的习俗。那就出发吧！“身未动，心已远”，风景在路上，我们总在路上……

让我们以愉悦的心情一起迎接秋天的到来吧！感谢她给我们带来更多的希冀，感谢她给我们带来丰硕的收获！

## 白露

白露，意为：阴气渐重，凝结为露。寒气日渐加重，清晨的露水凝结成 层白白的水滴，跌落在花草树木的枝叶或花瓣上；在早晨太阳的映照下，看上去晶莹剔透，洁白无瑕，煞是惹人喜爱，因而得“白露”之美名。

白露降，天渐凉。“白露身不露”。一个懒觉起来，打开衣柜，取出长袖衣裳。那一刻，似乎在把春天的蓬勃、夏季的繁盛一起收藏，从容走进秋日时光；这是一个充实的季节，也是一个淡泊的季节；喜欢大自然的秋季，喜欢人生中的秋季。

“蒹葭苍苍，白露为霜，所谓伊人，在水一方”，曼妙的诗句，总能拨动心中那份柔软的时光。不论是春去秋来，无论你去或不去，

“伊人”总会在那个地方。

白露至，鸿雁归。小时候总会仰望天空中成行成队的南飞的大雁；今天则哼起了《鸿雁》这首歌。大家都喜欢吧？！因为我们心中都有一头“鸿雁”。那么，让它飞吧！飞向那心仪的地方……

## 秋分

秋分，今日后，昼渐短，夜渐长。一夜雨，一阵凉。在我国南方，今日起才进入“好个秋”的时光。

我们将走进一段秋色斑斓的时光。秋风、秋雨、秋露、秋阳，犹如神奇的调色大师，正在把大自然调出一个再丰富不过的色彩世界。我们每个人都是自己生命的调色大师。在人生的秋季，依然可以把我们的心情和生活调色得多彩多姿。

我们将走进一段秋味浓郁的时光。丹桂甜香，稻谷清香，菊花淡香，黄酒醇香……醉了秋光，醉了我们的心房，直让我们把这天地间的芬芳尽享，品自己的一味心香。

我们将走进一段秋果累累的时光。春华秋实，人们收获忙，大地在欢唱，生命的轮回如此灿烂。我们也将静静地收藏一段美丽的过往，享受人生中这一曼妙的时光，添一份沉着和淡定，走向远方。

一年美景君须记，秋高气爽正当时。

一生好景吾须惜，秋色斑斓最美时。

## 寒露

“言冷寒而将欲凝结也”，寒露是一年中凉爽向寒冷的转折。天将寒，霜将降，天寒莫忘添衣裳。

潇潇秋雨中，树叶在一层一层地变黄、变红，大地正在换着新装；绵绵的秋雨带着淡淡的诗意和凄清，洗净夏天暑热的尘沙，绘出深秋色彩斑斓的繁华，伴随我们走进一个“九九艳阳天”。

“九月节，菊有黄华。”赏菊正当时。那山野间、公园里、小路旁、阳台上，到处可见菊花的身影，浴露凌霜，静静绽放。菊花是大自然赐予的礼物，采天地之灵气，收日月之精华，以优雅的身姿、别样的艳丽、独特的清香，点缀着沉寂的晚秋，吸引着我们的眼球。

深秋的菊花，有“花开不并百花丛，独立疏篱趣未穷”的傲骨，也有“待到秋来九月八，我花开后百花杀”的霸气，但我更欣赏的是菊花那种“宁可抱香枝上老，不随黄叶舞秋风”的淡定和执着。她不张扬，不喧嚣，淡雅高洁，恬淡如烟，清淡芬芳，直沁人的心房。

人淡如菊。我们要学习菊花这般“淡”，这样的淡，淡在世俗之外，淡在荣辱之外，淡在名利之外，淡在骨子里，把隽永的清香留给自己，芬芳他人。

## 霜降

霜降，“气肃而霜降，阴始凝也”。天气渐冷，初霜出现，这是秋季最后一个节气，也意味着冬天即将开始。

不禁想起年轻时在苏北插队劳动，深秋霜天里那番景象：清晨起来，打早工，只见一片片大田里、庄稼上，凝结着一层白霜，好像一块无尽铺展的白色画卷，连我们身上也都是霜了，每个人嘴里呵出的一股股白气，瞬间便成了霜渣，落结在眉毛上。结在大爷们胡子上的厚厚霜粒，就好像开绽着的一朵朵白色的绒花，煞是好看。

霜如同大自然的使者。农民们知道，白霜降，芦花放，稻谷香，该是收获的时分了。霜打后，那青菜、菠菜变得甜了，埋在地下的山芋、胡萝卜也变得甜津津的了，收割着稻子，收拣着棉花，啃着刚从地里拔起的山芋、胡萝卜，那般滋味只有经历了才能享受。

霜是大自然的精灵。它为大地盖上了一条薄薄的绒被；在霜被的呵护下，大地收起所有的娇艳和喧哗，默默地抗衡着寒冷的淬炼，其中蕴含着母亲的滋养，孕育着新的生命和精彩。

落霜不是无情物。霜是雨的相思，雨是云的情怀，云是风的追求，风是水的温柔，水是梦的流淌，梦是心的呼唤，心是我的向往。朋友们，秋收冬藏，让我们一起享受当下美好的时光。

## 立冬

“冬者，终也。立冬之时，万物终成，故名立冬。”

满目的秋色还没赏够，咏秋的诗句还在心头，怎么就要把冬日守候？自然有规律，生命有轮回，我们不妨安然走进冬日的温柔。

稻谷收割归仓了，麦子播种入土了，冬日的田地里告别了春耕、夏种、秋收的喧闹，开始慢慢地归于寂静。与其说它在进入沉眠，不如说它在酝酿着等待着来年春雷的唤醒。

在冬日里，我喜欢买上一包糖炒栗子，挑上一个烘山芋，慢慢品尝。待天再冷些，邀上几个朋友，点一锅红烧羊肉，煮一壶家乡米酒，欢愉品赏。冬日的味道似乎更耐人咀嚼、回味。咀嚼着人生，回味着过往。

春发、夏长、秋收、冬藏。大地把斑斓的落叶收藏，把丰硕的五谷收藏。我们不妨在寂静中、在咀嚼中把那些简单的事情、那些幸福的事情、那些自己认为值得收藏的事情收藏，静静地把明天酝酿。

## 小雪

小雪是一年中第二十个节气。北方已经是银装素裹，南方这里还是暖冬如春。但毕竟气温会逐渐下降，也许你我期盼雪花飘舞的时光？

然而，不管小雪、大雪来与不来，冬日里最能拨动我们心里那份柔软的，总是那份淡淡的、悠悠的暖阳。冬日暖阳，没有春日那般烂漫艳丽，没有夏日那般繁华热烈，也没有秋日那般风轻云淡；但它收起春天的喧嚣，收起夏天的烦躁，收起秋天的絮叨；绽放它独有的温煦柔和、恬淡静好。

温煦冬阳，照在了万物的身上，照在了你我的心房。驿动的心灵在这时开始收藏，收藏点点滴滴的过往。归于宁静的心灵在这时开始酝酿，把明天美好的希冀酝酿。

想起以往，下雪的季节，也是农闲的季节。北方的人们开始进入“猫冬”的时光，苏北的农民也都纷纷在屋前晒起了太阳——我们南方叫作“孵太阳”。“孵”，不就是酝酿吗？现在的人们都很忙，似乎没有什么休闲时光“孵孵太阳”。但无论你怎么忙，也不妨抽出点时间“孵孵太阳”。让心灵融进暖暖的冬阳，把该收藏的收藏，把想酝酿的酝酿。

## 大雪

大雪节气，《月令七十二候集解》说“至此而雪盛也”。意思是天气会更冷，降雪的可能性比小雪更大了。

可是这几天，我们这里不见下雪的可能，倒是降下了铺天盖地、前所未见的大雾霾。“江南江北雪漫漫”的诗句当改成“江南江北霾漫漫”了。这几天人们言必谈“霾”，怨“霾”、恐“霾”、防“霾”、躲“霾”，可是防不住、躲不过啊！该来的没来，不该来的还在来！这气候啊，这大自然啊，只盼早日“拨开雾霾见太阳”！

该冷的时候啦！可现在中午的温度还一直在十七八摄氏度。有个朋友在微信中说“无锡梅园的梅花已经含苞待放了”。开得也早了些吧。记得以前在苏北这个时候，都喜看大雪覆盖麦田，“今年覆盖三层被，来年枕着馒头睡”。意思是说下雪有利于农作物越冬，来年可望大丰收。

## 冬至

“终藏之气，至此而极也。”冬至是中国农历中一个非常重要的节气，也是中华民族一个传统的节日。在周汉年代，这就是正月，是一年的开始。故冬至节气历来就有北方吃饺子、南方吃汤圆的习俗。

记得小时候，每当冬至，母亲亲手做的汤圆特别好吃，裹着温馨，包着甜蜜，还和着成长的传说。妈妈总是会说“吃过这碗汤圆，就长一岁了”。还真想念母亲做的汤圆，想念母亲。

冬至日开始“阳生”，开始“进九”。历来就有“夏补三伏，冬补三九”的养生习俗。顺其自然，应时养生，我们也开始冬补吧！冬补的方子很多，选择适合自己的便是最好的。其实夏补也好，冬补也好，最关乎的是心态和心情；你正年少，我还未老，便是岁月静好。

## 小寒

小寒节气，标志着进入最寒冷的季节了。早晨腾讯网上播报“北方进入雪季，普遍降温十多摄氏度”。尽管我们南方还是暖阳冬日，但似乎已经感到冰雪寒日正在悄然而至，“三九四九冰上走”，是该冷啦！季节、气候、自然，当有规律。

这些年头，气候无常，自然也不自然，眼下就生出一个心愿：北风起兮天地爽，赶走困扰多日的雾霾，让我们的呼吸回归自然。

也许很难。但不管季节、环境怎样变化多端，我们一定要让自己的心情定格在“顺其自然，从容安然”。

天将凉，泡杯红茶吧！暖胃暖神暖心情。

天将寒，热壶米酒吧，再烹一锅羊肉，暖手暖脚暖身子。

“三九四九”，想起亲人和朋友了吧？发一段温馨的微信，致一个温暖的问候，添一分温柔的微笑，送一个温情的拥抱，比什么都好！在寒冬的日子里，享受一份静好！

## 大寒

大寒，二十四节气中最后一个节气。“大寒大寒，防冻御寒”，“小寒大寒，冻成一团”……这些谚语是说：大寒，即天气寒冷到极点的意思。过去，我们总是以“大雪飘飘”“白雪皑皑”“冰天雪地”“刺骨寒冷”等等形容大寒前后的寒冷和情景。可现在，也许是全球气候变暖的缘故吧，江南很少看到冰冻和雪舞的景象了。今年的大寒，会来一场雪吗？

果然，一场腊雪如约而至。早晨站在窗前，用手抹去窗户上的雾气，只见满眼银色的世界，好不喜悦。微信里传来了朋友们赶早拍得的雪景，不远处传来了孩子们堆雪人时的笑声。看着飞舞的雪花，我生出一份别样的心境和感慨。

欣赏雪景，更欣赏纷飞的飘雪。它们犹如大自然的精灵轻歌曼舞，给大地披上银色的盛装；纷纷扬扬的片片雪花落在泥土里，又化作滴滴甘露滋润着大地；每一片落入泥土的雪花，都蕴含着生命对希望的信仰，对美丽的眺望，对未来的歌唱。它们把装点人间、落入泥土、化为甘露，当作自己最好的归宿，奉献所有而无怨无悔。我们人生不正当和这落雪一样？

当然，雪，下或不下，天，冷或不冷，节气交替，冬去春来，总不会以气温的高低而改变，总不会以人们的意志为转移。因为这是大自然的轮回，恰如我们生命的轮回。淡然而对过往，坦然而对当下，欣然面对未来。顺其自然，心存喜悦，何时不是人生好季节？保持初心，胸怀从容，何处不是人生好时光？

# 年历

翻过2018年历的最后一页，打开2019年历新的一页；辞旧迎新之际，往事历历在目。年历，一种记载年月日的历本，也记载着我们人生岁月的足迹。

记得小时候，年历叫作“日历”，一般三百六十五页，厚厚的一本，上面标着阳历和农历。我从小和外婆一起生活，每到元旦前，外婆总要买来一本日历，挂在醒目的地方。一天过去就撕掉一张，嘴里还念叨着什么。有一天，发现外婆没撕去昨天的那张，便问外婆，外婆莞尔一笑：“是啊，怎会忘了呢？时光一去不复返啊。”就在撕去的一页页日历上，在外婆的一声声唠叨中，我悟得了“一寸光阴一寸金，寸金难买寸光阴”“明日复明日，明日何其多”的道理……小学学习成绩总是年级第一。

1969年12月下放苏北大丰县时，母亲特地找了一本日历带上，挂在茅草屋的土墙上。看着母亲一页一页翻着日历，十六七岁的我心中一片茫然：远离故乡，何时归？母亲却淡定：“既来之则安之，过好每一天吧。”她带着我们“日出而作，日落而息”，平静地翻过苏北生活的一页又一页。“且把他乡作故乡”。我也不再去多想，面向黄土背朝天，苦活累活样样干，竟慢慢地爱上了那个贫瘠荒凉的地方。撕去一页页日历，写下一篇篇日记。十六个年头，怀着朦胧的“诗和远方”，总觉得自己把每天活出了阳光向上的模样，没辜负母亲的心愿。日历，在农村可是大有用场，什么节气干什么农活丝毫不能差错，春耕夏收，秋种冬管，我也跟着学会了那首“节气歌”：春雨惊春清谷天，夏满芒夏暑相连，秋处露秋寒霜降，冬雪雪冬小大寒。那时候的日历似乎翻得很慢，那时候的日子过得也很慢，很有仪式感，让人至今难忘。

改革开放后，不知啥时三百六十五页的日历换成了十二张的挂历，而且变得漂亮起来，不是电影明星，就是自然风光，挂在墙上俨然是一道风景。记得那年无锡的亲戚寄来一份挂历，让我着实在乡亲们面前炫耀了好一阵子。其实，在乎挂历上的风景，更在乎翻阅挂历时的心情。1985年年底，我带着没有翻完的挂历回到了家乡，到无锡市委组织部工作，人生翻开了新的一页，自当珍惜。我喜欢把挂历平放在办公桌上，当作记事簿，今天干了点啥，明天要完成啥任务，一一记上。“今日事，今日毕”“昨天的太阳晒不干今天的衣裳”，一年下来记得满满的，好像一份工作总结。日历，分明在记录着一个行者的足迹。

后来出现了更有文艺范的台历。上面内容就更丰富了，诸如名言警句、唐诗宋词、书法名画、养生知识等等，对于好似“文青”的我来说，每日一读，收益良多。之后，在台历上除了继续记录工作外，还多了点表情：或是一个笑脸，或是一个问号，有时会打上一个五角星，有时则留下一片空白。生活和工作中总有欢笑和泪水，面对“眼前的苟且”，唯有坦然微笑。每天面对日历，我总是自言自语“调整好心情再处理事情”“不念过往，不畏将来”，不管怎样，总要让激情飞扬，把每一天活出自己喜欢的“诗一般”的模样。

人生是一场旅行，日历就是那本旅行日记。日历上，记录着一路上的风景，跃动着我们在旅途上的心情。它收藏着岁月中点点滴滴的微笑、零零碎碎的烦恼、分分钟钟的感动、断断续续的回忆。假如把一生的日历编成“美篇”，那正是多彩人生的行迹，岁月如歌。

翻着日历，看着手机，我们都会叹息一声“日子过得真快啊”，多想把时光挂起来，可以走得慢一点；甚至想把时光留住、从头再来。可日历总是不依不饶地牵住我们向前。唯有在人生日历的每一页上，都写着“我没有虚度”“我没有辜负”。

每天的太阳都是新的。每一个不曾起舞的日子，都是对生命的辜负。“凡是过往，皆为序章”，日历不会截止，只有续篇。昨天，今天，明天，在循环往复的“日历”里，我们走过，我们起舞。

# 年的味道

**春节即将来到，年的味道已浓浓地把我们围绕，更在心头萦绕。**

年的味道，是团圆的味道。它是回家路上的大包小包，是年夜饭那满满一桌的家常菜肴；是初一早上那一碗汤圆年糕；是孩童们穿上新衣裳拿着压岁钱时的炫耀；是家人们团聚一屋看春晚直看到《难忘今宵》；是亲朋老友相聚时为往事干杯的欢笑……年的味道，家的味道，团圆的味道。

团圆喜庆一道，共祝生活美好！

年的味道，是吉祥的味道。它在一幅幅红彤彤的春联里，在一串串屋檐下的灯笼里，在一道道空中绽放的爆竹里，在一场场热热闹闹的花灯庙会里；它又在守岁的嘀嗒时光里，在拜年的声声祝福里……年的味道，远古传来的味道，愈久弥新的味道。因为它有一个名字，叫作“驱邪接福”，它有一个故事叫作“吉祥平安”。把邪魔驱跑，让幸福驻牢。

年的味道，是期盼的味道。它在梅花的枝头跳跃，它是正在苏醒的小草，它是假日旅途上的第一张美照，是开春第一次在湖边的慢跑，它是闲暇茗茶读书时芬芳四溢的味道，它是新年钟声响起时的双手合十默默祈祷。如今又多了一道，那就是“小程序”“小年糕”在微信里声声祝福的味道……年的味道，心的味道，充满着期盼的味道。春光曼妙，来年更好！

于是，我们互相祝福着，一起吟唱着《明天会更好》。

# 新年的钟声又将响起

除夕的新年钟声将敲响时："让我们敲希望的钟啊……"阵阵钟声响，我们将辞旧迎新，走进充满希冀的春天。悠悠钟声里，我们将"闻钟声，烦恼轻，智慧长，菩提增"，开启人生新的旅行。

说起新年听钟声，与我还有一段情缘。那是二十世纪九十年代初，我到无锡马山区委工作，有幸参与灵山大佛景区的建设；其后从1996年开始就每年牵头组织"新年听钟声"活动。记得那是1996年新年，八十八米高的灵山大佛还在建造之中，祥符寺里的大雄宝殿和钟鼓楼已经落成，我们就举办了第一次"新年听钟声"活动。吃完年夜饭的人们从四面八方早早来到了祥符寺里，聚集在钟楼前。人概晚上十一点一刻左右，第一声钟声撞响（那是算好时间的，至零点正好撞响第一百零八响钟声）。主持人是从无锡电视台请来的，每当人们撞响一声钟声，他们就会送上一声祝福。钟声在太湖边小灵山的上空回响，笑意在人们的脸上荡漾。1997年灵山大佛开光后，"新年听钟声"祈福的活动一直延续至今；敲钟时的新年祝福也渐渐改成用手机发短信、微信了；人们直抒情怀，在电子屏幕上表达着对自己、对亲人、对海内外的朋友的声声祝福。尤其让我难以忘怀的是1999年12月31日晚上的"迎接千禧年"听钟声活动，竟来了两万多人。当零点前十秒钟倒计时开始，全场人一起数着"十、九、八、七、六、五、四、三、二、一"，"咣"，最后一响钟声响起。"新年好，新年好！"大家欢呼着，并互相祝福；

礼花满天，烛火通明，人们听着钟声回荡，眼里含着泪花，心中揣着希冀，迎来新的一年，拥抱新的世纪，祈祷着“一年更比一年好”。

在一年又一年的新年钟声中，我悟出了新年撞钟和听钟声的含义，也知晓了为什么是一百零八响钟声。佛教认为：人有一百零八种烦恼，敲一百零八下钟，或聆听一百零八下钟声，人们便可去除一切人生烦恼。另有一说，一百零八为十二个月、二十四个节气、七十二候的总和，所以一百零八响钟声，是声声祝福吉祥如意、风调雨顺、四季平安的意思。在佛教文化中，还有一说，即“闻钟声，烦恼轻，智慧长，菩提增”。菩提，是梵语译音，即“觉悟、智慧、知识、道路”的意思。无论是哪种缘来和寓意，敲响一百零八下钟声，聆听一百零八声钟响，都蕴含着人们希望消除烦恼、期待吉祥平安的愿景，都寄托着人们祈祷万事如意、祝福明天更好的愿景。那么，就让我们静静等候新年的钟声响起吧!

当然，如果你没去现场亲自撞响或聆听新年钟声，我们可以在电视机前跟着春晚倒计时的节奏一起等候新年钟声的敲响，更可以敲响自己心中的钟声。在心中敲响吉祥的钟声，去除心中的杂草，摈弃往事的纷扰，不去预支明天的烦恼，倍加珍惜当下的美好；在心中敲响感恩的钟声，感悟生命的真谛，花儿盛开那就感知生命的美丽，雪花飘落那就感恩大地的滋润；岁月远去那就珍惜过往的记忆，繁华过后那就回归平淡的生活。在心中敲响智慧的钟声，让钟声叩响自己的心门，在钟声中扪心自问：我是谁？我从哪儿来？我到哪儿去？进而不忘初心，携上梦想，在人生的道路上一步一个脚印，踏实前行。

其实，钟声不一定只在新年敲响。“晨钟暮鼓”，在四季，在平日里，我们当时常敲响心中的钟声。这当是去除烦恼、予己快乐的钟声。这当是发聋振聩、让人警悟的钟声，因为光阴似箭，时不再来，“当下最美丽，且行且珍惜”；把握今天，做好自己，让每天都活出意义。

新年的钟声又将响起，让我们在悠远的钟声里默默祈祷……

“让我们敲希望的钟啊，多少期待在心中……”

第二篇章

# 乡愁味觉

乡愁是外婆桥旁的一碗豆腐花，
乡愁是姆妈烧制的一盆红烧肉；
乡愁是山村里升起的缕缕炊烟，
乡愁是柔软了岁月的老家味道；
让人魂牵梦绕的故乡啊！
乡愁，
常常在舌尖，总是在心头。

# 鸡子大饼

也许是《舌尖上的中国2》的诱惑吧，把我的馋虫给吊出来了。最近一直想吃小时候的那种鸡子大饼。那天，一位好友突然跟我说："走！带你去吃正宗的鸡子大饼。"这可把我乐坏了。

鸡蛋饼，全国各地都有，而鸡子大饼却是无锡的一种独特的地方名点。鸡子大饼中的"大"在无锡方言中发音近似"dou"，它的做法和品味独具无锡味道。

汽车在稻香路上停下，穿过一条窄窄的小巷，进到水秀菜场里，循着香味一眼就看到这家鸡子大饼店。开店的是姐弟俩。我们一下订了十个，一边看着他们操作，一边和他们聊着。只见那盘里是一个个发酵并醒好的面团，弟弟介绍说里面的馅心是"猪油、葱花、白糖和少许盐"；姐姐那巧手一会儿就把面团摊成一张圆圆的、薄薄的大饼了，轻轻往沸腾的油锅里一放，"哧啦"几声，大饼瞬间"发"了起来。这边弟弟刚把大饼翻两个身，那边姐姐则迅速在饼底下灌入一个打和了的鸡蛋。不一会儿，一个金灿灿、香喷喷的鸡子大饼出炉啦！我已迫不及待了，马上让他们给我切了半个吃将起来。别说，还真找到小时候吃的鸡子大饼的味道啦！油而不腻，肥香松脆，甜中带咸，入口酥软，双颊生津，心里美滋滋的……返程路上，我们对其赞不绝口，赞的是家乡的好味道，赞的是舌尖上的小幸福；不禁回想起那些年代那些时光。

鸡子大饼五元一个。姐弟俩一天最多能卖出三百多个。我赞赏他们的勤劳，更对他们精心弘扬地方美食文化、传承真正无锡味道而肃然起敬。要感谢他们啊!

听说无锡的老字号“穆桂英点心店”已恢复了鸡子大饼和梅花糕的销售；曹张新村、芦庄菜场、上马墩等小街小巷里也都能买到鸡子大饼。同时也闻悉近年来有的无锡老字号已关门，有些无锡老味道将失传，真让人喜忧参半。但愿有更多的老味道味存久远，有更多的老字号再续辉煌。因为生活需要老味道，城市需要老字号。

# 寻找梅花糕

“无锡是个好地方”，这里不仅有好水好山好风光，还有许多美味可口的风味小吃。梅花糕，就是我钟爱的一款小吃。记得小时候一到星期天总要去崇安寺皇亭小吃城那儿，花上一毛钱买上两个梅花糕，当即就边走边大口大口吃起来。前一阵子，许是怀旧吧，特别想念梅花糕，就四处寻找起来。一天，路过西门五爱路，突然发现沿街一家小小的门店里正在做着梅花糕，心里一阵欢喜，马上掏出十块钱买了五个，“现买现吃”，还是那么香，还是那个味。又尝梅花糕，不仅让我找回了久违的味道，还让我想起些许往事。我想，肯定也有不少人和我一样，在寻找梅花糕、寻找那些昔日的感觉吧。

梅花糕，光听名字就非常诱人。它外形如喇叭，顶部呈五片花瓣，形似梅花。传说当年乾隆皇帝微服出访江南时，在集市偶然看到一种小吃，状如梅花，色泽诱人，当即品尝，只觉甜而不腻，喷香松软，胜过无数宫廷点心，不禁叫好称绝，一时兴起，为其赐名“梅花糕”。经乾隆皇帝赐名的“梅花糕”，不仅红极一时，成了无锡的名小吃，而且一直传承至今。确实，只要是尝过梅花糕的人，都会有一种味蕾的享受，都会因它特有的色香味形而难以忘怀。同时，现场欣赏梅花糕的制作出炉过程，也称得上是一种有趣的享受。首先，制作烘烤梅花糕的器具，是一个特制的圆圆的铁制模具，里面隔有十九个梅花形的模子。只见开梅花糕店的那个小伙子把炉火生得旺旺的，在一个铜质的大茶壶状的器皿里用上等面粉、酵母粉和水和成糊状，待模具烧得滚烫，用刷子在模子里轻轻地刷上一层油，然后便向模子里逐个注入面糊，那个动作可潇洒飘逸了呢，仿佛茶道表演中的“凤凰三点头”。十九回“点头”似行云流水，一气呵成；每个模子里的面糊不多不少，均匀如一。接着就是往面糊里加入馅心，有鲜肉的、豆沙的、芝麻的和菜猪油的，再铺上少许面糊封口。不一会儿，只见他用一根铁钎挨个戳着，估计是在检查烘熟的程度，随即又天女散花般地在糕面上撒下些许黑芝麻和红绿瓜丝。几分钟后，香味出来了，那层面盖也一一鼓凸出来了，小伙子用铁钎一挑一挑，一只只金黄喷香的梅花糕就新鲜出炉了。此时，和我一样围看的顾客有好几个，你买五个，他买十个，还有的只得等待下一炉，直把店里的两个小伙子忙得不亦乐乎。那个脸上总是泛着笑意的小伙子告诉我，来买梅花糕的有本地人，有外地人，其中不少是年轻人，更有一些是和我一样专程来觅的“老无锡”。他还告诉我，现在原料、燃料都涨价了，原本是六块钱五个，最近提价到两块钱一个，但还是薄利多销，一天也能做个好几百块，顾客吃得开心，生意做得称心。品尝着心仪的梅花糕，我不禁对这两位外地年轻人生出几分敬意：他们做的小生意，正有着弘扬无锡传统名点的大意义。

梅花糕的馅心绝对是典型的“无锡味道”：那鲜肉馅的鲜咪咪，那芝麻馅的香喷喷，那红豆沙的糯笃笃，而我最喜欢的要数菜猪油馅了，甜甜的、肥肥的，吃到嘴里美在心里。这几种馅心似乎和著名的无锡汤团差不多，可梅花糕的品香要比汤团更胜一筹，不仅带馅的上半截美味喷香，就是下半截实心的“花柄”部分也香脆可口，直让人齿间留香，回味无穷。

吃着久违的梅花糕，我浮想联翩：斗转星移，物是人非，但总有那些昔日的味道让人追寻，总有一些旧时的感觉令人回味；一座城市总应保存一些不容抹去的味道、记忆、特色，和现代化的气息交相辉映。正好，近来闻讯，一批无锡“老字号”在行动：迎宾楼餐馆在崇安寺重新开张，聚丰园饭店在潜心研发无锡名菜名点，三凤桥酒家在喊响“走进三凤桥，品无锡味道”的口号，鸿运大酒店在推广着“品味无锡菜，请到鸿运来”的招牌，“王兴记”“熙盛源”等在坚守着无锡小笼包、无锡馄饨的品位，无锡名点小吃品种最全的穆桂英美食城则在精心打造着“中华名小吃”的品牌——让人直想为其喝彩！更愿他们守护、秉承和弘扬着“无锡味道”的品位、品质和品牌；更愿在大街小巷常能看到梅花糕、玉兰饼、豆腐花、葱油面、鸡子大饼、桂花糖芋头、惠山油酥饼等等正宗无锡小吃的门店；让无锡的父老乡亲常能回味本土本乡的“无锡味道”，让更多的中外游客方便品尝原汁原味的“无锡味道”。

# 烘山芋的味道

每个季节都有自己的味道。江南秋天的味道是香的，但仅用一个“香”字还难以表达这种特别。且不说那浓浓的桂花香沁人心肺，惹人陶醉；那路边街角甜甜的糖炒板栗香，是否也曾几番引得你驻足而一购后快？小径两边静静绽放的菊花飘逸着淡淡的清香，无端让人生出一份“人淡如菊”的感慨；而当煮熟了的太湖大闸蟹端上饭桌时，那种热腾腾、带点腥味的蟹味，加上小碟里的醋香，会把人的馋虫都勾引出来，等不及“客套”便拿来大快朵颐。深秋时分，还有“九月九”的老酒醇香，刚上市的新米饭的糯香……然而，有一种香，一直在我记忆里、在我回味中，那便是烘山芋的味道了。我时常会情不自禁地寻觅这种味道。

烘山芋是江南秋时的一种味道，做烘山芋和吃烘山芋的人恰是秋时江南的一道风景。记得小时候一放学，常会拿着外婆给的两分钱去路边的烘山芋摊上买上一个热乎乎、香喷喷的烘山芋。有的时候去晚了，需要等上一会儿，一边口水直咽，一边看着烘山芋的大爷操作。那个场景让我记忆犹新：烘炉是一只大缸或大木桶（后来也有用铁皮桶的），外面用铅丝加箍，里面则砌砖塘泥，按现在的说法，挺环保的。大爷把一个个洗净的、红艳艳的大山芋逐一放入炉内，捂上盖子。炉膛里炉火正旺，只见大爷时而开盖看火，时而逐个翻动，时而取出一个拍拍，手法娴熟，让你根本不用担心“有的不熟有的过熟”。不一会儿炉内就散发出一股香味。出炉了！好烫啊，一个大山芋捧在手里，既吹又拍，既拍又吹，就是让人不想放开。刚出炉的烘山芋要数那层皮最香了，尤其是稍稍烘焦、连皮带肉的那一层，甜甜的焦糖味道，我最喜欢；狼吞虎咽吃将起来，结果常被噎住，噎得直伸脖子，但还是一口气吃完才罢休。

烘山芋，还有一种做法，就是放到灶膛里煨。二十世纪六七十年代在苏北大丰插队时，灶膛里煨出来的烘山芋曾是我们的一个宝贝。那个地方种棉花，棉花秆子便是最好的烧火柴。做饭时，拿几个自己种的山芋往炉火正旺的灶膛里一丢，不一会儿就熟了，取出来拍掉灶膛灰，吃起来有一种简单的满足感。也许是因为棉花秆在燃烧时会发出一种特殊的香味，煨出来的山芋，自然有着一种别样的味道；加之是自己种出来的成果，那时的感觉真是比吃北京烤鸭、烤乳猪还要美滋滋啊。

吃烘山芋有个中味道，而种山芋、挖山芋亦有诸多乐趣。那时候，有三分自留地。春耕季节，我们会挑选拳头大小的山芋，而且是要无霜冻、无斑点、无破皮的，把它们埋在事先施好基肥的十厘米深的地下。没多少天，它们就会抽出好多嫩绿的枝芽，生机盎然，煞是可爱。待枝芽长到二十厘米左右时，小心翼翼地把它们剪下来，一一插到做成垅的地里；日后只需松松土，施些肥，就能看着它们悄然无声地茁壮成长啦。山芋对于生长环境不是怎么计较，而生命力却旺盛得很，那绿油油的山芋藤割掉一茬又很快冒出一茬。那时候，山芋藤是用来喂猪的；现在时代变迁，山芋藤可成了城里人喜欢的上等绿色食品了。秋风习习，收获山芋的季节到啦。用小铁耙把土垅耙开，一个个山芋就呈现在面前，大的有一斤多，小的则是一长串的。还等什么？拿上两个到旁边小河里洗洗就啃起来了，水水的，甜甜的，咬起来“嘎嘣脆”，嘴里、心里充满丰收的喜悦。

当然，山芋的吃法很多，诸如蒸山芋、汤山芋、煮山芋、桂花山芋粥、山芋银耳羹等等；还可当作菜，像红烧山芋、葱爆山芋、拔丝山芋、山芋红烧肉什么的。在曾经的“瓜菜代”年代，山芋干可是我们的主食；在当下，红薯饼、红薯糕则成了人们休闲食品中的“新宠”。现在许多人还会在家里用微波炉烤山芋。各有各的做法，各有各的味道。但是，我还是喜欢吃烘山芋，喜欢烘山芋的味道。心想事成，正在写这篇文章的时候，听说家附近的后西溪新开了一家山芋坊，我便立马赶去。嗨！还是用大缸烘的，顿生一份亲切。买了一个大山芋，六元五角，热乎乎、香喷喷、糯笃笃，“原汁原味原生态”，还是那个好味道。

我想，烘山芋的味道，秋天的味道，也许有一个名字叫“思念”。喜欢烘山芋的味道，喜欢秋天的味道，思的是那种简单而满足的时光，念的是这份秋收冬藏的岁月。

# 香喷喷的大饼油条

不知为啥，附近那家大饼油条店关门了。那是一对浙江人夫妻经营的小店，每每清晨就会早早开门，一元一个大饼，一元一根油条，很便宜，购买方便。那我以后到哪去买大饼油条……

大饼油条可是江南人家早餐的“主角”，到处都有卖呀。以前，大饼油条小店在街头小巷到处可找到，大都是夫妻开店，且每天开门最早。他们的手艺煞是娴熟，工艺并不复杂，然技术含量很高。我从小喜欢吃大饼油条，也喜欢看他们制作大饼油条。只见他们先是和面醒面，面要和到位、醒到位，大饼油条才有韧劲且松脆。然后，他们会先把和好的面拉搓成长条，再捏成大小相等的面团，接着放入馅心，用擀面杖推成圆饼状，撒上一把芝麻，便往烘炉里贴去。火候把握正好，不一会儿香喷喷的大饼一个个出炉了，四处香飘。

做油条更具技巧，和好的面拉成长条后，在案板上“笃笃笃”切成小条，再将两根小条叠起，用筷子在中间一按，拎着两头边拉边往滚烫的油锅里轻放；此时他们会用一双长长的筷子将油条不停地翻滚，瞬间，油条体积膨胀、色泽变黄；不到一分钟，就拣起油条，放到一个钢丝制的筐筐里让油滴掉……整个过程很有仪式感，在排队时看着已是一种美美的享受。那油条油光金亮，外酥里嫩，最好趁热吃，冷了就少了那个口感。大饼的话，分甜的和咸的两种，上面都有满满的一层芝麻，烤过的芝麻香和着烘过的面粉香，一口咬下去，唇齿间流香。

江南人吃大饼油条还有一种爱好，叫作“一副大饼油条”，即买上两只大饼一根油条，趁热一包，吃将起来，感觉特好。马路上匆匆行走的人们美滋滋地啃着“一副大饼油条”，一路飘香；公交车上上班的人们静悄悄地品着“一副大饼油条”，香溢车厢。已然成了早晨的城市里独特的风景和特有的味道。

说到“一副大饼油条”，想起儿时的趣事：每回小学考试后，当外婆问我“考了多少分”时，我总会自豪地答道“一副大饼油条”。呵，一根油条两只大饼恰是一百嘛。而当学校春游、秋游时，外婆总会买上“一副大饼油条”，外加一个糍饭团，放在饭盒里，装入我的小书包，并唠叨着“饿了就拿出来吃哦”。午饭时分，小伙伴们坐在草坪上，啃着大饼油条，嘻嘻哈哈，打打闹闹，兴致别样高。

家乡人买油条、吃油条，有着独特的方式：买油条时，爱带上一根筷子，几根油条往筷子上一串，闻着一路的香味晃悠悠晃到家里；到了家里，除了大饼包油条这种吃法，也会用油条蘸着酱油吃，还会将油条吃一点撕一点，泡在稀饭或豆浆里吃。说来有趣，买油条时，特别喜欢买炸得老一点的油条，香嘛。可民间有“老油条”一说，似乎这个词有一层别的含义。

如果说大饼配油条，那么，配大饼油条的，绝对是豆浆了。以前大饼油条店里大多有自己磨的豆浆。甜豆浆，加上一勺白糖，口感甜润。咸豆浆则讲究多了，里边会兑上一勺鲜酱油，放入紫菜碎、榨菜末、小虾米、香葱花，加上几段油条，最后淋上几滴麻油或辣油，那个味道鲜美浓郁，怎一个“好”字得了。

大饼油条自然成了江南人的一份情结、一种嗜好。记得二十世纪七十年代，我们一家下放到苏北黄海边上的一个小乡村里，那里哪有大饼油条？可是我念念不忘大饼油条。好在公社镇上有一家烧饼店（那里叫作烧饼）。于是每个星期，我都会骑上一个多小时的自行车，专程去买上几个大饼。那里的大饼长长的，但管它是长长的还是圆圆的呢，我只是为了那大饼油条的味道。

也许深谙江南人的这份喜好，现在肯德基里居然也有了油条，可总觉得少了原来的味道；城市超市里有时也能买到油条，但顾客却无法看着油条出锅了。如何是好?

随着生活环境和理念的变化，人们对于大饼油条的需求也在悄然变化。或是不放心面粉和用油的质量了，或是担心制作油条时过多使用矾了……于是，大饼油条店的店主们也使足了“招”。记得附近那家店里，曾特意把上等面粉和“金龙鱼好油”放到显眼处，还在店牌上注明了“无矾油条”的字号。

现在似乎大饼油条店没有以前多了。前些日子，和微信群里的朋友们讨论餐饮“老字号”。我思忖：怎么少见大饼油条店的“老字号”？或许成本太高，或许效益不好，或许是精于制作大饼油条的师傅与日渐少？其实，做好“一副大饼油条”，同样需要“工匠精神”：坚守多年，只为做好一家大饼油条店；专注经营大饼油条，只为把“正宗”两字做得更好。生活需要“工匠”，然“工匠”也需要生存和成功的“土壤”啊！期待着大饼油条的“老字号”。

小小的大饼油条，承载的不仅仅是人们生活的需要，守护的不仅仅是家乡的味道，而更多的是乡思、乡恋和乡愁。记得叶圣陶先生说过“我们的所爱在哪里，故乡就在哪里”。在最朴素不过的大饼油条里，正蕴含着人们对家乡的记忆和永远忘不了的味道。

# 喜闻猪油那般香

无锡有家远近闻名的包子店，叫作“鸿运大包”，很受市民和游人青睐，往往一买就是好多个，我也算得上是一个“粉丝”了。鸿运大包的包子有好多种馅，如鲜肉的、豆沙的、芝麻的、蔬菜的、虾仁的、菜猪油的……而最让我钟爱的独属菜猪油大包了。热乎乎、松软软的包子捧在手里，一口咬下，浓郁的猪油香味即刻溢出，还未入口已让人陶醉；那种流连在唇齿间、流淌在心田里的感觉真是美极了。现在碰猪油的人似乎越来越少了，可我依然喜欢猪油那般香。

喜欢猪油那般香，是从童年记事那时起吧。那个年代，猪油是每个家庭的生活常备品。外婆熬猪油的情景依然清晰：从菜场上买回一块猪板油，清洗干净后切成一块块小方块，放入锅中，加水少许，大火煮开；等到油起便小火加熬，约半小时后只见锅里的水越来越少，白花花的油越来越多；熬了一个小时左右，但见猪油块色泽从白花花渐变成黄灿灿，丰润的个儿渐渐消瘦，此时满屋飘香，大功告成。外婆会轻轻地把猪油渣捞起，再待满锅猪油冷却后慢慢地倒入器皿。这期间，最诱人的就是那盆黄澄澄的猪油渣了，不待我们嚷嚷，外婆已经快速撒上些许白糖，让我们这帮守在旁边、直咽口水的小子抢食。那油渣脆脆的、香香的、甜甜的，绝对称得上是当时的美味佳肴了。现在一些挑三拣四不肯吃饭的小孩怎会理解那盆白糖猪油渣对当时的我们的意义呢？但是就连这个，外婆也不许我们全吃掉，因为她要用来做一道猪油渣炒青菜。

在那缺衣少食的年月，大多家庭也许都是这样：花费不多的钱换回橱柜里常备的猪油，虽无肉但有肉香、有油头，既可解得肉馋又可吃得长力气。猪油似百搭，用途可多了：下面条时加一勺猪油，面条分外香；煮菜饭拌上猪油吃，那饭倍儿香；炒什么菜都用猪油起个锅，那盆菜必定带着特别的香；过年蒸年糕包团子，最讨人喜欢的也就是猪油年糕和菜猪油馅的团子。平时饭桌上没什么菜时，还会做一道猪油葱花酱油汤，那可是下饭佐餐的一碗好汤啊！

1969年冬天，我随母亲下放到了苏北大丰县，开始插队落户新生活。那里是种植棉花大县，棉籽油当然是人们生活的“当家油”了。我们吃不惯，于是到处寻找猪油。听说生产队里杀了头猪，会抢着去把猪板油买回来；猪油吃完了，便会骑上几个小时自行车，去公社小镇买上一块猪油；后来，我们自己会养猪了，每逢过年杀了猪，吃掉“杀猪菜”后，会把大部分猪肉腌后晒起来，把猪油熬好藏起来，因为来年生活离不开它们啊。那时，春耕大忙种棉花，播种机是靠人工牵拉的，劳动强度很大，从天色刚亮拉到中午时分，早就饥肠辘辘，这时用猪油拌上玉米饭，饭香得愈加诱人。狼吞虎咽吃上两大碗，对于我来说是多么奢侈和幸福的事啊。还别说，猪油和玉米饭的功效还真神奇，吃了特长力气，加上起早贪黑的劳动，竟让我这个城里的“瘦弱小书生”发育成了一个壮壮实实的“乡下小伙子”，成了一个田间劳动的好把式。1975年，作为优秀知青，我被推荐去盐城师范学校上学。终于有了继续读书的机会，我当然十分珍惜。那时学校的口号很有意思：“人民送我上师范，我上师范为人民”。在学校里，我一边学习文化知识，一边参加社会活动，想起来，那时的我真有点“意气风发”的模样。那时学校的生活同样是很艰苦的，尤其是晚饭时的稀饭，那真是“稀”啊，记得我还总结了一个如何喝稀饭的口诀，叫作“勺子沉到底，慢慢朝上提；不要多晃动，一晃就喝稀”。可晚自修后还要看书，肚子早就饿得“咕咕叫”了，这时我总是会拿出妈妈为我准备的炒麦粉和猪油，开水一冲，猪油一拌，那可是一顿上乘的“夜宵”啊。香味浓浓的猪油拌炒麦粉，也伴我度过了那两年的学校“夜生活”。

到后来，回城了。也许是工作和生活条件改善了，猪油吃得少多了。有的说猪油吃多了对人的身体健康不利，现在人们大都会选用花生油、茶籽油、橄榄油之类。这真是“冤枉”猪油了。猪油简直是个宝，生活和健康少不了啊。其实，猪油含有丰富的蛋白质和多种脂肪酸，包括饱和脂肪酸和不饱和脂肪酸，具有一定的营养价值。问题不在猪油，而在人们自己，人们应该使自己的饮食起居更加科学，更加合理。

喜闻猪油那般香，我依然坚持我自己。当然我也要更加注意保持自己健康的心理，更加注意锻炼自己的身体。

# 偏偏爱上红烧肉

现在做红烧肉，许多人往往会先用水焯一下，去掉腥臊味和浮沫后再起油锅。我还听说有些人家做红烧肉，不先用油爆炒，直接将肉放在砂锅内没上水，倒入佐料，大火、小火地煮，说是可以充分保留肉的香味和鲜味，想来也是有道理的。

一碗香喷喷的红烧肉端上饭桌，我总是第一个就抢着吃，常常被烫得伸舌头，外婆笑盈盈地说我“贪嘴不留穷性命”。那红烧肉肉味香浓，肉质滑嫩，肥瘦相间，入口即化，甜而不腻，齿颊留香，可不是人间美食吗？

后来，随母亲下放到了苏北大丰。那个年代那个地方，吃肉更是奢侈的事了。可是正值长身体时期的我，下田劳动强度大，肚里又缺油水，总惦着那块红烧肉。母亲最知儿女心。每一个月左右，她会用省吃俭用积攒下来的钱，骑上一个多小时的自行车，去公社镇上买回一块肋条做红烧肉给我们吃。但是舍不得多放佐料，味道便大不如前了。可这肉是在柴火灶上做出来的，吃起来又有股特别的香。那时，逢年过节生产队里会杀几头猪，每户能分得一块肉，这是我们最开心的时光。艰苦岁月里我还发现了一个能够吃上肉的办法，当地人每逢家里操办红白喜事或上梁造房，总会设宴招待乡邻，虽然没有红烧肉，但一桌菜中总有一道和上糯米等做的大肉圆（当地称斩肉），而且每人可吃到三个。于是，我总是应邀而去，或去做做小工帮帮衬，真实目的可怜，就是奔那三个大肉圆去的。到了冬季，男劳力都要去上河工，那活累哦，可我还争着去，一则可以多挣工分，二来因为工地上晚上有肉饭吃。所谓肉饭，就是直接用猪肉和米一起煮成的饭，虽没有红烧肉那么讲究，但也是肥肥的、香香的。终于有了油水，吃了还熬饥。

近年来，每当我拿起筷子大块吃肉的时候，总有朋友善意提醒甚至劝阻“少吃点哦”“防止三高哦”。朋友自然是好心，但是我对红烧肉的这份偏爱和热情始终没有减少，不是有这样一句话嘛：有些事，一直没机会做，等有机会了，却不想再做了。那么红烧肉也一样，趁着现在还喜欢吃就吃吧，别等以后放在眼前也没了那个胃口。我还赞成一个观点：长寿有太多的因素，养生，并不是千篇一律的模仿，天天盯着健康指标测血压，量体重，为此形成负担，寝食难安，反是养生的大患。老来之福，在于随遇而安，随心所欲，顺其自然，少留遗憾。因此我依然我行我素。

偏偏爱上红烧肉。我想，凡是大自然赐予的好味道都应当珍惜，老祖宗传下来的好东西必有道理，自己喜欢的不可轻易放弃。更何况，红烧肉确是人间美食，不可辜负也。

# 小小一碗豆腐花

在无锡惠山山麓，离市中心不远，有个惠山古镇。这里不仅盛产闻名遐迩的惠山泥人，还荟萃了天下第二泉、寄畅园、惠山寺、古祠堂群等名胜古迹，更有着一种“老无锡”的市井生活。在“七里香膝”和惠山横街上，街坊小巷里，传统民俗、手作工艺、茶室酒肆、地方美食，随处可遇。惠山酥饼、小笼包子、四色汤圆、银丝面、老菜馆等“无锡老味道”，尤其受到市民和游客的青睐。而我情有独钟的，是老曹小吃铺的一碗豆腐花。

“偷得浮生半日闲”。选个下午时分，又一次踱进“曹记”。温煦的阳光似有几分懒散，穿过树叶的空隙，将斑驳洒落在食客身上、洒落在豆腐花上，让人恍惚生出一种岁月感。眼前的这碗豆腐花，如云之晕白，像花之娇嫩，似玉之润滑，散发着豆之清香。粉红色的虾米、深褐色的紫菜、青翠翠的香葱末、黄金般的榨菜粒、黑黝黝的酱油铺撒其上，五色俱全；尝上一口，温润细腻，嫩香咸甜鲜，五味调和。旁边坐着的那几个上海游客边吃边啧啧称道“蛮灵格，蛮灵格”。

简单一碗豆腐花，吃起来也有门道呢。“趁热吃哦！豆腐花，就要吃那一口烫，一冷就没那个味道了。”听曹师傅这一说，再咂巴一口“烫”豆腐花，果然更觉个中滋味。“最讲究的是我的酱油。”曹师傅指着台上那个陶瓷锅颇有些显摆的自信。只见那陶瓷锅架在小小的炉子上冒着热气，锅里咕嘟翻滚着的就是让曹师傅引以为傲的“秘制酱油”。“酱油用掉五分之一，就要添加了；就像三凤桥排骨，必须用老汁慢熬。”怪不得如此鲜美，用无锡人的话说：“鲜到眉毛掉下来。”当我请教曹师傅“秘制酱油”的秘方时，他笑而不语，只是告诉我，这种酱油还有一种妙处，就是当它添加到豆腐花中的时候，会和热腾腾的豆腐花“亲密”融合，分外和润鲜香。

吃着这碗可口的豆腐花，自然涌起少时的记忆。儿时的巷口，常有一位老伯挑着担子卖豆腐花，用糯笃笃的吴侬口音吆喝着：“阿要豆腐花，豆腐花！”担子一头是一只老木桶，木桶里有一只大口的瓮头，瓮头里就盛着豆腐花。瓮头上面一只木盖头，瓮头和木桶之间紧紧地箍着旧棉絮，恰如一个特大号的保温瓶。担子的另一头挑的是一个长方形的木箱子，置放着坛坛罐罐，油盐酱糖等应有尽有；虾皮、紫菜、葱末、香菜、榨菜粒各具色泽；香气四溢，让人口水直流。我总会立马找外婆要上五分钱，买一碗，站在担子旁边美滋滋地吃起来。

记得那时，吃完豆腐花还常常舍不得离去，喜欢看老伯一碗碗调配豆腐花的样子。只见他挥舞着一把浅浅的铜勺，在桶里撇出几勺上碗，豆腐花如片片白云，层层分明地交卧在碗中；接着似“蜻蜓点水”般地往碗里添加各色配料。那手势轻盈娴熟，行云流水，恰如一位艺术大师在创作着自己得意的作品。可以说，我们小时候是听着卖豆腐花的吆喝声，吃着热腾腾、香喷喷的豆腐花长大的。

现在已看不到挑着担子走街串巷卖豆腐花的老伯了，也听不到他那糯笃笃的吆喝声了。但总忘不掉那碗豆腐花。每隔一段时间，总要去觅上一碗，也许已成一份情结了吧。小小一碗豆腐花，常常让我找回儿时的味道、往事的美好，且每每会有一种小小的满足感。

我吃豆腐花，喜欢一小勺一小块地品尝。用勺子舀起一小块嫩豆腐，搭上几许香葱、虾米、榨菜末等，慢慢送入口中，感受着化在嘴里的绵软，一股清香在齿颊溢开，闭上眼睛细细品味。小小一碗豆腐花，柔软到我心里了。快乐很简单。生活中，不也有着那些“看似简单，实有情感”的“小小一碗豆腐花”，让我们感受柔软、感悟幸福吗？这感觉真好。

# “明前螺，赛肥鹅”

前些日子，朋友小聚。我们这些崇尚“不时不食”的“吃货们”，自然点了一桌时下的春菜。诸如马兰头拌香干、葱油爆蚕豆、香椿炒鸡蛋、蚌肉金花菜、红烧昂刺鱼、春笋腌笃鲜等等，满席春色，春意盎然，春味撩人。特别是吃到螺蛳肉炒韭菜时，那螺肉如黛，点缀在翠韭之中；新韭的鲜爽、螺肉的肥嫩，让我们个个啧啧称道：“此味只应江南有啊。”

想起江南地区的一句俗话——“明前螺，赛肥鹅”。说的正是：春暖花开，万物复苏，经过一个冬天的“潜伏”和滋养，螺蛳纷纷爬出泥土，而春水养螺，清明前的螺蛳最是鲜嫩，且壳中无子，泥腥气小，其肉质肥美，如同肥鹅。一过清明，螺蛳不仅会带子，鲜嫩、肥腴之味亦会逊色许多。螺蛳对于江南水乡的人来说，是最熟悉不过的水产了。有意思的是，无锡人却把螺蛳说成“蛳螺”，且把品尝“明前蛳螺”视作享食时令珍馐的一桩盛事。

说到品食蛳螺，先得聊聊捕捞蛳螺。江南这一带捕捞蛳螺的方式，一般有摸蛳螺、捞蛳螺和耥蛳螺等。记得小时候，在暑假里，和小伙伴们玩得起劲的一件事，就是跳进屋后的小河浜里摸蛳螺。那时水乡河道纵横，蛳螺唾手可得，一会会就能摸到一大把，边摸着蛳螺边打起水仗，嘻嘻哈哈，甚有乐趣。当然，最常见、最普遍的还是耥蛳螺，它要借助一种叫作“耥网”的工具——用竹木做成倒三角的架子，绑上一块尼龙网，再装上一根长竹竿，便成了耥网。只见捕捞者将网用力沉到河底，再轻轻来回推拉几次，待到耥网靠边时，尽快在水里来回晃荡几遍洗涤淤泥，并除去网中的杂草，便开始捡起了蛳螺。

待到蛳螺大量上市的季节，菜场超市里、农贸市场里都可见到蛳螺。怎样才能在品鲜季吃到肉肥味美的蛳螺呢？挑蛳螺大有讲究。喜欢蛳螺的食客们买蛳螺时，总是这样的："一闻"，即从水中捋一把蛳螺闻一闻，没有其他气味的绝对是鲜活的；"二看"，仔细察看蛳螺的壳盖是否紧紧地覆盖在蛳螺上，如果壳盖脱落，那说明蛳螺已经死亡，而假如螺壳的颜色发黑，那可能这种蛳螺的生长环境不太干净，或者泥沙多；"三挑"，总会挑那些外壳黄中带绿，且个头中等的；因为个头太小螺肉就小，个儿太大又不易入味，还真有点美食里的"中庸之道"呢。

从市场上买回已经剪尾的蛳螺，还不能马上烹煮。"大厨"们总会把它们放入一大盆清水里养上半天，叫作"养蛳螺"；并会在水里滴上几滴麻油，帮助其吐出体内的泥沙和脏物。"食材好，食才好"嘛，美味的东西，都是值得认真对待的。好咧，在水里养清的蛳螺可以开始烹煮啦。在无锡地区，蛳螺的吃法也是各式各样：清炖、煮汤、酱爆、韭炒、炖黄鳝………而且都会配上姜丝、葱花、蒜头、料酒以及青红辣椒等佐料；"咸出头，甜收口"，有些喜欢浓油赤酱的人家还会在做酱爆蛳螺时添上少许白糖。

不少人钟爱汤蛳螺。无锡城厢里有家西新饭店，早些年就打出"一粒蛳螺抵只鹅"的广告，并推出十多种汤蛳螺的吃法，成了"网红打卡"店。春季里，在无锡的大酒店、小饭店和农家乐里都能点到蛳螺这道时令菜，怎么喜欢怎么吃，下酒下饭总相宜。总之要把鲜美至极的蛳螺"过足瘾"，只因"一味蛳螺千般鲜，美味佳肴皆不及"啊。

一盆蛳螺端上桌，一家老小，一伙朋友便有滋有味地品尝起来。品尝蛳螺也是一个技术活，无锡人把这叫作"嘬"，也许是吸吮蛳螺时声音的象声字吧。"嘬"蛳螺时需要嘴和舌头的默契配合，用巧劲。劲小，蛳螺肉吸不出来；劲大，会把螺尾吸入口。只见会吃蛳螺的朋友们，用前三个指头捏着一颗蛳螺，轻轻地靠近唇边，两颊微微一颤，指尖便只剩下一只空壳。恰到好处地“嘬”一声，仿佛打了个飞吻。上回请北方来的朋友尝鲜，看到我们娴熟地“嘬”着蛳螺，他们惊讶地说“无锡人这么能吃”。在我们的指导下，有的也学会了“嘬”的一声，一时学不会的也不想错过这江南的美味，便用牙签挑出蛳螺肉，也吃得津津有味。

“明前螺，赛肥鹅”，恰是形容当季蛳螺肉的鲜嫩和肥腴。而当明前的蛳螺遇上新鲜冒出春土的韭菜，韭菜炒蛳螺肉，那是许多江南人的最爱。那般鲜嫩和肥腴的感觉，真叫人“打了耳光也不肯放下来”。怪不得，“春初早韭，秋末晚菘”，《南齐书》上记载周颙回答文惠太子“菜食何味最胜”的问题时如是说。“春韭秋菘”指春天的新韭、秋季的时蔬，其味最胜也。不时不食，都说江南的美味是“吃”出来的；“明前螺，赛肥鹅”“三月新韭三月螺”，如此的人间美味，岂能辜负呢！

# 来碗冷拌面

“大伏酷暑，上蒸下煮”，连日高温烤得人们少了胃口，这时来碗冷拌面，恰是最惬意不过的美事了。好一碗面的无锡人，且把冷拌面称为“冷激面”。

冷拌面的制作方式是这样的：先把面条煮熟，捞出来在凉白开里冷激一下，一者降温，二者去除面条的黏性，让其口感更清爽。或把面条挑起，对着风扇凉，那姿势很好看；面条的温度迅速降低，且表面微微收紧，吃起来愈加有嚼劲。当然现在还可以放入冰箱里冷激一会儿，想吃的时候拿出来，拌上佐料，如麻油、生抽、精盐、香醋、蒜泥、香菜、白糖、辣椒油等，丰富得很，且看个人喜好。我喜欢葱油加香醋和白糖，那味道特别鲜美。一碗葱油凉拌面，再来一碗紫菜蛋花汤，可算酷暑中简单而清口的午餐标配了。讲究浇头的也是“萝卜青菜”各取所需，我偏爱毛豆咸菜，或添上些黄瓜丝和豆芽，舌尖上爽爽的，心里顿时凉快了许多。

一碗冷拌面，是酷暑季的“小确幸”。说来也是有缘，当我想吃冷拌面的时候，开面馆的朋友唐先生来微信了：“来吃早面哦。”我没加思索就回道：“来碗冷拌面”。当下江南一带的面馆里都会精心制作冷拌面。放慢你匆忙的脚步吧，到面馆里作一小憩，“来一碗冷拌面”。

都说伏天要吃得清淡、利于消暑。那些田里的、菜场上的、超市里的蔬菜瓜果恰是应景应时、任君采撷的模样。那丝瓜、黄瓜、冬瓜，毛豆、豇豆、扁豆，茄子、番茄、茭白、马铃薯……长的短的，胖的瘦的，红肥绿瘦，应有尽有。管它“秋老虎”猛如烧烤的节奏，当下正是饱享口福的时候，你我都舍不得错过。一碟拍黄瓜，一碗冬瓜汤，一盆丝瓜毛豆，足以慰暑燥。

春发、夏长、秋收、冬藏，盛夏初秋的路口，正是万物生长最快的时候。何不抓住盛夏的尾巴，像田里的蔬菜瓜果那般，恣意生长，向着秋天丰收的景象?

“偷得浮生半日闲。”在酷暑的午后，择一荫凉地，沏一杯茶，翻开一本书，当是清凉一夏最适宜的节奏。好多朋友都会喝金银花茶，三伏里喝伏茶嘛。我偏爱的是宜兴红茶那般香郁醇厚的，或品杯中茶叶沉沉浮浮，或听阵雨“大珠小珠落玉盘”，心头的暑热悄悄地散去。

当下，正如白居易《消暑》诗说：“何以销烦暑，端居一院中。眼前无长物，窗下有清风。散热由心静，凉生为室空。此时身自得，难更与人同。”挥去额头的汗珠，放下心中的负累，让自己归于宁静。一场暴雨后，天色瓦蓝瓦蓝的，蓝得让人什么都不去想，只想把她慢慢欣赏、缓缓收藏。

当下如此美好。于是，我们告诉自己，不负韶华，踏上初秋的路，去见想见的人，去做想做的事，去迎接秋色美景，去向往的远方，去遇见心中期待的一切，一切美好可期。

# 姆妈烧菜

在清杨路上家乐福南面有家很有特色的饭店，并且它有个特别的名字：姆妈烧菜，屋顶上还有一行醒目的大字：菜还是妈妈烧的好吃。每每路过，都不禁想起妈妈，想起当年妈妈烧的菜，甚至仿佛闻到姆妈烧菜的味道。

小时候，我就喜欢吃妈妈烧的菜。那时因妈妈工作忙，我由外婆带；每到星期六下午，就会依在大门口等着妈妈来看我。妈妈一停好自行车，洗洗手，便忙着做起菜来。那时菜不多，就一两只，我最喜欢吃的是妈妈做的肉茸松炖蛋，二三两肉糜、一两个鸡蛋，拌入葱盐和味精，隔水蒸得“噗”起来，吃着可香呢，我常常把那个小碗都舔得干干净净的。晚饭后，妈妈就检查我的作业，当看到作业本上连连的100分时，她总会亲我一下，我脸上尽是妈妈的味道。现在想想，这是母亲疼儿，舐犊情深的味道啊！

1969年11月母亲接到下放苏北的通知。母亲带着我们兄妹四个去大丰县插队落户。一到苏北大丰，妈妈即刻变了模样。第三天就头上扎块毛巾，穿上一件黑棉袄，下田和贫下中农们一起干起活来了，并干啥像啥，很快和当地农民“打成了一片”。在家里，妈妈不仅学会了煮玉米饭、做苏北菜、也隔三岔五地为我们做一两个无锡菜，总要待我们吃饱后她才动筷，她是担心我们几个小孩适应不了苏北那时的生活啊。一到队里杀猪，分得几斤肉和一副猪肠，妈妈就会做上好多碗她拿手的糟扣肉和红烧筒肠，分送给村里的左邻右舍，乡邻们也渐渐地喜欢上了妈妈做的菜，都亲切地喊她“王奶奶”。那时妈妈才四十多岁，可她额头新添的皱纹，那副穿着打扮，那总是乐呵呵的笑容，看上去还真像“王奶奶”了。可我知道，妈妈心里没老，坚信着寒冬过后是春天，就如她带着我们在三分自留地里种的郁郁葱葱的小菜，犹如她为我们做菜时灶膛里熊熊燃烧的柴火。妈妈的心思，儿女知道，我们只想不辜负妈妈的心愿和操劳。1975年我被推荐上了盐城师范学校，报到前一天妈妈还特地做了一大罐我喜欢吃的黄豆肉丁甜米酱和一大袋炒麦粉，满满装上一瓶猪油，让我带去学校。每当上夜自习后肚子饿时，我总是泡上一碗麦粉，挖上一勺猪油拌拌，那个味道可真香啊！耳边自然响起妈妈的教导，因为我知道这是妈妈的味道，妈妈的恩情如海之深，如山之高。

妈妈是在1976年调回无锡工作的，无论是在南长区、北塘区政府担任领导工作，还是退休后自告奋勇当上区退休干部党支部书记，她总是骑着自行车忙个不停，似乎有使不完的劲。我知道，她要把损失的时间夺回来，为党为人民多做贡献啊！我常以妈妈为骄傲，以妈妈为榜样。可再忙再累，妈妈每天雷打不动的一件事，就是下班后赶回家做饭烧菜。晚饭时候，她就挨个“检查”起我们的工作来。每到春节过年，妈妈则大显身手了，做蛋饺、酿面筋、摊卷鲜、包团子、做八宝饭，还以她的秘方加工许多芥辣酱，忙得不亦乐乎，一边做还一边教我们几招。年夜饭桌上尽是甜甜蜜蜜、唠唠叨叨、团团圆圆的“妈妈味道”。吃过年夜饭，她还安排一家一份往回带。年年如此，直到她因病治疗无效离我们而去。

妈妈离开我们已有十一个年头了，思念妈妈的情愫常在心头萦绕，时常回味姆妈烧菜的味道。这是蕴在心底、融在血里，越久越浓的“妈妈味道”。我现在也会学着做上几道“妈妈做的菜”，多想让妈妈尝尝啊，遗憾的是已经无法孝敬我的慈母了，只能回味着“妈妈味道”，怀念着我敬爱的母亲，体会着世事百味，感悟着做人之道。

# 桂花糖芋头

仲秋八月，遍地桂花香。桂花之香，清可绝尘，浓能远溢，自古以来深受人们喜爱。唐代宋之问咏道：“桂子月中落，天香云外飘。”宋代李清照赞曰：“暗淡轻黄体性柔，情疏迹远只香留。何须浅碧深红色，自是花中第一流。”……秋日时光，喜欢吟诗赏桂，却更喜欢那碗香喷喷、甜蜜蜜、糯笃笃的桂花糖芋头。

桂花飘香时，正巧是芋头成熟的季节。于是，江南老百姓的餐桌上又多了一道非尝不可的时令美食：桂花糖芋头。这是一例风味小吃，也是一道佐餐甜点。闻一袭浓香，喝一口甜汤，吃一口芋头，香留齿间，糯在舌尖，甜到心田，怎一个“惬意”了得。

桂花糖芋头，烧制很简单，却也有小窍门。那经过剥皮和扦削的芋头，颗颗白粉粉的，圆润饱满；倒入锅里煮至基本熟透，这时需放入少许食用碱，一则为了去除芋头的麻嘴感，再则可让芋头和汤色变得红润。第一锅烧完后，将芋头捞起，在清水里过一遍，沥去碱水后充分晾干。于是该煮第二锅了，只见芋头色泽鲜红，汤色渐浓，便到了加糖的环节，冰糖、红糖、白砂糖都可以，出锅前撒上一把干桂花，星星点点的桂花点缀其中，在红润之上撒下一片金黄，煞是好看，闻起来桂香扑鼻，吃起来香甜软糯，心也似乎软了化了。

当芋头遇上桂花，当然少不了糖。对于特别嗜甜的无锡人，当然会选择加入红糖，而且是足够的红糖，也会加入经过蜜制的甜桂花。那一碗桂花糖芋头，必是足够的香、足够的甜、足够的糯，那种别样的甜蜜，说着说着也会让人感觉到甜蜜。桂花和芋头，一个盛开在枝头上，一个生长在泥土里，恰恰约好一起在秋天成熟，然后应爱吃甜食的无锡人之邀，融合到了一起，化成了一道独特的美味，分明江南的风物也有着甜蜜的禀赋和心性呢！

从记事起，就喜欢上了桂花糖芋头。那时，每到仲秋时分，外婆和母亲都会去菜场买回芋头，加工烧制桂花糖芋头。曾记得，她们在给芋头去皮时，会把芋头装在一个麻袋里，拽紧了，往地上反复摔打，在扦削和洗涤芋头时会戴上手套，据说是为了防止芋头的黏液触碰到皮肤而引起瘙痒，于是我也记住了这个生活小常识。忘不了的是，那时常会和小伙伴们在桂花树下，铺开一条床单，拼命摇树干，摇下一片片金黄的桂花，一片嘻嘻哈哈。因为馋嘛，放学后，也会跟外婆找上五分钱，去崇安寺里的皇亭小吃买上一碗桂花糖芋头；用竹签叉着一个个芋头吃，呼啦哗啦把甜汤喝个精光，把白衬衫袖子往嘴上一抹，留住那份香甜，心里好是满足。

后来，随母亲下放去到苏北大丰了，那里是海边荒芜的盐碱地，既长不出芋头，更没有桂花香；每到仲秋季节会遥想着桂花糖芋头的模样，恰是一种“举头望明月，低头思故乡”的念想。那些年只要一回到无锡，立马就会去穆桂英小吃店吃上一碗桂花糖芋头。那时，碗里、嘴里、心里，满满的都是乡愁啊！前几天还跑去古运河边上的穆桂英美食城吃了一碗桂花糖芋头，只见旁边大厅里一群老阿姨们围成一桌，一边吃着桂花糖芋头，一边扯着老空（拉着家常），那一张张惬意的笑脸显得格外甜润。

食材好，食才好。烧制桂花糖芋头，选择地道的芋头大有讲究。尽管现在菜场上有扦削好的芋头，超市里有配制好的桂花糖芋头，去锡城的饭店里都能点上一份桂花糖芋头，但我必须为马山芋头站个台，做个广告。位于太湖中的马山半岛，种植芋头已有千年历史，一方水土一方芋头，马山芋头以产量高、品质好、香甜酥糯、滋味适口而闻名遐迩。清代有位诗人曾在这里写下“马迹芋头大如盂，肌理细腻风味殊”的诗句，说的就是马山芋头梗红叶绿、形大皮黄、红心白肉、细腻结实等特点。马山人习惯将红芋头称为香梗芋。马山芋头吃法好多，或是毛芋头蘸糖，或是香梗芋烧肉，那芋头吸满了肉汁，又软又糯，别有一番滋味。当然，最具家乡味的还数桂花糖芋头哦。我曾在马山工作八年，对这片土地、对马山芋头情有独钟。前些天又回马山，正值太湖开捕季，吃饭时好客的乡亲们摆出了满满一桌的湖鲜。“怎么没有马山芋头呢？”“别急，别急，再等几天，马山芋头就可开挖啦。”朋友告诉我说。

等待也是一种美丽。当农民们开挖马山芋头时，定是一种别样的丰收景象；当城里人开吃马山芋头时，会是一份别样的甜蜜体验。

一树桂花，惊艳了时光；一地芋头，柔软了岁月。一碗桂花糖芋头，花香甘甜好个秋。甜蜜在舌尖，惬意在心头。

# 茭白最是江南味

“秋风吹折碧，削玉如芳根。”中秋前后，正是江南茭白大量上市季。不时不食，想吃茭白了，一早便去附近的菜场买回几根茭白。剥去一层青翠的外衣，便露出白白嫩嫩的身段，一盘洁白如玉的茭白，好惹人欢喜。于是，洗净，拍松，切成片状，放入蒸锅蒸。记得以前母亲是在煮饭时放在饭锅上蒸的，无锡人叫作“镬”。蒸熟的茭白排得整整齐齐，加上些许生抽、香油，拌一下即可开吃，讲究的人家也会蘸着虾子酱油吃。这味道，带着一丢丢咸鲜味、一丝丝甜津味、一缕缕湖塘的清香味。当下的美味佳肴啊，真是让人大快朵颐。

茭白，古名“菰”。在唐代以前，茭白被当作粮食作物栽培，它的种子叫“菰米”，细长而黑，有点像黑米。茭白又被称为“雕胡”，也许是水鸟喜欢叼啄偷食的原因吧。唐代杜甫曾写到“滑忆雕胡饭，香闻锦带羹”，滑嫩软精的雕胡饭和清香四溢的莼菜羹，竟让人如此感慨。明代李时珍《本草纲目·菰米》中曰：“菰生水中，叶如蒲苇。其苗有茎梗者，谓之菰蒋草。至秋结实，乃雕胡米也。古人以为美馔。”后来人们发现这种植物在染上某种“怪病”后不再抽穗结籽，转而生长出白白嫩嫩的茎部，一试之下居然还很好吃，于是经过漫长一段时间，茭白就成了我们现在所吃到的茭白。

茭白也称“高瓜”“菰笋”。《晋书》中记载“四面湖泽，皆是菰葑”，说的正是茭白早时就在江南广为种植。无锡是茭白之乡，《太湖备考》记载：乾隆年间，无锡城南太湖小箕山附近一直有茭白栽培。道光年间，茭白出现在北郊梨花庄一带。茭农们还把位于梨花庄的一座忠贤圣神庙中的猛将神供奉为主管茭白的神，并敬称其为“茭白老爷”。每逢农历五月十日，茭农们会在庙里演戏敬神，热闹非凡。放到今天，就是一个“太湖茭白节”了。

当时无锡有句俗话：“你好我好，种稻种茭。”对于农民来说，一旦掌握种茭技术，就可获得较好的经济收益。所以，那个时候，茭种技术互不相传，传子不传婿，并相约只准在梨花庄、黄泥头、高长岸等三个荡头栽种。直到清末，茭种扩散，栽培者日渐增多，才逐步发展到塘头、社桥、庄前等地。无锡茭白也因粗壮白嫩、鲜中带甜而声誉日增，大量运销外地。记得二十世纪七八十年代，在广益、刘潭那里还能看到一片片茭白田，看到茭农们收获茭白的景象。遗憾的是随着城市化的推进，无锡城郊原来种茭白的蔬菜区已经消失。不过听说，江南好多地方还有茭白在种，上海青浦那里引进无锡茭白品种大获成功。前几天去玉祁乡下，村里老书记告诉我：“玉祁北部还有茭白田呢”。

茭白可是无锡人的心头好，一年四季的餐桌上几乎少不了洁白如玉的茭白。无锡人对茭白情有独钟，爱的是如茭白那般江南谦谦君子之风吧：无论荤素浓淡，茭白均可搭配，都能搭出一道道美味佳肴，且不变其质。茭白炒肉丝，最家常的吃法。炒出一盘鲜甜好味，甜也不是砂糖的甜，而是茭白根茎那种特有的甜。茭白炒毛豆，一青一白，不仅颜色好看，味道更不一般，下酒送饭，让人好生喜欢。茭白毛豆炒鸡蛋，色香味形俱佳，吃罢余香仍流连在齿颊。很多人家还喜欢茭白炒咸菜，鲜中带点甜，清新淡雅，经典的江南水乡风味。一碗新米粥，一碟茭白咸菜，那绝对是早餐的“标配”。还有茭白炒虾仁、茭白炒三丝、茭白炒鳝丝、鱼香茭白……怎么搭，味道都可圈可点。

而当茭白“独唱”时，滋味也是一等一的。油焖茭白，油而不腻，甜中带脆；清炒茭白，若切入几丝青椒、红椒，不仅赏心悦目，且格外爽口。这个季节的无锡人还会把茭白切成丝或剁成细末，与肉糜拌和，加入虾米、蛋清，制成馅料，用来包馄饨吃。一道时令点心，吃了不禁让人啧啧称赞：此味只应江南有。

茭白，乡野之味浓郁，享有“水中人参”之誉。不光今人爱食，古人对茭白也是深情款款。唐代诗人李白“中有绿发翁，披云卧松雪”；王维“香饭青菰米，嘉蔬绿笋茎”；《园蔬十咏·茭白》“秋风吹折碧，削玉如芳根”……都是咏叹他们心中的茭白。南宋人罗愿在《尔雅翼》的解释中竟把茭白形容成婴儿的手臂：“心中生薹如藕，至秋如小儿臂大。”哈哈，形象极了。

南宋大“吃货”陆游，对于茭白更是情深爱切。他在江南秋天的田畦中漫步，感慨道：“行歌曳杖到新塘，银阙瑶台无此凉。万里秋风菰菜老，一川明月稻花香。”“冷落秋风把酒杯，半酣直欲挽春回。今年菰菜尝新晚，正与鲈鱼一并来。”邻人送他一筐茭白，他吟诗：“稻饭似珠菰似玉，老农此味有谁知？”当尝了茭白以后，他大加赞赏。“秋江菰菜喜新尝，盐酪亲调七箸香。”“芼羹菰菜珍无价，上钓鲂鱼健欲飞。”赞誉茭白比杯中的米酒还香，比盘中的鲈鱼还肥，也是吃出了秋景秋味、秋天的一番好心情。而清代文人李渔云：“论蔬食之美者，曰清，曰洁。”茭白形质，堪担其美。我想，文人们爱茭白、赞茭白，或许更喜欢她那温润如玉的气质，和她身上折射出的江南水乡的灵韵。

“人人尽说江南好，游人只合江南老。”人们恋上江南，正是因为江南每一季有着每一季的精彩，每一季有着每一季的味道。金秋时节正是江南“水八仙”上市季，茭白、芡实、莼菜、莲藕、菱角、慈姑、荸荠、水芹都到了收获的时候。当然，首屈一指的还是茭白。这个时候，无锡人总会把“水八仙”吃出种种花样，把茭白吃到直呼过瘾，似乎才算没有辜负江南。旅游者到无锡，赏秋日美景，尝水乡美味，感觉才真正领略了江南。茭白已是江南人的一份情结。到北京工作的无锡老乡，每年都会让朋友快递一点茭白去；上海人来无锡走亲戚，回去的时候都要带上些无锡茭白。在他们心中，茭白才是正宗的江南水乡味道。

前几天听说一家旅游饭店正在打算推出茭白宴，甚喜，想着一定要去“打卡”。那“风情万种”的茭白宴，定是满桌江南的味道，满桌江南的回忆。

若到中秋时分，品着鲜美的茭白，望着皎白的圆月，月是故乡明，味是江南好。舌尖上、心尖上，已然是满满的幸福。

# 粥的情结

这一阵子，经常在家煮些养生粥，时而加些小米麦片，时而添些红豆玉米，饶有兴致。品粥间，时时想起一些关于粥的故事。粥中有道，粥中有趣，它伴随着我的人生，刻进了我人生的年轮。

小时候，我由外婆带。那时外婆家在人民西路158号（西门通德桥旁），院子里有一棵棕榈树，当院外“修棕绷啊”的吆喝声响起的时候，外婆就告诉我棕榈树的皮可以用来做棕梯。

还有一棵生长多年的黄杨树，每到秋天结满“小香炉”时，外婆便会摘下几个哄我玩。但我最记得清楚的，就是外婆一边擦着眼睛一边摇着蒲扇生煤球炉为我熬粥的情景。一锅粥香喷喷的，外婆总是把上面一层汤舀给我喝，后来我才知道，这叫“粥油”，养人，对小孩特滋补。那时，直把我养得白白胖胖的，可外婆额头的皱纹却一年年加深。

1969年，正好赶上上山下乡。那年冬季，一艘水泥大驳船把妈妈和我们兄妹四人运到了苏北大丰县丰富公社和平大队。经过两天一夜的折腾，到那里已是漆黑一片，暂住在徐大爷家里，他们好客气啊，端上来几大碗黄澄澄、热腾腾的粥，在那里我第一回喝玉米粥，谁知从此和玉米粥结下了不解之缘。大丰盛产玉米，把玉米磨碎了，大一点的做饭，叫作“孩子饭”，细一点的煮粥，叫作“菜子粥”，是我们的主食。一过春节，我十七岁了，便和人们一起下地劳动。我虽长得瘦弱，但什么活都干，很快和周围的人们打成了一片，还当上了作业班长。也许正是劳动的锻炼和玉米饭、玉米粥的功效吧，我的身体也越来越结实了。第二年冬天，我跟着大伙上河工，要把两百多斤的河泥从河床里挑到远处的河堤上，一天要几百个来回，走几十里路，累啊，咬咬牙挺住；汗水、热气把眼镜弄糊了，擦一擦继续前行。肩头越来越肿了，胃口也越来越大了。记得有天晚饭时，几位大叔和我打赌，说：“小眼镜，你能喝下八大碗粥，就多给你吃几块肉！”那时的我“初生牛犊不怕虎”，也正好饥肠辘辘，端起大碗就干。那碗可真大啊，就是那种“箩大碗”，那玉米粥又干得像烂饭，可我一口气就把八大碗吞掉了，直把他们看呆。现在想想，真要感谢那些在苏北劳动的岁月，它不仅让我长得高高大大，而且培养了我吃得苦耐得劳的品德，更使我懂得了许多一生受用的人生道理。

那时在广阔天地炼红心，只有一个念头：我要读书！因为我是优秀知识青年，1975年被推荐上了盐城中等师范学校，自然十分珍惜，学的是数理化，当的是团支书，还兼起了学校广播站站长的工作。可就是吃不饱，常常回大丰带上许多炒麦粉。记得那时早晚饭一个班两大桶粥，由值日生扛来，大家排队依次打粥。粥好稀啊！我们经常唱着“洪湖水浪打浪”的小调打粥，渐渐地生出了几分聪明，总结出了一段顺口溜：“勺子沉到底，慢慢朝上提。不要多晃动，一晃就喝稀。”此法果真奏效。可粥毕竟是粥啊，不熬饥，于是晚上我们常常溜到盐城南街上买上几毛钱猪头肉、两个烧饼，也常常在晚自习后回到宿舍泡碗麦粉，就着咸菜佐餐。“书山有路勤为径，学海无涯苦作舟。”自己无悔的是两年学业没有荒废，书本知识有限，然“从无字句处读书”，为日后的人生之路打下了不少基础。

师范毕业后，我回到大丰县，先后在教育局和县政府办公室工作，正逢改革开放新时代。改革开放的春风给小县城带来新鲜的空气，走出小县城，见到许多新鲜的东西。在我的记忆里，1981年第一次去深圳，真有“刘姥姥进大观园”的感觉，特区的通行证是新鲜的，沙头角是新鲜的，罗湖海关是新鲜的……然而我印象最深的是在深圳第一次吃早茶，第一次喝皮蛋瘦肉粥，那时心想粥还能这样个做法、这样个滋味？接连喝了三碗。后来渐渐悟出了一个道理：改革开放改变着我们的生活，改变着我们的祖国，更打开了我们的视野，引领着我们走进一个精彩的世界，创造世界的精彩。

回到无锡，已是1985年。在大丰整整十六个年头啊，“少小离家老大还”，总忘不了大丰那些人、那些事、那碗粥，每年都要回第二故乡去看看，总要到老乡家里喝碗玉米粥。回无锡的第一站，是在市委组织部工作，属于组织部新来的年轻人，工作节奏快啊！不用扬鞭自奋蹄，经常加班加点，那时就有两样东西成了我的好朋友，一是中萃方便面，二是亲亲八宝粥。特别是八宝粥，吃起来真方便，即使天冷了，用开水捂捂就能喝，糯笃笃、甜津津，正合我的胃口。1992年底，到马山区委、度假区党工委任职。那时度假区刚建立，马山正处于新一轮开发初期，工作和生活条件还较艰苦。记得上下班我们是几个领导一辆车，后来干脆向几位“老马山”学习，周一至周五就住在马山。马山的夜晚好静啊！我经常在晚上写点东西，记得写过一篇散文，题作“马山情结”，里面曾这么形容马山夜晚的宁静：静得连太湖呼吸的声音都听得清清楚楚。可现在觉得自己已经没有那般勤奋啦！早饭时，马山大米煮的粥才香呢！我常常一喝就是几碗，白天工作好精神啊！那时我们似乎都有一种“把马山山水重安排”的抱负和激情，在书记、区长带领下，开发月亮湾，举办钓鱼节，启动农家乐，建设度假村，踏勘灵山大佛项目，探讨马山发展之路，还带队走出去宣传马山……很忙，也很累，但苦中觉甜。当时只有一个念头：加快把马山半岛建成旅游岛，让马山明天更美好！

2000年8月，我受命出任市旅游局局长。无锡是个好地方，旅游资源非常丰富，也曾经有过她的辉煌。可当时无锡的旅游市场却面临十分严峻的形势和挑战。上任后，我给自己下的第一任务，就是包装我的家乡，推广无锡旅游，让更多的人知晓无锡，喜欢无锡，到无锡来旅游度假。于是，我不仅带领大伙“东进、西扩、南下、北上”，马不停蹄，走遍国内几十个城市和地区，宣传推介无锡旅游，还走出国门，去欧美，到日韩，走进新马泰，唱响“太湖美”，奏响“二泉曲”，传播“无锡旅情”，开拓国际市场。在国外做旅游推介，辗转万里，虽一路劳顿，也收获许多快乐。可不习惯的就是饮食，我觉得西餐不但没味道，而且费用高，而在中餐馆吃团队餐则连肚子也填不饱，于是常回到宾馆泡方便面。那时多么想喝两碗粥啊！记得有两回，我们请中餐馆的师傅煮粥，但他们做出来的也只是拿冷饭加点水的泡饭。所以，每次出国回来第一桩事就是喝上两碗热粥，榨菜腐乳搭搭，方才回到原本的舒服。久日不喝粥，方知粥是宝，平常生活少不了。同样，身处异国时，更觉家乡好，无锡是个好地方，要让更多人知道。于是，使命感一直鞭策着我，永葆激情地为无锡旅游的发展而努力不已。

时世在变，人也在变。后来有一段时间，渐渐地和粥疏远了。可对粥的那份情结仍在心头，偶尔还和朋友去光顾一下潮汕砂锅粥店调调口味，“刹刹馋”。还记得有次去山东出差，饭店的自助早餐竟有五六种粥，一阵欣喜，每样喝一碗，过足了瘾。

现在想想，粥很简单，煮粥很简单。只要静下心来，花点时间，就可煮得一锅你所想念的粥，能体验到煮粥的乐趣和喝粥的滋味。如今的生活真方便，超市里红豆、绿豆、薏米、麦片、小米、玉米、山药、芡实样样都有，而且都是加工好的。根据自己所需和喜好，选上一点，调配一下，便可煮出具有各种功效的养生粥来，并喝出别样感觉，悟出一番道道来。

粥性本平淡，但“莫言淡泊少滋味，淡泊之中滋味长”；粥语本无声，但它们每每向我们传递着生活的道理；粥情很率真，无论何时何地，无论你对它何意，它始终平平淡淡、热热乎乎、真真切切地陪伴着我们的人生之路而不离不弃。粥，真是我们不可缺失的好朋友啊！让我们敬畏和爱戴它吧！

# 炒麦粉

前些日子，去了宜兴的绿缘山庄。山庄在玉女潭旁，田里长着黄瓜、茄子、豇豆、山芋等，一片绿意盎然。池塘、大院、客栈、豆腐坊，满满的生活气息，好似回到了家园。而山庄的土特产货架上的一样东西，让我眼睛一亮：香麦粉！久违啦，炒麦粉的那般香。即刻向山庄老板娘买了两袋放在车上。回到家里，立马烧了壶开水，泡上一碗炒麦粉，再加上一勺蜂蜜，稠糊糊、甜糯糯、香喷喷，直吃得人齿颊留香。

麦香芒种至，梅黄仲夏始。今日芒种，又到了麦收的季节。一天到晚地大雨涟涟，挡不住我的怀想：想起二十世纪七十年代苏北农村投入夏收夏种的景象，想起割麦、脱粒时身上沾满的麦芒，想起仲夏里炒麦粉的那般香……在那个物资匮乏的年代，小麦可是我们的主粮。

待新麦登了场，分到一些作口粮。母亲总要做上些炒麦粉，在家里放上。制作炒麦粉很简单：把小麦清洗后晒干，到生产队里的小加工作坊将其打磨成粉，回家在锅里炒香，而总会炒至金黄些，那是为了更香。滚滚的开水一冲，一碗炒麦粉惹得满屋香，放入些许红糖或白糖，甜甜的。家里没有糖了，就光光地吃炒麦粉，已然满足。

其实，那时喜欢上炒麦粉，不仅是为了那般香，更因为它特能熬饥、长力气，解决温饱问题，实为我们上等的口粮。记得那时，早晨下田劳动去，母亲总会早早地为我们调好一大碗炒麦粉。冬季我要去上河工，母亲总会炒上一大袋麦粉让我带上，并嘱咐道：“那是个体力活，饿了就吃，别省。”那年我去上盐城中等师范，临行时，隔壁的王大爷特地送了我一大袋炒麦粉和一包腌咸菜，还说着“洁平，吃完了就回来拿”，手里接过，心里暖暖的。炒麦粉成了我读书时光的好伙伴。那时学校伙食差油，水少，晚自习时已是辘辘饥肠，这时一碗炒麦粉加两根腌咸菜，便成了我美味的夜宵。毕业后回到乡里、县里工作，总有一袋炒麦粉在我身旁。

现在似乎已经把炒麦粉当作零食了。人们为了养生保健，也纷纷注重起了吃粗粮，五谷杂粮又回到了寻常人家的餐桌上。家乐福还有一个柜台叫作五谷磨房，专门根据人们的需要定制“益元八珍粉”，我也常去买，但总吃不出在农村时母亲制作的炒麦粉那般香了。

那个年代，缺衣少食，填饱肚子是头等大事，哪有什么零食可吃？也许我们都不会忘记，第一次吃方便面时，会为面条可以这么吃而欣喜若狂；第一次喝可口可乐时，那种新鲜而爽爽的感觉会让人久久难忘；第一次尝芝麻糊后，竟会一发而不可收……

现在的时代，物资供应实在丰富，让我们感受到不断提高的生活质量……可也许我们还是会时常想起儿时炒麦粉的那般香，怀念那时很慢、很简单的生活。

那天让小孙子尝尝炒麦粉，他却不屑一顾。想想也是，现在什么汉堡包、三明治、比萨饼，孩子们喜欢吃的东西多了去了。看来，还是要让孩子们多吃点原粮、粗粮，也许他们也会喜欢上炒麦粉的那般香。

思绪又回到“芒种”节气，带芒的作物该收当收、该种当种。可当下有多少孩子知晓“夏收夏种”是怎样的景象，分得清田里的小麦和韭菜，明白“锄禾日当午，汗滴禾下土。谁知盘中餐，粒粒皆辛苦”的道理？看来真需要让他们体验体验农事劳动、农村生活，让他们品味品味炒麦粉的那般香。

# 回味“八大碗”

曾应邀赴山东枣庄考察，真是“好客山东”啊！主人精心安排了我们的考察线路：号称“中国石榴第一园”的冠世榴园，独有千年古檀林的青檀寺景区，长着万亩红荷的滕州微山湖湿地公园和“昔日世界二次大战故地、今朝心灵休闲胜地”的台儿庄古城。一路走来，一路赞叹。这个曾经以“黑色工业”为主打的煤城，在煤炭资源枯竭、城市转型升级的进程中悄然转身，把旅游资源整合得如此精彩，把旅游产品开发得如此精美，我们无不为之喝彩！然而更让我难以忘怀的是那天的午餐，主人把我们带到了滕州城郊一家门面朴实无华的路边饭店，但店名“回味从前”四个大字却让我们一番心动。果然，店如其名，菜如其名，鲁南民俗风情扑面而来。端上来的是滕州家乡土菜“十大碗”：十只青边碗，十道农家菜。我们一边品尝，一边叫绝，不亦乐乎，纷纷夸道这是一顿难忘的旅游午餐。吃着夸着，我不由得想起了当年下放苏北时吃过的“八大碗”。

从1969年12月随母亲下放苏北大丰到1985年底调回无锡，整整十六个春秋。大丰——我的第二故乡，在我的人生中刻上了深深的烙印，留下了许多难以抹去的记忆，其中，大丰的“八大碗”，尤让我时常怀念。“民以食为天”嘛，“八大碗”是那时苏北人们请客设宴的菜肴简称，拿现在的话说就是当地的民俗风情和特色风味。当地人逢年过节，有红白喜事、建房上梁等需要请客吃饭的场合，就上“八大碗”。

记得第一次品尝“八大碗”是在1970年的春节。村里的人们朴实热情，对我家很是关心。大年初三，村头王大爷家女儿出嫁，邀请我们全家赴宴。可以美美吃上一顿“八大碗”啦，我和弟妹几个既好奇又兴奋，整个晚上都在期待。开席不久，“八大碗”就依次登场。首先亮相的是一大碗热腾腾、香喷喷、连汤连水的汤煮肉皮，当地人把它叫作“肉膘”，逢年过节每家每户宰了头猪后都会把肉皮在油里氽，然后挂在墙上，想吃了就用热水“发”一块，或田里割把大蒜炒炒，或加些慈姑白菜汤煮。八大碗中，汤煮肉皮“领衔”，要吃饭，先喝汤，肉皮之中好营养，现在想来，那时人们就讲究健康饮食啦。第二道菜是肉圆，人们称作“斩肉”。顾名思义，肉糜是一刀一刀斩出来的，再拌入糯米饭、荸荠丁和姜末，一个个大肉圆就出炉了。有意思的是按当地规矩，每人要吃三个，一桌八人，三八二十四，分三碗装上来，直把我们吃得乐不可言。继而依次上桌的是蛏子烧萝卜、虾米煮干丝、慈姑红烧肉、大蒜炒猪肝，还有一大碗肚肺汤。最后一道是红烧鱼，即两条大鲫鱼，有趣的是在苏北都把它叫作“刀鱼”——那时的刀鱼可便宜呢，一元钱能买三斤。当地有个习俗，“鱼到酒止”，意思是最后一道菜了，喝酒也将结束了。可喜庆的人们酒没喝够啊，于是有人吆喝：“鱼到酒兴！鱼到酒兴！”大伙儿斗着几角钱一斤的曲酒又掀起了一波高潮，满足写上了每个人红彤彤的脸庞。那时，幸福就是如此简单。

能吃上一顿“八大碗”，在那个年代已经是件很“奢华”的事了，平时可没那个口福啦！那时我们男劳力干得最累、最苦的活除了上河工挑河泥外，要数春耕季节播种棉花时拉播种机了。三个人在前面背着拉，一个人在后面扶着行，在几百米长的棉田里从这头拉到那头，那头回到这头，全是牛干的活啊！天亮下地，摸黑收工，一天要拉几十里路，常常到上午九点多钟就饥肠辘辘了。于是我们一组四个人就轮流做东，今天你家，明天他家，加吃一餐，在当地叫作“吃上午”。“吃上午”有时是菜汤加上玉米饼，有时是猪油拌菜饭，偶尔也能打打牙祭，吃上一顿咸猪头肉玉米饭。有了“吃上午”自然就有“吃下午”，三四点钟又加一顿，吃饱了继续干，天黑了还要加个班，直累得骨头架子散了似的，然而大伙儿有说有笑很快乐，因为想着秋天棉花有个好收成，一天能记个高工分，心里知足啊！夜里总是睡得很沉很香。第二天清晨，队部场上那面旗子一扯起来，又下田埋头干起来了。记得第一年底分红，扣掉粮草钱，我还分到了十二元五毛钱，按现在话说，那可是我人生的“第一桶金”啊！拿着自己的劳动收入，我特地跑到公社镇上买了支钢笔，心里生出一份从未有过的满足感。那时的生活就这么简单，似乎简单就容易知足。

那时的我十七八岁，初生牛犊不怕虎，春耕种棉花，夏收挑麦子，秋锄玉米草，冬季上河工，当地男壮劳力干的重活累活我都干。可毕竟是长身体的年龄啊，经常饿得慌，胃口特别大，老是念念不忘“八大碗”。怎么办呢？当地有个习俗，一家盖房子，大家去做帮工，就可在他家吃几天，还能吃上一顿“八大碗”，喝上几两土烧酒，于是村里哪家盖房，我都会自告奋勇去义务帮工。那些活可都是力气活、技术活啊！因为当时盖的都是土房，我们要到远处把每块一百多斤、带着茅草根的土块一担一担地挑来，还要在铁耙上绑根绳子，两个人配合和着糊墙的泥浆。后来渐渐有砖房了，则要背着纤用船到公社窑厂里把砖运回，再要学着两三块两三块一起用手夹住往脚手架上扔，动作稍不到位砖头就会砸下来。但那时全不觉苦，因为它让我知道房子是这样造起来的，更让我快乐的是又能吃上“八大碗”啦！

因着这个“八大碗”，那时苏北的春节，要算是最幸福的时光了。张家婚事，李家做寿，周家请客，我们便开始赶场子吃“八大碗”，回来时还总是带着许多乡亲们塞的花生糖果、年糕、玉米饼等。可是有一年的春节我可没这个口福了。记得那是1974年的春节，母亲已经在当地安排了工作，她带着弟妹去了另外一个百里之外的公社，我又因当上了大队团支部书记，要带领文艺宣传队到各个村里演出，不能回家过团圆年了。节前，我和两位团干部带着十多个文艺青年，在大队小学里集中住宿，自编自导自演了一台节目，还有《沙家浜》《红灯记》现代京剧选段等等。大年三十下午，我让大家回去吃年夜饭，因为那个年代对大队干部有个“不要随便去农民家吃请”的规定，然后独自一人回到了我的那间茅草屋。我打开大门一看便愣住了，前几天队里杀猪分的一块肋条肉被隔壁家的猫啃得只剩一张皮了，吃啥呢？心里一阵凄楚。可没多久，就见村里的大爷大妈们，还有邻家小孩们陆陆续续来看我，给我送年货来了，还一个劲地邀我去吃年夜饭。那情那景，使我潸然泪下。那天晚上我煮了一锅饭，做了个蛋炒饭，吃罢就去大队部值班了。初一开始，我们下到各个小队巡回演出，十个小队半天一场，一直演到正月初五，每天晚上回到屋里就用挂在淘箩里的剩饭，敲上两个自己养的鸡蛋，蛋炒饭，饭炒蛋，第二天继续演得欢。那时的苏北农村文化生活特贫乏，当看到我们的演出让乡亲们笑声满场，乐不可支时，心里真的比吃上几顿“八大碗”还满足。初六晚上大队部请全体宣传队员总结聚餐吃“八大碗”时，我和伙计们唱啊跳啊，久久不愿散去，畅快的笑声响彻静寂的旷野……

离开苏北大丰已有二十六个年头了，还时常怀念“八大碗”。去苏北期间总要寻找“八大碗”，寻找那时的味道。前不久应一位朋友之邀，到她精心经营的“郁膳房”店里重温了一回“八大碗”，让我找回了许多那时的味道。回味从前，回味“八大碗”，我想回味的不只是从前的味道，还有那种感觉：满足很简单，满足很容易。不是吗？而今，在饮食上，常常是这个不能吃，那个不好吃；在生活中，总觉得这也不如意，那也不尽兴。我想是不是自己不再像从前那样容易满足了呢？简单的生活再也回不来了吗？

# 想起甜芦黍

近日，我家附近又开了两家水果超市（卖场），夏季的水果真是多得让人吃不过来。然而我却想起了小时候夏日里常吃的一种特别的水果——甜芦黍。

甜芦黍，是江南的一个特产，是高粱的一个变种。它像甘蔗，但不是甘蔗，它像玉米，但不是玉米。它茎绿节长，田里数它长得最高。记得那时候一到夏天，就有农民伯伯们扛着一大捆甜芦黍，过街穿弄吆喝着“阿要买甜芦黍”。便宜得很，一角钱能买几根呢。我常常在放学后买得几根和小伙伴们分而食之。

比起甘蔗，甜芦黍的皮更容易撕，且汁多味甜，肉质鲜嫩爽脆。咀嚼出的汁液，甜到心里，口齿留香，回味无穷，绝对是那个时候消夏的奢侈品了。小伙伴们咀嚼着甜芦黍，嘻嘻哈哈，似乎在咀嚼着简单的幸福和满足。更好玩的是，我们会取中间较粗的一段，把表皮一条条均分撕至根节处，用剪刀在每条上剪出尖角，再逐个弯到茎秆的三分之二处，依次插入，不一会儿，一只绿白相间的小灯笼便成了，好有成就感啊！我们拎着小灯笼，你追我赶，那个开心样，至今记忆犹新。甜芦黍制成的小灯笼也就成了夏日陪伴我们的特色玩具。现在的小孩是难以拥有这种玩具了，也难以拥有这种乐趣了。

与其说是想起甜芦黍，还不如说是想起儿时生活了。是不是上了一把年纪的人都会有这种情结呢？那时简单的生活，一直在我们的记忆里。生活也许就应该如此，简单一些，可能会更甜、更快乐。

# 又见桑葚红

日前，去无锡马山和平村做美丽乡村建设调研，村委会管主任一路带我参观村落和民宿，一路谈着他们的美丽构想。“走，去看看我们的四季采摘园！”我欣然前往。踏入园内，只见眼前绿幽幽一片桑园，新生的桑叶翠绿欲滴，一簇簇或红或紫的桑葚顾盼枝间。初夏的湖风拂过，桑叶沙沙作响，果实微微颤动，此景此色此声，已让我怦然心动。多长时间没进过桑园啦，多少年没吃到桑葚啦！我哪顾得上斯文，立马冲进桑园，采着，摘着，往嘴里塞着。这熟了的桑葚分明是颗颗红宝石呀！甚至红得显出紫色的光泽。轻轻一咬，嘴里满满流淌着蜜糖般的汁液，一直淌到了心里。

又见桑葚，这桑葚把我拉回到了孩提时代。小时候，老家的屋后就是一大片桑园。初夏季节里，小学放学后，我们一批同学总是背着书包就钻进桑园。那时可吃的东西少，桑树又长得矮，桑葚是对小孩子来说最易得又解馋的夏季水果。女孩们比较小心和斯文，注意着不会让汁液弄到自己的衣服上。男孩们嘻嘻哈哈就有些顾不得，一边吃还要一边耍，吃到过瘾了，解馋了，低头一看，总有白衬衫变了花衬衫的。这时没染的就嘲笑染了的，露出一嘴黑黢黢的牙齿做鬼脸。桑葚的汁液染到衣服上是很难洗掉的，回去免不了被家长唠叨。可第二天，家长的唠叨在快乐的桑园里似乎到九霄云外去了。吃不够的，拧一把桑葚在手里，手紫了，塞一颗颗桑葚到嘴里，嘴紫了……那些个日子，偶尔晚上做的梦里边也像是染上了神秘浪漫的紫色。

桑树，以往乡间极为普通的树。说它平常，是因为它没有杨柳的招摇，没有槐树的芬芳，没有梧桐的高调，也不如樟树实用。桑树，从骨子里就透着朴素、低调。说它不平常，它可是个宝。它与人类相伴，从远古走来。先人们为了穿衣，家家种桑养蚕。《孟子》曰：“五亩之宅，树之以桑，五十者可以衣帛矣。”它穿越千年，从《诗经》中走来：“桑之未落，其叶沃若，于嗟鸠兮，无食桑葚。”它充满神奇，从故事中走来：桑树救驾，椿树封王，气得桑树破肚肠，旁边笑坏了傻青杨。说的是西汉末年，王莽篡位，东宫太子刘秀起兵讨伐王莽，在南阳一战中大败，身中毒箭，独自一人逃到大兴县前野场村，伤痛饥乏之余仰面朝天倒在树下。正是立夏时节，轻风吹落树上的一颗果实到其嘴里，待吐出已不及，咀嚼之后觉其清甜甘美，遂取来食用，日日借此饱腹，这样一直等到一月后，手下找到他时，伤也已经痊愈了。离开的时候，刘秀问明了是三棵树中的桑树救了他，就对手下说，他日恢复汉室，定来封此树为王。后来太监领了圣旨去宣读，结果在初夏黄昏的风景中错把椿树当成了桑树，才有了这个有趣的故事。

小小桑葚，人见人爱。“桑舍幽幽掩碧丛，清风小径露芳容。参差红紫熟方好，一缕清甜心底溶。”鲁迅先生在童年时期，对桑葚念念不忘，赞美有加。桑葚，江南一带又称“桑子”“桑果果”，它个大、肉厚、色紫红、汁液多、糖分足，确为初夏时最应季的水果了。可人们喜欢它，还因为桑葚有着更多可爱之处。

近日正好在微信里看到一篇美篇，这么写道：“桑葚，让我们的抵抗力变好了，让我们的消化能力变强了，让我们的头发变黑了，让我们的血管不再硬化了，让我们不再失眠多梦了……你还不去摘桑葚吗？”这也许写得有点过，但确有道理。时下关于养生保健的知识也是泛滥了，“这个不能吃”“那个要少吃”，常常弄得人们不知如何是好。但桑葚的确是个天然原生态的好东西，不可辜负也。其实，桑葚养生健体的价值早就被人们所认识。现在还有好多人家用桑葚加冰糖或蜂蜜来熬汁，放着日后慢慢饮，或以桑葚泡酒，藏至有兴致时细细品呢。只可惜，现在江南这一带桑园已不多了，桑葚也很少见到了……

当然，走进乡村，走进田园，采桑葚、吃桑葚时的感觉，要数最甜美的了。

小小桑葚，甜蜜了童年，甜透了记忆，甜润了生活，甜到了心间……

桑葚生田间，夏来红紫现。愿君多采撷，此果最润甜。

# 三春荠菜饶有味

“谁家野菜饭炊香，正是江南寒食。”这个时节，突然想吃荠菜馄饨了，打电话咨询熙盛源馄饨店，其回复“已经复工，可以外卖”。一阵心喜，赶快跑去买了五两回家，鲜味入口，齿颊留香，恰是久违了的味道。

冬去春来，万物欣欣而发。那田间、河边的野菜，先是荠菜、苦菜、曲曲菜，然后马齿苋、蒲公英、野蒜、野葱等次第吐绿。而我唯对荠菜情有独钟。

小时候，屋后有条小河，岸边一片农田，雨水节气过后，河畔、田里便冒出不少荠菜。外婆提上小竹篮，取上一把小铁铲：“走，阿平，挑荠菜去！”我屁颠屁颠地跟在外婆身后，拿上一片薄薄的竹片，挑荠菜去了。新生的荠菜翠绿欲滴，娇嫩可爱，有的带着露珠，有的顶着泥土，有的还睡眼惺忪。外婆手脚麻利，很快小篮子里就盛满了碧绿生青的荠菜。收获归来，外婆把一棵棵荠菜拣好、洗净，焯水、晾干，加工成各种好吃的荠菜食品。其中我尤喜外婆做的荠菜炒年糕，热乎乎、香喷喷、甜蜜蜜、糯笃笃，白的白，翠的翠，不一会儿已是盘底朝天。还有那荠菜春卷，有时刚出油锅的春卷烫到我的舌头了，外婆就笑着嗔我“贪嘴不留穷性命”。

1969年冬，我随母亲去了苏北大丰。那里虽然是盐碱地，但荠菜它的秉性就是不择土壤、处处生长。每到春天，母亲总会带着我们去田埂旁、小河边挑荠菜。有一种野菜叫白蒿，长得相似，但是是给猪吃的，我常常把它们和荠菜混淆。白居易《溪中早春》：“归来问夜餐，家人烹荠麦”，在那缺衣少食的日子里，荠菜等野菜和小麦、玉米都是我们充饥的主要食物。我母亲拿手的是荠菜团子和荠菜玉米饼子。春节时熬了点猪油，荠菜团子里放入些许猪油，那可香了很多，现在回忆起来，吃上荠菜团子，在那时真是一种奢侈啊！荠菜玉米饼子，那功效更不用提了。春耕大忙，带上几个饼子到田里，从天微亮干到墨漆黑，幸亏有那饼子熬饥。春天的田里，还有野蒜（小蒜）、马齿苋、蒲公英等野菜，海边滩涂上成片的盐蒿子，一场春雨后海堤上树脚下生出的地衣，我们都会去采来，把它们化作桌上的美味佳肴。知香，知饱，荠菜等野菜亦为我们苦涩的生活添了不少乐趣和甘甜。

荠菜是甘甜的野菜，《诗经》曰：“谁谓荼苦？其甘如荠。”其实，挑荠菜时，心中那般欢欣和甘甜更加真切。前年，阳山桃花盛开的时侯，带了家人去赏桃花。他们看见田边一片片荠菜，惊呼起来，一头扎进田里挑荠菜去了，小孙子也跟着在找荠菜。“爷爷，我找到了！”可他又不小心把荠菜拔断了。远处，油菜花、蚕豆花，在春风中摇曳着花影，传来阵阵田野的芬芳；身旁，一群蝴蝶在桃花丛中穿梭飞舞，几个小孩在放飞风筝，小孙子奔跑着、叫嚷着，着实是一幅“儿童急走追黄蝶，飞入菜花无处寻”的春景。带着桃花和荠菜的芬芳回家，路上去菜场买了块内酯豆腐。那天晚餐特地做了荠菜肉丝豆腐羹：把豆腐切成丝，开水烫一下，荠菜去掉黄叶，洗净切碎。用少许肉丝和淀粉、料酒、姜末、葱花拌匀，加盐腌制，放入油锅翻炒。锅洗净后，加油，倒入荠菜煸炒，加入清水。水烧开后，添入肉丝和豆腐丝，再用水淀粉勾芡，滴上几点香油，起锅即可吃了。那“一清二白”的色、淡淡的香、可口的鲜，美极。怪不得当初郑板桥赞道“三春荠菜饶有味”。

荠菜的味道，是春天的味道，乡愁的味道，姆妈烧菜的味道。不时不食，这时候去挑上一篮荠菜，或去菜场买上一些荠菜（虽然现在菜场里不少荠菜是大棚里种植的，总少了点野生荠菜那般的古朴、清香，然终是时令的味道嘛），动手做一道时令美食，不正是当下家常生活中的“小确幸”吗？再说，待到百花盛放时，野生荠菜也会以“开花”的仪式和我们暂别了。赶紧啊！走出家门，踏青去，挑荠菜去。且生活中还有不少稍纵即逝的“小确幸”等着我们呢。不负春光，且行且珍惜。

# 蚕豆里的乡愁

仲春时节，菜场的摊位上早已堆满了蚕豆。饱满的蚕豆胀鼓在豆荚里，绿色的容颜透着丰收的喜悦，引诱着买菜的人们停下脚步称上几斤回去尝鲜。不时不食嘛，这可是时鲜中的时鲜。那天，我又去附近的小木桥菜场称了两斤剥好的蚕豆，回家做起葱油蚕豆，这可是我的拿手菜。锅子热了，滴入菜籽油，油锅烫了，放入大把葱末。青葱在油锅里沸腾，顷刻，香气氤氲扑鼻。倒入洗净晾干的蚕豆，不停爆炒。先添盐，再加糖，焖煮一刻。一盘油光铮亮、绿意盎然的蚕豆上了餐桌，不一会儿就光了盘，让人觉得还没吃够。

其实知道，当下吃的蚕豆都是外地来的，无锡人叫作“客豆”。本地的蚕豆刚刚花开不久。未尝本地蚕豆，先赏蚕豆花容，也是一桩挺美好的事情。那布满田野的长圆形的碧叶在微风中摇曳，淡淡的芳香沁人心鼻。瞧，这蚕豆花，或红，或紫，或白，犹似一只只蝴蝶羞羞答答地躲藏在绿叶丛中，而黑白各半的花心又如一对对“眨巴眨巴”的眼睛。在窃窃私语？在低吟浅唱？好不生动。清代画家、扬州八怪之一的汪士慎在《蚕豆花香图》中曾这样描写：“蚕豆花开映女桑，方茎碧叶吐芬芳。田间野粉无人爱，不逐东风杂众香。”不与众花争芳华，“不逐东风杂众香”，这乡间蚕豆花的芬芳、蚕豆花的颜容、蚕豆花的身姿，胜过春花无数，怎不让人心生喜爱。

无锡地区还有一句老话："蚕豆花开，张眼不开。"意思是说蚕豆花开之时，人特别容易春困，常常会不由自主地睁不开眼睛。这莫非就是"春眠不觉晓"那句诗的由头？看那蚕豆花，恰好像睡眼惺忪的模样。蚕豆花开不久，枝头上就会伸出弯月一般的豆荚来，宛如一枚枚青葱的玉坠。豆荚日渐丰盈、饱满。立夏前后，本地蚕豆就纷纷上市，走上千家万户的桌头。

蚕豆，有一别名叫"胡豆"，相传和当年张骞出使西域有关。宋代李昉等编撰的《太平御览》称："张骞使外国，得胡豆种归。"至于为何叫蚕豆，顾名思义，肯定与蚕相关。民间的说法是，蚕豆在寒露时节下种，翌年春蚕吐丝时成熟，故名。而明代医学家李时珍却认为："蚕豆荚状如老蚕，故名。"胡豆，到了中国农耕文化和百姓生活里，入乡随俗，便成了蚕豆，并广泛种植，成了重要的庄稼和食物，生生不息地开花、结果。

以前，江南乡间几乎家家户户都种蚕豆。记得上小学时和外婆住在西门郊外，屋后就种了一片蚕豆。蚕豆熟了的时候，我便跟着外婆去田里摘蚕豆。学着外婆的样子，挽起衣袖，轻轻拽住蚕豆枝头，顺手一拉就掰下了几个豆荚。回家后，外婆剥蚕豆，我却调皮地拿起两个嫩豆，找根火柴插在其中，画成老人、乌龟取乐，或者"偷"一把剥好的蚕豆，用棉线串起，挂在脖子上权当项链，和小伙伴们在田间玩耍、嬉戏。那些岁月深处的童年趣事，现在想起依然那么美好、无忧。可这般乐趣，像小孙子这代孩子们，似乎再也没有了。

"上山下乡"年代，母亲带着我们兄妹去了苏北大丰。翌年，土垒的茅草房屋盖好，还分得两分自留地在屋前屋后。在第二故乡，有自己的新家啦，有自己的园地啦，不管生活有多苦，却有一番新奇、欣喜在心头。母亲带着我们去集体田里学着劳动，也带着我们在自留地上种菜种瓜，特地种下了喜欢的蚕豆。生命力特强的蚕豆，不争地，不争肥，处处生长，且遇见阳光就灿烂，遇上雨露就抖擞。秋种时，在小河旁、田埂边，用锄子挖个小坑，撒入蚕豆种子，用脚踩实，就等着发芽生长，开花结果啦。来年立夏前后，即可收获颗颗饱满的蚕豆。可是也难得吃两回新鲜的蚕豆，过把吃葱油蚕豆的瘾头。在那缺衣少食的年代，舍不得多尝鲜啊。只待蚕豆老了以后，炒熟，喷点盐水，是我们一年四季下饭喝粥时担当主菜角色的“盐金豆”。记得那时母亲常对我们说“要学会勤俭过日脚啊”。也许，正是那些种蚕豆、吃蚕豆，在田里耕作劳动的日子，让我明悟了“种豆得豆，种瓜得瓜”“栽什么树苗结什么果，撒什么种子开什么花”的道理，深切知晓了“自己动手，丰衣足食”。至今赏蚕豆花开，吃葱油蚕豆时，依然是别有一番滋味在心头。

花开成果，荚熟有实。花期过后，豆荚日渐饱满。它们的果实大多是“双胞胎”，也有“三胞胎”或“四胞胎”的。剥开一个豆荚，一粒粒绿如碧珠的蚕豆“蹦”了出来、煞是可爱。嫩豆可以生吃，鲜嫩中有一股微甜清香。新鲜的蚕豆可做多种多样的菜，宜炒宜爆，宜煮宜烩，如蚕豆烧春笋、炒咸菜、炒鸡蛋、炒虾仁……而江南人家尤其是无锡百姓最家常、经典的做法就是葱油蚕豆。亮点是“四多”：油多、盐略多、糖特别多、葱花尤其多。还有一种说法叫“三重”，即重油、重葱、重糖。外地人在无锡吃葱油蚕豆，都弄不懂为啥要加这么多白糖。咸出头，甜收口嘛，缺了这份糖就没了这个味，无锡菜有点甜。家乡味道，让人回味无穷，从上市吃到落市，还是觉得没吃够葱油蚕豆。

谷雨过后即是立夏。江南习俗中，立夏必食“地三鲜”：蚕豆、蒜苗和苋菜，蚕豆自然当头。吃了“地三鲜”，安然度夏天。尤其是蚕豆炒蒜苗，可谓“天鲜配”：浓香软糯的本地蚕豆和鲜嫩微辛的青葱蒜苗，色香味形里让人平添一份初夏时节的好胃口。待到蚕豆老些，剥去头顶一道弯弯的黑眉，继续烹烧葱油蚕豆，依然按照老法子吃蚕豆。当然，无锡人家还会烹制回芽豆，或剥成豆瓣，煮一碗咸菜豆瓣汤，焐一盘豆瓣沙，和夏日里的清凉爽口邂逅。端午节时裹粽子，总是少不了豆瓣粽，有纯豆瓣的，也有咸肉豆瓣粽。那粽叶的清香、蚕豆的清香、咸肉的清香，似裹进了端午时节久远而浓厚的乡愁。吃的时候，或蘸些许白糖，味道格外醇厚。过了时令的蚕豆，风晒得干硬，颜色也绿中泛红，成了老蚕豆。炒老蚕豆，嘎嘣脆，超香，越嚼越香。吃炒老蚕豆是我年轻时候的一大嗜好，至今不会忘掉。只是现在牙口不好了，不敢问津。主妇和大厨们还会用老蚕豆制作“盐金豆”、怪味豆、兰花豆、罗汉豆等等，或搭泡饭、新米粥，或消闲时刻作零食，总是令人们爱不释手。还有那心心念念的五香豆。以往人们常在小酒馆、小茶馆里，暖一壶黄酒，点盘五香豆，聊聊世事，聊聊生活，享受活色生香的悠悠时光。

是啊！蚕豆，不仅花开一季映衬着春色的锦绣，更以它本真的心性伴随着江南的四季烟火，慰藉着人们的平凡生活，怎不让人宠爱在心头。

日子过得真快，将要走到初夏的路口。宋人舒岳祥曾在《小酌送春》诗中感言：“莫道莺花抛白发，且将蚕豆伴青梅”。说的是蚕豆的青春，春日的时光稍纵即逝，喻的是人们当珍惜当下，不负青春。今天，我们不妨像先人那般，以品尝蚕豆佐青梅的“仪式”，来送别春天、迎接夏天，感悟当下。品尝蚕豆的清香甘甜，回望悄悄溜走的春天；咀嚼生活的百般滋味，憧憬夏日的安然时光。将身心在秀山丽水间安放，让思绪在乡间美景里行走，定然别有一番感受。

欣赏盛开的蚕豆花儿，点赞美味的葱油蚕豆，以此表达对于蚕豆的喜欢，似乎远远不够，更想颂扬蚕豆里质朴的乡味和绵绵的乡愁。

# 泡饭

近来早上总是想吃泡饭。昨日晚饭时，用老家锡山大米多煮了些米饭，早晨起来，把剩饭放入锅里，加热水一煮，舀上一碗，酱菜搭搭。或同煮两个鸡蛋，或加个圆圆包子，一顿早餐好舒服。那天席间，和朋友提起泡饭，大伙儿竟都说早餐喜欢吃泡饭。吃泡饭，已然是无锡人的一种传统和习惯。吃了大半辈子，还是心心念念这一碗泡饭。

无锡人啥时喜欢上吃泡饭的，似乎无法考证。但必定是和无锡这座城市的特质以及人们的生活方式有关。江南是中国民族工商业的发祥地，在历经百年的工商城市，人们不是做打工族，就是做生意，一大早都要赶着去上班。为了生活，人们四处奔波，根本没有辰光熬粥烧饭，而泡饭就是这么简单：前日剩饭，热水一煮，或者干脆就用开水一泡了事。简简单单，吃了赶着去上班。无锡又有着“鱼米之乡”的美誉，水秀山灵，这里一直盛产上等稻米，煮饭香甜糯软，泡饭则润泽清爽，家乡味道满满，恐怕这也是无锡人对于泡饭情有独钟的因缘。再一思想，莫非是受了无锡人李绅《悯农》诗的影响和感染，“谁知盘中餐，粒粒皆辛苦”，剩饭煮泡饭，泡饭，泡出了珍惜粮食的典范，养成了勤俭节约的习惯。

泡饭当家的早餐，说简单，也不简单。无锡人对于早餐是不会将就的。配泡饭的小菜就能开出一张林林总总的“菜单”：萝卜头、大头菜、乳黄瓜、甜菜心、松花蛋、咸鸭蛋、涪陵榨菜、糖醋蒜头、油氽花生米……萝卜青菜，各人喜爱，每个家庭总有自己中意的小菜搭搭泡饭。记得小时候，外婆常买什锦酱菜中一种叫作“宝塔菜”的菜让我下泡饭，因为我喜欢。宝塔菜原名叫香螺菜，它的形状像一个个层层叠加、向上生长的小宝塔，甚是好看。咬一口，味美脆爽，吃起来有一种仪式感。后来才知道它的学名叫甘露子，竟然是一味中药，生长在湿润低洼处，真是“菜不可貌相”。

当年，母亲一早去上班前，总会煮好泡饭，也常去附近的大饼油条小店，用筷子串回几根油条，把油条切成一段一段，倒一碟酱油，让我和弟妹们蘸着吃。泡饭的质感，油条的口感，让我们好有满足感，不一会儿这道早饭就被抢光。后来，吃泡饭时，我不仅喜欢油条酱油蘸蘸，还心仪上了腐乳搭搭。腐乳很有意思，还分“红方”“白方”：“大块”“玫瑰”等属“红方”，“桂花”“五香”等属“白方”。不管“红方”“白方”，怎一个“鲜”字了得，很是焐饭。绝对的美味佳肴，和泡饭组合成为最佳搭档。

随着物质、文化生活水平的不断提高，以及“朝九晚五”的实行，无锡人的生活节奏渐渐慢了下来。不少人家的早餐煮上泡饭，还会煎个荷包蛋，买来鸿运大包，并欣欣然炒上一盘自己心仪的时令蔬菜佐餐。年轻家庭，则都会烤几片面包，或夹上奶酪或香肠，或涂上花生酱、蓝莓酱，甚至来一份“三明治”、煎牛排，添一份水果。不管怎么吃，总把“泡饭+”的早餐吃得讲究，吃出质量。自在的生活，美好的一天，从简单的泡饭、丰盈的早餐开启。

泡饭，泡饭，简简单单的泡饭，从小吃到大，百吃不厌，终是喜欢。当然，现在的早餐，可以有很多选择：可以到街头巷里的饮食店里吃碗阳春面，来碗小馄饨，点上一屉无锡小笼包，还可以去寻觅想吃的梅花糕、玉兰饼、大饼油条加豆浆。当下，“吃春”时节，荠菜鲜肉馄饨、韭黄馅心春卷、麦青团子，都是无锡人的必吃。然而，无锡人还是在家里吃泡饭的日脚居多，还是喜欢那一碗简简单单的泡饭。以我来说，隔三岔五，总要吃餐泡饭，出差、旅游回来，赶忙煮碗泡饭，甚至在外酒席过后，回家也会做碗泡饭，清清胃肠，享一份舒畅。一碗泡饭、一道点心、几碟小菜，简简单单的一顿早餐，却在无锡人的生活里有着无可替代的地位。从节衣缩食的艰苦岁月，到衣食无忧的丰盛今朝；不论是乍寒的春晨，还是冷湿的冬日，这碗柔软般的暖乎乎的泡饭，给了多少无锡人无尽的情结和温暖。

咸泡饭，当是泡饭的升级版。会过日子的无锡人善以一碗咸泡饭犒劳自己的味蕾和生活。咸泡饭，还是这么简单：把家里吃剩的蔬菜、荤菜（无锡人叫“咣当”），倒入米饭，一锅煮开，再小火“笃笃”，一碗香喷喷的咸泡饭就上了餐桌。不添什么佐料，已是鲜鲜的口感。当然，如果加上一点香油，那就更好了，可咸可甜，可辣可淡，按各人喜欢。一碗咸泡饭，犹如现代用词中的“混搭”，把生活中的所有滋味都“泡”了进去。慢慢咀嚼，细细品味，那份惬意、那份知足，感觉自是悠然。很多人家还喜欢用新鲜的菜肴煮咸泡饭：素的，会去小菜场买回小青菜、新鲜蘑菇和新米饭一起煮；荤的，大多喜欢雪菜肉丝咸泡饭；

讲究一点的，还会做起虾仁素鸡咸泡饭、排骨鸡汤咸泡饭等等。不管怎么搭，总是荤素随意，丰俭由己。煮上一款自己喜欢的咸泡饭，搭出一道自己心仪的上等美食，享受一份“小乐惠”。最为香鲜的，要数锅巴煮的咸泡饭，色香味俱佳，吃了都说喜欢。遗憾的是现在家里的电饭煲已煮不出黄澄澄、香喷喷的锅巴。好在现在不少饭店、酒家都推出了包括海鲜咸泡饭等许多品种的咸泡饭。春分时节和几个朋友在一农家客栈小聚餐叙，酒过三巡，主菜上完，店主问到“想吃什么主食呢”。“雪菜冬笋咸泡饭”，伙伴们几乎异口同声地叫唤。店主也是用心，不一会儿，一大碗饭粒白中显黄，焦香扑鼻、清清爽爽的锅巴咸泡饭端了上来。显格！吃了一碗，再添一勺，“吃货们”连连称赞。

简简单单的泡饭、咸泡饭，在当下吃啥有啥的好时光，仍是好多无锡人不离不弃的习惯、心心念念的喜欢。也许泡饭里正蕴含家乡的记忆和情感，正盛满江南的乡愁和味道。与其说是一种生活习惯，不如说是一种生活态度：从简简单单的泡饭，品出有滋有味的生活；把平平淡淡的日子，过成惬意舒适的人生。

# 街头飘来栗子香

每到仲秋时分，城市街头巷尾总会弥漫一股特别的馥香，裹挟着甜润，浓郁中还带着乡村山野的清香。闻香寻去，便是一家家应季而开的糖炒栗子摊了。喜欢的人纷至沓来，更有那迫不及待的，顾不上这滚烫，当街就剥壳囫囵吞尝起来。难怪早有清代郝懿行在《晒书堂集·笔录》中说道："闻街头唤炒栗声，舌本流津。"的确，糖炒栗子油亮溢香，肉色金黄，味道甘美。吃着炒栗子，闻着桂花香，谁能拒绝这个季节"好个秋"的味道呢？

我国是板栗的故乡。板栗又称栗子、栗果、大栗等，有"干果之王""山中药""树上饭"之美名。一个半月前去宜兴，那里就盛产板栗。山坡上，小路旁，一片片板栗树林郁郁葱葱，枝叶间挂满了绿莹莹毛茸茸的栗子果，看着看着居然咽了几许口水。成年的板栗树树干硕壮，分出好多枝干，张开来如一把垂荫的大伞。春天里，板栗树也开花，像狗尾巴似的悄悄挂在枝丫间，一点不张扬；入夏后，板栗长出一个个"刺猬球"，嫩绿碧绿，好可爱，连知了也喜欢藏在板栗树里为它们伴唱；秋风起时，板栗纷纷熟了，一个个笑呵呵地咧开了口，露出了孕育了一个夏天的果实。

栗子可能是与人们相伴历史最长的食物之一，与桃、杏、李、枣并称"五果"，与红枣、柿子一起被称为"三大木本粮食"。六千多年前的西安半坡古人类遗址里就有栗子的踪影。第一个发现栗子能吃的人会是谁呢？也许无从考证。这神奇的果实，一般都藏在像刺猬一样的外壳里，就算壳爆开了还有一层坚硬的壳和一层毛茸茸的皮，吃起来真不是那么方便。可古往今来，大江南北，人们却还是喜欢来食。板栗既可生吃，亦可熟食。生吃甜脆，熟食粉酥。中医认为板栗具有顺气补血、健脾益精、补肾壮腰、止咳润肺等功效，可与人参、黄芪、当归等媲美。当年我写有一首打油诗："老去自添腰脚病，与翁服栗旧传方。来客为说晨兴晚，三咽徐收白玉浆。"说的就是板栗的强身保健功能。然而"三咽徐收白玉浆"，是生食板栗的了。而人们对于板栗情有独钟，不离不舍，自然是为了糖炒栗子那般香糯、甘甜了，它甜到心里，香留齿间，让人回味无穷……

以往糖炒栗子摊上，都是用大铁锅、大铁铲手工炒作的，史书记载，用砂置铁釜中，加以饴糖置火上炒热，投栗其中滚翻炒炙，熟后栗壳呈红褐色，去壳后果实松、软、香、甜，为小吃珍品。炒熟后的栗子会在壳上露出一个可爱的小口，微笑着面对它的客人。剥去壳后，香气便肆无忌惮地从温热的体内窜出，直捣你的鼻腔、喉咙和胃，这是挡不住的诱惑啊。现在好多店家采用机器炒制了，但盛装栗子都还是纸袋，或是为了透气，为了香脆，为了保持那份味道吧！

栗子丰收的季节，除了糖炒栗子，还有两道用栗子做的菜是秋冬季不可没有的美食：栗子鸡、栗子红烧肉。那刚出锅的栗子鸡，栗子绵软，鸡肉嫩烂，色泽红亮，味香四溢。配上姜葱八角、料酒老抽、盐或香菜烹制出来的栗子红烧五花肉，则是肉块块块软烂，栗子个个饱满，色香味形俱佳，男女老少都喜欢。我们南方一带还喜好加上些白糖或冰糖，糯笃笃、香喷喷、甜咪咪，再温上一壶黄酒，简直是走进了一个栗子季节独有的美食世界。尽管做栗子红烧肉前把栗子去壳去皮很费时费力，但我每年总要亲自做几回，让全家人一起享受这秋天美美的馈赠。

几乎成了习惯，每当路经糖炒栗子摊时，总要停下脚步。尽管现在互联网时代，居家就可以点外卖了，但还是喜欢在糖炒栗子摊前排队时的那种感觉，还是喜闻糖炒栗子摊上四溢的那股香味，还是在乎趁热剥食糖炒栗子时那般糯糯的甜甜的享受……生活方式在变，嗜好没变，味道没变。街头飘来栗子香，飘香恒久远。

# 好一口春味叫“青团”

“沾衣欲湿杏花雨，吹面不寒杨柳风。”江南的春天除了满眼的枝头繁花，还有个特别的符号——淅淅沥沥的细雨。温湿的雨季恰是艾草生长的好时节。在氤氲芬芳的春日里，用艾草和糯米粉制作的青团俨然是江南一带“网红”的时令美味。

艾草，多好听的名字，大概就是因爱春而生的吧。墨绿色的叶片，背部密生灰白色的绒毛，茎叶散发着淡淡的香气，直沁人们肺腑。用艾草制作青团，最早可以追溯到寒食节。过节期间，人们不生火，只以冷食充饥。在《清嘉录》中，就已经有了寒食节与这个墨绿色糯米团相伴的记载。后来，寒食节和清明节合并，青团也在这时被用来祭祀祖先，然后它又渐渐地化身为春天的使者，成为人们这期间心念的一道美食。每年一到清明前后，人们会用新鲜艾草制作青团，似乎把对于春天的喜爱和憧憬都“馅”入、寄寓在这可口的青团里了。有趣的是，由于“清明”和“聪明”谐音，在明清时，抱着幼儿向邻里乞讨“清明团子”，还成了民间习俗。

这碧绿如玉的青团，是春日的味道，也是家乡的味道啊。新鲜的艾草，采摘清洗碾压成汁，放入石臼和糯米一起捣，米粉和汁液在上百次的捶击下慢慢融合，然后化作青绿的色泽，给青团包上馅，再垫上芦叶，放在锅里蒸，艾叶的清香就一点点地飘出来了。出锅前，还有一道特别的工序：在青团的表面轻轻地刷上一层熟油，犹如春风轻轻地拂过一样，又如画龙点睛一般，那青团显得愈加碧绿生青，油光锃亮。偏好甜食的江南人家大都喜欢豆沙馅，蒸熟的青团油绿如玉，糯韧绵软，豆沙馅甜而不腻。这一口味道啊，会让人齿颊留香，甜到心里。

好这口青团的江南人着实聪明，艾草难觅，就采用浆麦草、绿叶蔬菜汁代替，反正都有一份时令清香和颜色。而馅心的“内涵”，现在也五花八门起来，如芝麻、花生、香芋、芝士，还有纯肉馅、荠菜肉、春笋肉、蛋黄肉松等等，就看各人的想象和“聪明才智”啦。青团的味道，你我都知道，青团里包的是整个春天呀，“馅”却是自己的一份心情。

不时不食！吃了青团，还不过瘾。于是，田野里就有了挑野菜的人，没有这个闲暇的则上菜场选购：那金黄翠绿相间的香椿，带着泥土芬芳的荠菜，暗香沁人心脾的马兰，鲜嫩清脆的蕨菜……江南人家是会吃的，春天的餐桌上总少不了一两碟绿意盎然的春菜。似乎只有把这份绿色、这份春味全部吃到肚里，这个春天才算完美。这也许正是江南百姓特有的春天情结吧。

唯春色和美味不可辜负也。惦念青团了，立马去附近的老字号穆桂英糕团店买了几个豆沙馅的青团，那真是色如碧玉，亮如翡翠，糯韧绵软，清香扑鼻，肥而不腴，甜而不腻，直让人大快朵颐。去桃花源里阳山村时，朋友又送我一份自家制作的青团，甚喜。那碧绿的青团映衬着粉色的桃花，恰是春色满怀。想去马山老乡那里呢，村里的民宿开了吧？马山人用一种叫作“棉苋头”的春草做的青团，分明是乡愁的味道。还想再去品尝梅村、鸿山一带的青团呢，那里的百姓在清明前后，有做青、白两色团子的传统。用鲜肉、豆沙、芝麻三种原料制作成三种不同口味的馅心，“三馅”，吴语（谐音）“三让”也。是为了纪念吴文化的始祖泰伯，三千多年前“三让王位”，南奔荆蛮，在这里兴盛农耕文化，开启江南文明。我想，江南的青团一定是有故事、有灵魂的。

当然，当下的我更喜好这口青团里春天的味道。别说，今年吃青团，还真的吃出了不一样的味道……

# 无锡人的那一碗面

前些日子，国内旅游专家魏小安先生来无锡讲课，知道他好一碗面，且颇有研究，便每天早上请他品尝一碗面。

首日，自然是无锡的阳春面，一边聊着阳春面的故事，一边品着无锡面的味道。翌日，刚吃完那碗银丝面，小安先生即在微信里说道：“著名的无锡银丝面，碗热汤烫，配四色浇头，堪称极品，吃罢仍然回香满口。”第三天酒店则端上了一碗黄鱼面，那色泽那味道，已是鲜极。

记得要离开酒店时，小安先生还回头去“天天面道馆”拍上两张照片发至朋友圈。我对他说，无锡人每天第一件幸福的事就是“面对面”。他正和我面对面，听罢“会心一笑”。

无锡自古是江南稻米之乡。小麦的产量虽没有稻子多，但以前面粉厂开得不少，并和棉纺厂、丝织厂等一起开启了中国民族工商业的先河。百年工商城市，以前生意人忙着做生意，打工族赶着上班去，早餐在家里下碗面，简简单单，或到近处面馆吃碗面，省时便捷。于是，无锡的街巷里弄里随处能找到一家面馆，早上常常是宾朋满座。渐渐地，许多无锡人好上了早上的一碗面。

无锡人的一碗面，说是简单却不简单。无锡人吃面很是讲究，就面条本身按食客喜好就分六七种呢。诸如立直、断生、健面、透面、软熟、烂面等等。

“立直”，即生面下锅后只催边滚就捞面，面仍然是直的，故称之为立直。“断生”，即生面下锅一滚，刚刚去生，便捞起盛碗，面香可口。以前常去中桥那里的大荣面馆吃面，点好下单，只听账台上的话筒里响起“立直一碗，断生一碗，轻辣一碗”的吆喝，家乡口音，好不亲切，让人期待那碗面。

说到“健面”，顾名思义，就是滚了两滚而后再捞面，尚健硬，既留面香又不夹生，多数面客皆好此面。“透面”就是面已不健，全部透熟，易渗透进佐料而仍不失面之香气，深受老食客们青睐。以前家住后西溪，西门桥那里有家“老西门面馆”，去得多了，人头熟了，捞面的师傅总是捞来一碗透面，面香扑鼻。前不久看到那家面店已更名为“老味道面馆”，虽装修一新，但面还是那个老味道。

“软熟”，妙在一个“软”上，比透面更熟一成，在秋季若是叫上一份紧汤软熟蟹粉面，那绝对是上乘佳品。至于“烂面”，无锡人又分锅里烂和板上烂两种。锅里烂，锅里煮烂，不显肥胖，仍留面之微香，多为中老年人所爱。挺有讲究的板上烂，就是在锅里烂的基础上仍有点嫌硬，将此烂面捞起放在板上待烂面发胖，再下锅煮上一会儿，方才装碗。此面的特点是易消化、不积食。许多无锡人家里，如有胃口不好、身体不适者，常常会加点小青菜一起煮一碗“烂糊面”，软软的，绵绵的，吃出了一份舒服和惬意。

无锡人的一碗面，不仅对面条讲究，而对面汤亦很讲究，且称之为面的“灵魂”。面馆总会按照食客的需要和诉求，适当如汤。

“大汤”，大汤的概念并非就是用汤多一点而已，而是以汤为主以面为辅，或汤大于面，面仅仅是这碗面的点缀；那汤底则有猪骨头“炖”的、鸡骨架“吊”的、 杂鱼和黄鳝骨一起“熬”的，怎一个“鲜”字了得，让人越喝越想喝，常常会喝个精光。

还有一种叫作“宽汤”，即汤多面多，既能吃饱又能充分享受汤的美味。蠡溪苑里八宝楼面馆的那碗面，和惠山区艾迪花园饭店的老式面，都属宽汤吧，那汤的味道让人喝了忘不了，引得许多人专程去“打卡”。好汤配好面，新万鑫面馆的银丝面也成了“网红”。鸡蛋银丝面，面里的“爱马仕”，那汤不但恰到鲜美，而且碗热、面热、汤热，面汤里荡漾着人间的温度，吃了都说过瘾。

有宽汤，自然会有“紧汤”。紧汤者，用汤紧巧也，以汤肥面香为准，食完留于碗内近一口为妙，如再加上适当“浇头”，定是一餐难以放手之美味。

说到“浇头”，面、汤、浇头，是无锡一碗面的“三要素”，不少无锡人吃面总会配上自已喜欢的浇头，大凡如三虾面、素鸡面、雪菜肉丝面、响油鳝糊面、焖肉面等等。

我常去老字号楼上楼面馆吃他们那里的糖醋排骨面，也喜欢去学前街那里的卜岩面馆点上一碗肥肠面。记得有一天早晨和几位面友赶到曹张里的曹张老面馆吃早面，每人点了一盆炒鸡蛋、一份姜丝，还加了一份“蹄髈园盅”，吃得乐不可支。

浇头，也是无锡人吃面的一种讲究吧。其实讲究的还有其他用料，比如蒜叶和葱花的使用粉有重香头、轻香头和免香头。因为有的人喜欢加点香菜，有的人则从不碰香菜。在宜兴新芙蓉饭店有一碗“葱香面”，也是出了名的：面碗上铺满了葱花和香菜，香味扑鼻，也是让人吃得停不下来。

无锡菜有点甜，无锡的面也会有点甜呢，那就是“拌面”。说到“拌面”，一般认为称为拌面就是不放任何汤，以面作单拌，其实非也。一般都会放入一小勺汤，因为如果不放汤，不仅面拌不过来，吃在口中还会略显干湿，没啥味道，拌面吃到最后当以碗中不剩一点汤为妙。拌面的佐料亦有讲究，熬制的酱油、葱花和麻油，以前还会加点猪油。而也许不少朋友和我一样，喜欢加点白糖，那碗拌面，香甜可口，吃得好爽。当然，吃拌面时，面馆都会奉上一碗清汤，或葱花汤，或紫菜蛋花汤。现在好多人似乎忌讳糖了，其实添了点白糖的拌面，堪称世间美味呢。人生旅途中，唯美景和美味不可辜负也。

面粉好，面才好。历史上，无锡的面粉行业起步较早，不管是荣家的茂新面粉厂，还是唐家的九丰面粉厂，抑或是杨家的广丰面粉厂，他们都有一个传统，就是每天早上厂里所有员工都要吃面条，把昨天下来的面粉轧成面条煮一煮，自己亲口尝一尝，看看口感如何，好吃与否，不好吃又在什么地方。

现在无锡地区很少种有小麦了，也不生产面粉了。但无锡的面馆、饭店都会选择上乘的面粉。“多轧一道”，这是非遗传承人、无锡银丝面大师胡法律告诉我的：银丝面用的是高品质的高筋道颗粒面粉，制作时会在一斤面粉中加一个鸡蛋，轧面时总会多轧一道，这样的银丝面不仅白如雪、细如发，而且韧劲足、滑而爽。有劲道，面就好。久煮不烂，口感滑爽，而且面条里还会有一定的毛细孔，使汤汁润透进去，此面更地道。

当下，无锡的一些老字号，如惠山古镇里的一亩三分地面馆、南下塘的矮脚楼面馆、中山路旁的百寿楼面馆、五爱北路边的喜上楼面馆、鼋头渚的广福寺素面、沁园新村里的清三面馆、稻香新村里的老红光面馆、兴源北路上的老轻院面馆……不仅坚守老味道，把面、汤、浇头做出了自己的特色，引得食客们点赞称好，还都坚持着“多轧一道”。

正如无锡人的文化风格，无锡的面馆做每一碗面都是认真的。坚守着，创新着，无锡的面食厂家也在与时俱进，三十多年前无锡有个卖得很火的“中萃面”，记得那时还为他们写了“面对面的爱”五个字。这几年他们则推出了各色各味的“伽力森冷冻面”，这种冷冻面不仅走进千万家庭，且深受年轻人的欢迎。

无锡人喜爱一碗面，一碗面，是流淌在无锡人血液里的一种生活习惯。以一碗面、一屉小笼包子开启每天的日常，亦已成无锡人的一种生活方式。简约不简单，平淡不平凡，讲究一碗面的面、汤、浇头，这是地道的江南味道，也印证着无锡人的生活态度。

幸福就是“面对面”，无锡人的一碗面里润浸和荡漾着“锡式生活”的惬意。

第三篇章

# 草木花语

芦苇花，摇曳着浪漫的情愫，
向日葵，向往着灿烂的念想。
那春草，那夏荷，那秋叶，
在吟唱着生命的歌谣。
油菜花，格桑花，栾树花，
在绽放生命的乐章。
草木有心花有语，
花会沿路盛开，花香在心里荡漾。

# 迎春花儿静静开

昨日清晨起得较早，便去家旁的古运河边走走。春风徐徐，吹皱了沉寂的河水。漫步河旁，突然发现河边几丛迎春花的枝条上开出了好多小黄花，她们在晨风中翩翩起舞，煞是可爱。我细细端详迎春花儿，想象着没过几天一片片金黄就会缀满枝条的模样，满满的春意在心头荡漾。

迎春花，又名“黄金条”“黄素馨”“金腰带”。与梅花、水仙、山茶花等一起被称为“雪中四友”。顾名思义，迎春花是春季里开得最早的花，因迎春花开后即迎来百花齐放的春天而得名。如果说梅花是“只把春来报”，那迎春花则是“悄然迎春到”。古往今来，我们总是把“遥知不是雪，为有暗香来”的梅花吟诵、赞美。但“金英翠萼带春寒，黄色花中有几般”的迎春花也同样值得我们欣赏和颂扬。严冬那场大雪没有把迎春花压垮，带着蛰伏了一个冬季的思念和向往，在乍暖还寒的初春，她就先于百花把嫩黄的花儿怒放。

迎春花，不但具有梅花一般傲霜斗雪、凌寒竞放的风骨，而且有不择风土、不争名贵的品格风尚。她植根瘠土，安于平淡，青草丛中，路边河畔，不择条件，处处生长。迎春花，花枝婆娑，花香淡雅，六角形的花瓣犹如张张微笑的脸庞，俨然是一群素妆飘逸、朴实无华的春姑娘，给大地绘上一抹春色的金黄，为人们送上一片春意的芬芳。我不禁弯下身子，聆听迎春花花开的声音，那在微风中起舞的迎春花分明是在低吟浅唱，呢喃细语着自己“相爱到永远”的花语，轻轻把“好一朵迎春花，迎来大地放光华”的《迎春花》曲吟唱。迎春花，你是春天的使者，绽放的是春光，传递的是希望，“迎得春来非自足，百花千卉任芬芳”。

正当我欣赏迎春花时，只见不时有晨练的人们路过身旁，“蹬蹬蹬”的脚步声传向远方。不远处那位穿着彩色工作服的环卫工人，俨然像晨光中一朵凌寒报春的花儿，一道春意盎然的风光。路边那家浙江夫妻开的大饼油条店门前已是人来人往，飘出一路淡淡的香。解放西路上赶着上班的车辆显得有些匆忙，不知谁在播放着《在那桃花盛开的地方》，还特意开大了音量……春意在都市里涌动、流淌。人勤春来早啊！这一个个忙碌的人们，这一张张微笑的脸庞，不正如一朵朵生机勃勃的迎春花，向着春天绽放，带着希望，携着梦想，在路上……

迎春花的花季过后正是迎来百花齐放的时光。也许，当百花争艳的时候，人们会渐渐地把迎春花淡忘。但迎春花初心依然，只顾绽放。我们不妨像迎春花这样，在自己心头盛放一朵迎春花。春色永驻心上，人生何时不春光。

# 春草的歌谣

春寒料峭，但无锡梅园的梅花已经开得甚好。“墙角数枝梅，凌寒独自开。遥知不是雪，为有暗香来。”慕名而来的游人们，纷纷在绽放梅花的树前留影，暗香浮动伴随着阵阵欢笑。可谁也没有留意树下、脚旁、路边的春草……

春草总是醒得最早。凌厉寒风中，她就悄悄地舒展纤细的腰，没等二月到，她就静静地绽放嫩芽。“俏也不争春，只把春来报”，把这两句词赠给春草，不正恰好？春草的俏，春天知道。

瞧，路边的春草，正睁开萌萌的眼睛，看着春暖花开的热闹。她，不与树争高，不和花争俏，只是深深扎根于树下的土壤，静静生长在花的身旁，淡淡微笑，只是默默无语地以一片片绿意装点着春天的色调。假如，没有这绿意盎然的春草，大树会多么寂寞，花儿会多么单调，春天又怎会如此多娇？

“谁言寸草心，报得三春晖。”春草也许知道自己的微不足道，但也肯定知晓“一枝一叶总关情”，只要懂得回报。哪怕把一小片绿意、一点点生机奉献给大地，奉献给春天，就是对大地母亲最真情的回报。

面对世事的喧嚣，春草则在乎自己岁月的静好。一阵风吹过，她们互相拥抱；一场雨打来，她们颔首微笑。清晨，迎接朝阳，跳着自己的晨操；夜晚，仰望星空，唱着心中的歌谣。春草知道，简单就快乐，当下最美好。抛却往日的忧虑，不去预支明天的烦恼，只想在平凡的日子里把平凡的自己做好。

无论是“天街小雨润如酥，草色遥看近却无”“草树知春不久归，百般红紫斗芳菲”，还是“乱花渐欲迷人眼，浅草才能没马蹄”“长亭外，古道边，芳草碧连天”，抑或“草色烟光残照里，无言谁会凭阑意”“离离原上草，一岁一枯荣”……芊芊春草，总是悠然自在，不骄不躁，欣赏着自己的生命四季，感悟时光曼妙。

草长莺飞二月天。树下、路边、河畔、垄上，春草处处生长；不择土壤，不拘时景，春草天天向上。她，随遇而安，对于得到和付出从不计较。只要有一点阳光，她就灿烂微笑；只要有一点露珠，她就晶莹闪耀。任它风霜雨雪，我自芊芊芳草。顽强的生命力，正是春草的骄傲。

进入农历二月，春暖花开。二月天，更有草长莺飞，唯有草长莺飞和春暖花开交相映照，春天才能如此妖娆。

也许我们成不了大树之高，也许我们当不了春花之姣，那就乐作一片草地、一棵春草。你看，我们身边还有那么多不知姓名的芳草，在绽放自己的微笑。春天如此多娇，生活如此美好。

# “蝶”舞田间蚕豆花

日前，去“红豆故乡”——江阴红豆村踏青。满园桃花盛开，垄上菜花怒放，和村前流淌的清清河水、依河而筑的粉墙人家交相辉映，那景那情让人仿佛回到了从前的老家。而让我分外心动的，是田间小径旁静静绽放的蚕豆花。

只见那田间绿油油的蚕豆一片生机盎然，蚕豆叶丛中夹着簇簇紫色的花。这蚕豆花是从蚕豆的根部一直往上开的，一簇簇花苞又紧贴着叶茎的根部，紧紧依偎不离不弃。蚕豆花的底色是淡紫，往上渐渐地又融进一抹深紫红，花蕊中却伸出两小片白色花瓣，白色的花瓣中又镶嵌上了点点黑色，真是色彩斑斓，直让人感叹大自然造化竟如此奇妙。静静绽放的蚕豆花像一双双春姑娘的眼睛，在眉目传情；又像一对对紧相随的鸳鸯，亦相依相伴。我怎么觉得，这蚕豆花更像一群群紫色的蝴蝶？瞧，一阵春风拂过，蚕豆叶轻轻翻动，蚕豆花忽隐忽现、扑闪扑闪，分明是一群色彩炫丽的小精灵在绿叶丛中、在阡陌田间轻轻振翅，翩翩起舞。春日七彩田野里，“赤橙黄绿青蓝紫”，紫色唯有蚕豆花。“蝶”舞田间的蚕豆花，为如画的春景平添一份炫丽的律动，飞进了我们的心头，撩拨起一种久违的情怀。

在百花争艳的春天里，蚕豆花似乎是最没名分，也极不起眼的。无声无语，安然自得，蚕豆花确实很低调。清汪士慎诗说：“蚕豆花开映女桑，方茎碧叶吐芬芳。田间野粉无人爱，不逐东风杂众香。”让人悟出一种“蚕豆花精神”，即不以己悲，不以物喜，守得住寂寞，静静绽放自己生命的华丽。蚕豆花花期很长，不仅为春天的田间平添一道别样的风景，她还有一个特殊的功能呢。在清明节前后采收蚕豆花，晒干或焙干，即成一味凉血、止血、降平，主治咳嗽咯血的中药。蚕豆花的母体则浑身是宝：蚕豆不仅是营养丰富、人们喜欢的时令菜品，春季里家庭餐桌上的美味，而且兼有粮食主食和休闲食品的功能，如人见人爱的五香豆、怪味豆等等；而蚕豆的茎叶和豆壳则是上等的绿肥和饲料。蚕豆是个宝，农家少不了。可蚕豆花总是这么低调。

驻足弯腰，聆听蚕豆花开的声音，我清晰听到“种豆得豆，种花得花”的安然自得，听到“不负时光，不负生命”的乐观自在；我仿佛闻到蚕豆花馥郁的花香；我似乎看到蚕豆花嫣然的微笑：不与百花争芬芳，安于一隅舞春光。“蝶”舞田间的蚕豆花，你的心情，你的花语，我知道。

# 正是野菜欲上时

“竹外桃花三两枝，春江水暖鸭先知。蒌蒿满地芦芽短，正是河豚欲上时。”这是宋代诗人苏轼描绘的一幅春景美食图。唯有春天和美食不可辜负也。其实，春天的美食除了远方的河豚，更有眼前、路边的野菜。“蒌蒿满地芦芽短”，说的不恰恰是“正是野菜欲上时”嘛。

“草长莺飞二月天。”当梅花、桃花、油菜花竞相开放的时候，田埂上、小路旁、山脚下的那些野菜们亦纷纷破土而出，鲜嫩的芽儿悄悄生长；淡淡的清香，随着掠过田野的春风微微荡漾。古往今来，人们总是对野菜情有独钟。“野菜初生手自挑”，每到春天这个季节，都要到郊外、乡村去挑（挖）野菜。采满一小篮荠菜、马兰什么的，回家择净洗清，做成一道时鲜菜品，立马吃将起来，咀嚼着春天的味道，不禁喜上眉梢。而江南的“吃货们”更有着春季吃“七头一脑”的习俗，即马兰头、荠菜头、枸杞头、香椿头、豌豆头、苜蓿头、小蒜头和菊花脑。据说，吃齐了这“七头一脑”，才算是拥有了一个地地道道的春天。

路边的野菜，样貌平平常常，一点也不张扬，可怎么总是让人们念念不忘？也许在乎它们的时鲜和营养，也许更在乎它们身上的故事和内涵。就说那处处生长的荠菜吧，它含有蛋白质、脂肪、维生素、膳食纤维、钙等二十多种营养成分，有着凉血补血、补虚健脾、清热利水之功效。此外，它富含氨基酸，达十一种之多，成为野菜中最鲜美者。而文人骚客诗词中的荠菜，则愈显鲜美和珍贵。《诗经》中“谁言荼苦？其甘如荠”，且说荠菜是味甘甜的野菜；白居易《溪中早春》“归来问夜餐，家人烹荠麦”，诗中荠菜和大麦正是当时多数百姓的主要食物；诗人辛弃疾说“城中桃李愁风雨，春在溪头荠菜花”，荠菜似乎让他闻到了春天的气息；郑板桥却称“三春荠菜饶有味，九熟樱桃最有名。清兴不辜诸酒伴，令人忘却异乡情”，荠菜解了他的殷殷乡愁。而在民间历来还有一种荠菜崇拜，“阳春三月三，荠菜当灵丹”，百姓认为春天应时而食荠菜，可以驱邪明目，江南甚至还有着农历三月三为荠菜生日的传说。

春天的田野里，又是何等热闹。香椿头、马兰头、枸杞头、苜蓿头、豌豆头、小蒜头和菊花脑，各自“头头是道”，演绎着不一般的妖娆。

香椿头，被称为“树上蔬菜”，是香椿树的嫩芽。民谚道“雨前香椿嫩如丝，雨后椿芽生木质”，说的是香椿最好采摘于谷雨之前。每年农历三月三正是香椿芽大量上市的季节，且见那嫣红的芽、油亮的梗，叶厚芽嫩，绿叶红边，犹如玛瑙，恰如翡翠，令人垂涎。当年李濂《村居》中言道：“抱孙探雀鷇，留客剪椿芽。无限村居乐，逢人敢自夸。”尝食香椿的时光竟是此般乐逍遥。

春风十里，不如摘一把马兰头到篮里。如果说梅花是报春的使者，马兰当是田野里报春的精灵。春寒料峭，马兰就破土而出，片片嫩叶中传递着春的讯息。只因马兰头清肝火、养肝血，具有极好的补血和明目的食用功效，早在明代就被人编进了《野菜谱》，江南地区的人们尤其钟爱于初春到野外采摘马兰的幼苗和嫩叶食用。

枸杞头，枸杞的嫩芽也。因其有清火明目、补益筋骨、补肾养肝的功效，而有着“仙苗”“天精草”的美誉。宋杨万里《尝枸杞》诗云：“芥花菘菡饯春忙，夜吠仙苗喜晚尝。”枸杞头口味香美细嫩，又带着一丝丝回味悠长的清苦，品尝着枸杞头，似乎咀嚼着人生的味道。

“苜蓿来西域，蒲萄亦既随。”苜蓿，原产西域，当年张骞通西域时将苜蓿引进中国，最初当作马饲料，后来亦充作蔬菜。苜蓿头，乃黄花苜蓿的嫩叶，民间称之“草头”“秧草”“金花菜”，老早一直是穷困中的老百姓的粗粮和主菜。苜蓿，传说中的“幸运草”，它的花语是“希望”。人们喜食苜蓿头，也许是因为它有清沁心脾、消除内火的功效，更是因为那片片嫩叶带来的春天的希望吧。

“采薇采薇，薇亦作止。”《诗经》中这“薇”就是豌豆苗的古称。豌豆苗，得豌豆之清香，却生得纤细柔嫩。采薇采薇，采一把捏在手里，仿佛让人捏住了春之鲜嫩和细腻。

比起前几种青翠新鲜、显山露水的野菜，小蒜头该是很低调的一种了。春天萌发的时候，夹杂在草丛里的纤细叶片一不小心就被忽略，比起蒜的形象似乎更接近葱，唯一能证明身份的是略膨大的地下鳞茎。而整个春夏都是采摘它的好季节。小蒜头，通阳化气、开胸散结、行气导滞，还有着抑制高血脂、防止动脉粥样硬化的功效，有心的人们会在草丛中寻觅小蒜食用。

菊花脑，乃春日里菊花的嫩茎叶。此时的菊花脑带着菊科植物特有的芳香性挥发精油，味道异常清灼凛冽而提神醒脑，翠绿叶片打入鸡蛋，融成一碗金玉交错的汤，那足够沁人心脾也。

至于野菜的吃法，那就多啦，萝卜青菜各有所爱。荠菜豆腐羹、荠菜炒年糕，可是江南一带人们的最爱，而不可不吃的则是那一顿荠菜馅馄饨，低调中的奢华也。常见的香椿吃法有香椿头炒鸡蛋，但很多“吃货们”则喜欢香椿拌豆腐，一青一白，颇具“颜值”且鲜嫩有味。马兰头大都是清炒，马兰拌豆干，马兰炒大蒜，这两道吃法可不会少。

枸杞头清炒凉拌两相宜，可做一道枸杞头清汤，分外清爽。炒金花菜，一定要有酒的点化，柔嫩碧绿的嫩叶在白酒或黄酒的激发下把草本清香发挥至极致，入口即化的温柔让人一发而不可收……不管怎么吃，每一道野菜，总是春天里的佳肴，那般口感和回味，绝对是山珍海味难以比拟的。

“屈指数春来，弹指惊春去。”春天的脚步总是匆匆，三四月间也正是野菜最鲜嫩时。赏春当应景，“吃春”当应时，“路边野菜当须采”。春天在鲜嫩芬芳的野菜里，春天在大快朵颐的味蕾里。走吧，走在乡间的小路上，采摘野菜去！赴一场春天的盛宴，品一番春天的味道，岁月静好。

# 嫣然一笑

谷雨季节，有一种花安静地立于枝头。花有六瓣，初开时纯白雅洁，继而慢慢地变得金黄灿烂起来。花边常有红晕，酷似少女微笑时脸上的羞云。是什么花开得如此美好，美得如此含蓄？她，是含笑花。

含笑，这名字已够让人心仪；而她开花的模样则更令人欢喜。你看她，在含苞待放之际恰如一位羞涩腼腆的少女，矜持而俏丽；花开时分又不似许多花那般张扬，而是开而不放，似笑而不语。《草花谱》中曰：“花如兰，含笑花开常不满，若含嫣然。”宋代诗人邓润甫如此描绘：“自有嫣然态，风前欲笑人。涓涓朝泣露，盎盎夜生春。”古人又有诗云：“深情厚谊知多少，尽在嫣然一笑中。”嫣然一笑，含笑花开，要数百花绽放中最美的姿态和模样了。

含笑花，还是一种著名的芳香花木。花香虽浓，却不撩人。“丹唇未启香先闻”，说的是含笑，抑或是女子？感受这“似笑而不语”时，那股馨香已沁入心脾。而“花开而不放”，却让我想起“花开半时方艳，酒到半酣正好”一说。你瞧，含笑花花开半放的时刻，花瓣格外娇嫩，让人情不自禁想象和期待她盛开的样子。花看半开、月盈半弯、酒至半酣，茶酌半盏……恰是最曼妙的情境啊！

走过一个春季，赏尽争艳百花；欣然步入夏季，又见夏花灿烂。总觉得，最美的花，还是这嫣然一笑的含笑吧。嫣然一笑，是无声的语言，却是最恰当的表达；人世间，现实里，多么需要这嫣然一笑啊！

嘴角微微上扬的嫣然一笑，人生最美的姿态。面对云卷云舒，拈花一笑；静看花开花落，会心一笑；情深意长，不如你的嫣然一笑；真情告白，不及你的嫣然一笑。多少美好的心情、心态和心声，“尽在嫣然一笑中”。

每天早晨，面对镜子，嫣然一笑，是放飞心情，迎接新的太阳；每晚睡前，面对自己，嫣然一笑，是放下烦恼，进入酣甜梦乡……你对生活微笑，生活亦会对你微笑。美美与共，时光曼妙。

欣赏含笑，不得不提及她的一胞姐妹：白兰花。白兰花开时，亦如含笑这般嫣然和芳香，可她的名气似乎比含笑更加响亮。只因每到夏季，南方的姑娘们都喜欢把她佩在衣襟上。走在路上，衣袂飘香，纵使三两天过去，花瓣被摩挲出铁锈的颜色，也依然散发着恬淡的香气。纯天然的芬芳啊，胜过香水无数。一阵微风掠过，馨香沁人心脾，姑娘们的脚步也愈加轻盈，个个嫣然而笑。姑娘们身后，是白发梳理整齐，穿着青花布衫的卖花阿婆，还有那拖了尾音的叫卖声，“白兰花要买伐”“白兰花有买伐”，在小巷弄堂软糯回响……

含笑花笑了，白兰花开了，接下来就是一整个郁郁葱葱的夏了，是池塘边的榕树上，知了在声声叫唤的夏了。不禁让人想起童年那个现世安好的夏季。蓦然回首，那个少年已是白发染鬓。当下，又见夏花之灿烂，岁月静好，我亦释然而笑。

# 遇见菖蒲花

“连雨不知春去，一晴方觉夏深。”太湖鼋头渚的樱花雨还在粉色的记忆里，池塘边、山涧里的菖蒲花已经开成一片绮丽。红的热烈，紫的高贵，黄的娇艳，蓝的典雅，白的无瑕……色彩斑斓，花姿秀丽，演绎着夏花之绚烂。

花菖蒲是水生花卉之娇子，与兰花、水仙花、菊花一起并称为“花草四雅”。她们“不假日色，不资寸土”，静静地生长于池塘或者溪流的岸边。初夏时分悄然绽放，花开的时候整片的花朵倒映在水中，更显清新雅致、诗情画意。

花菖蒲挺水而立，“所谓伊人，在水一方”。微风细雨中，绿叶衬托着花朵，益发飘逸俊秀，如一个个期盼着爱情降临的少女，含羞带怯，亭亭玉立，心生欢喜。

每一种花都有她的花语。菖蒲花的花语恰是“爱的音讯”，寓意为只要表达，对方定会收到爱的心意。此时，风中摇曳的菖蒲花如鸢似蝶，不正是爱的使者，在把爱的信息传递？当下，最浪漫的事莫过于去赏菖蒲花吧，倾听“爱的音讯”，表达爱的心语。

菖蒲花还有一个花语：信者之福。此时她们正在低吟浅唱，告诉你：只要相信自己，知道自己想要什么，并努力去做好自己喜欢做的事，便会得到幸福，好一段沁入心底的花语。来吧！来到太湖山水间，来到湖畔山涧池塘边，邂逅美丽的菖蒲花，你定会遇见一个更好的自己。

心怀美好，何时不是好时节。或让心中盛开一朵菖蒲花吧，盛放美丽的心情，绽放美好的自己，感悟“生如夏花之绚烂”之意义。

# 油菜花颂

春天里来百花开，正是赏花好时节。人们纷纷走出家门，走向自然，走进桃花源里，走进梨花村庄，走进樱花林间，走进油菜花田……尽情欣赏着这满目春色，歌颂着春天的美好。

古往今来，人们赏花咏花，大都是咏牡丹、梅花、莲花、菊花等名花。比如赞牡丹，“天香国色”；爱莲花，“亭亭净植”；咏梅花，“遥知不是雪，为有暗香来”；誉兰花，“花中四君子”“兰为王者香”；颂桃花，“桃之夭夭，灼灼其华”“人面桃花相映红”……然而颂咏油菜花的诗文佳句倒是极少，连集百花仙子于“泣红亭”的《镜花缘》也没有收进油菜花这位仙子。

油菜花难道不是仙子吗？难道不值得我们歌颂吗？并非如此。就在郭沫若先生的《百花齐放》诗集中，不仅把她列为百花中的一花，并以第一人称深情地歌咏：

我们把大地化成了一片黄金，
多谢春天，更要多谢广大农民。
劳动人民是真正的宇宙真宰，
为了他们，我们甘愿粉身碎骨。

*我们不稀罕雅人们的花瓶，*
*乡村姑娘戴在头上赛莺莺。*
*亿万颗种子榨成金色的油，*
*油枯还要碾成为肥田的粉。*

油菜花正是大自然馈赠给春天、馈赠给人间最美丽、最朴实的礼物。

春日灿灿，当我们走进乡间、放眼田野的时候，那在眼前、在远处、在天边的一丛丛、一带带、一片片油菜花，开得那么恣意、奔放，就像大自然不小心打翻了颜料盘，一下子把大地调色得如此灿烂、耀眼。菜花金黄不争春，只把春色来映衬。她衬得桃花更红艳，衬得杨柳分外翠，衬得三麦、蚕豆愈鲜嫩。她像一道道花边、一个个花环、一块块黄绸，装点着绿野，装扮着春天。我想，如果缺了菜花黄，那满眼春色能有这般娇艳、斑斓、和谐吗？

春风轻轻，一阵轻风拂过，那油菜花田里荡漾出层层金色的波浪，跳跃着串串欢快的音符。而那一株株盛开的油菜花，犹如一个个美少女亭亭玉立，翩翩起舞。那一头金灿灿的秀发，在梳理着那曾经的沧桑；那婀娜多姿的身段，在诉说着动听的故事。她们虽不如梅花的醉态，也没有桃花的妩媚，却以一种纯朴的姿态，让自己的春色静静绽放。

春雨潇潇，“随风潜入夜”的春雨送来又一个仲春的早晨。这时的油菜花，鹅黄欲染；这时的菜叶，青翠欲滴。小河淌水，岸边、水中相映出一片鹅黄，似见少女们在含情脉脉地对镜梳妆。春雨在菜花那精致的花瓣上洒下的亿万颗珍珠，圆润、明盈、光洁。一股细细的清香游丝般地合着空气的清新、泥土的芬芳沁入我们的肺腑。“油菜花开满地黄，丛间蝶舞蜜蜂忙。春风吹拂金波涌，飘溢醉人浓郁香。”花不醉人人自醉，又有谁能不陶醉于这菜花丛中、这春色春意之中呢？

油菜花，春天的使者。油菜抽薹，传递着春天的脚步；花蕊欲放，带来了春天的信息；花吐嫩黄，春姑娘来到了我们的身旁；金花盛开，那时分正当春深似海。待到油菜花只剩下顶头上的星星点点时，也离夏收的季节不远了。她随春而来，随春而去。她点缀了春天，她就是春天。

夏收季节，油菜花谢了，风光已不在；她又默默无言地、心甘情愿地把自己化作了一粒粒黑黝黝的菜籽，化作了一桶桶金灿烂的菜油，甚至把自己的身躯化作了一担担有机肥料。她不仅把最美的时光奉献给了春天，而且把整个生命奉献给了人间，奉献给了天地之间。她风采依旧，精神恒在。我们不仅要赞美她的盛开，更要颂扬她精神的可贵。

就在这春暖花开的季节里，我行走在苏北大地。路旁、河边、田间的油菜花直让我心醉，我不禁下车漫步，走进油菜花间，躬下身姿，捋起几株在春风中摇曳的菜花，深深呼吸着她的清香，静静聆听着她的心语，默默吟诵着歌颂她的诗句：油菜花开不争艳，黄萼裳裳舞翩跹。春来盛放染金边，春去留籽润人间。

# 蒲公英

早春的艳阳里，陪孙子去郊外踏青。路边的几株开着小黄花的植物引起了孙子的好奇。“这叫蒲公英，看，它的种子像把小伞，会随风飘荡。”望着孙子若有所思的神情，儿时的画面也像电影般铺展开来。顷刻间这随风飞舞、似花非花的“小伞”迷了我的双眼，我仿佛回到了那个有着特别意味的时空。

小时候，屋前路边，到处可见蒲公英。春暖花开季，蒲公英悄悄地绽放黄色的小花，散发出淡淡的香。春夏交替时，蒲公英结出白色的绒球，惹人喜欢。一阵风起，小绒球顿时散开，成一把把“小伞”，盘旋着飞高飞远，煞是好玩。可那时书上和人们总是说：蒲公英那盛开的“小伞”，“看似自由，却身不由己”，这也成了蒲公英给我的最初印象。

蒲公英的“小伞”去了何方？难道它是带着无奈在飘荡？青春时光，

随着下放的大军，我“飘荡”去了苏北那个叫作大丰的地方。天远地荒，哪是我的梦想？在乡间的小路上，我时常问蒲公英，聆听蒲公英对我轻轻讲：当你被风带走，说明你已成熟，只有成熟才能够乘风飞翔，等待你的是又一次生根、发芽、成长；像我这样，不问如果，不择土壤，着落的地方就是新的家乡，来年又是一株新的蒲公英，小黄花依然，白绒球依然。蒲公英还告诉我：“小伞”的飘荡不是孤独的流浪，而是生命的延续。于是，青葱岁月里的我，且把他乡作故乡，让梦想融入这片新的土壤，在苏北的田野上扎根、生长、绽放。

二十世纪八十年代，被调回家乡无锡，之后的工作也曾调动过几个地方。当时会想：如果不去这个地方，人生旅途又会怎样？脚步也曾踟蹰彷徨。是蒲公英的花语，让我释然：到一个地方，就融入那个地方；干哪行，就爱上哪一行；一颗种子，一片阳光，一阵微风，就能营造一片灿烂。人生和蒲公英一样，没有如果，只有后果和结果，只要“落地”生长，尽情绽放，不负岁月时光，便是无悔无憾。于是，学蒲公英那样，把“停不下的爱”化作“停不下的脚步”，把每一次落地当作新的出发，把每一段经历走成快乐的模样，在新的天地里续写人生篇章。

进入退休后的年龄段，人生又一次“着落”。再看蒲公英，悟出了新的内涵，即随遇而安。含饴弄孙，生活安然；闲云野鹤，自在悠然。当下，也许正是一段无忧时光。但时常还想着：像蒲公英的“小伞”那样，再次随风飘荡，可以吗？只因我们每个人心中永远有着“诗和远方”。

蒲公英和“小伞”的故事，值得品读、思量……

# 黄灿灿的丝瓜花

仲夏时分，菜园里的丝瓜开花了。随风起舞的绿叶中露出一张张黄灿灿的笑脸。在种菜人眼中，它是收获、是喜悦；在城里人眼里，它是风景。

春天里，在田垄上栽下一行行丝瓜秧苗。整个春季里，这些苗静静地蛰伏在地上，无声无息地生长，一心一意地生长；“雨露滋润禾苗壮”，叶藤一天比一天茂盛起来。于是，人们搭个架子，让它们向上攀爬。“给点阳光就灿烂”，那丝瓜果真以它那特有的细长的卷须，逢物便缠，缠住不放，继而不负时光，只顾向上。这卷须该是丝瓜那“有趣的灵魂”吧。丝瓜藤蔓这锲而不舍的习性、缠缠绵绵的模样，着实让人心生欢喜。

记得那些年在苏北农村生活时，夏季的屋前屋后，菜园里，篱笆上，甚至屋脊上，尽是攀爬、缠绕的丝瓜藤蔓。尤其是沿着土墙上的草绳一个劲蹿上茅草屋顶的藤蔓，恰如给草屋披上了一件绿色的霓裳，又似绿色的瀑布顺泻而下，撩动着初夏的时光。

仲夏，寂静的丝瓜田迎来了它的辉煌。绿油油的藤蔓中呼啦啦冒出许多靓丽的小黄花，肆意怒放。黄灿灿的丝瓜花，没有春天的郁金香那番芬芳，没有春天的油菜花那般浪漫，却洋溢着金色的希望。一阵微风吹过，可爱的小黄花便三三两两挤在一起，窃窃私语，让菜地里充满了欢快和惬意。细看丝瓜花，五角星般的花瓣上有着一层薄薄的绒毛，那花蕊又恰似孔雀顶上的羽冠那般亭亭玉立。丝瓜花迎着朝阳绽放，沐着月色凋谢，翌日复始。她的花期很短很短，恰与眼前的景色一样，走过一径浅笑，飘过一肩清欢，便淡淡地掠过。

“生动过美丽，委屈过温柔”，花期虽是这般短暂，丝瓜花还是绽放得那么自在和恣意。因为她懂得花开是为生出丝瓜而吟唱，花落是作挂下丝瓜的序章。黄灿灿的花苞间分明漾着一泓深情，那样真，那样深，这岂不正是“灿烂的夏花”吗?

丝瓜花渐渐谢了，而在她的花蒂下生出了一根根短藤蔓。没几日，短藤蔓长成了一根根小丝瓜，继而，呼啦啦挂下许多长长短短、短短长长的丝瓜，一派丰收景象。人们摘下成熟的丝瓜，买来新鲜的丝瓜，丝瓜则乐呵呵地在餐桌上陪伴人们度过一整个夏秋季。家家户户的餐桌上，总少不了那份丝瓜炒鸡蛋、丝瓜炒木耳、蒜蓉蒸丝瓜、丝瓜蒸虾仁、青炒丝瓜……还有人家喜欢以丝瓜煮粥，享受着那份鲜滑清爽。那时，我最喜欢吃的要数母亲做的丝瓜炒毛豆、咸菜丝瓜豆瓣汤了，至今这两道菜还是我的最爱。品味佳肴，不仅品味着“种瓜得瓜”的滋味，更咀嚼着“清凉一夏”的时光，感悟着一份岁月静好。

丝瓜花开了又谢了，生命却还在延续。花晒干了还能用来泡茶，而丝瓜叶、丝瓜梗、丝瓜络、丝瓜籽都有着保健和药用的价值，丝瓜汁还被爱美的女性们用来润肤美容呢。就连那老了的丝瓜，还能做成丝瓜筋，那可是洗器、擦背的好帮手。许久没有看到丝瓜筋了，前些日子，恰好朋友送我一根制作新颖的丝瓜筋，煞是喜欢。

丝瓜清热散风、镇痰祛咳，浑身是宝，怎不惹人喜爱?黄灿灿的丝瓜花，不仅绽放着别样的艳丽，把短暂的美丽装点成一道风景，而且以她生出的那许多实用价值，为人们带来如许的美好。“夏花之灿烂”，我想丝瓜花一定是有思想的，更是有温度的，当为它点赞，当向它致敬。于是，心中盛放着一朵不败的丝瓜花。

# 向日葵心语

*我浑身洒满阳光，我知道：我抬头，因为你在照耀；我垂首，那是我在微笑。*

我对生长的环境一点也不计较，哪里有阳光，哪里就有我的微笑，处处生长，天天向好。

我比不上玫瑰的嫣然一笑，我没有牡丹的回眸一笑；看日出日落，听风雨潇潇，我总是傻傻地一笑，金黄灿烂地一笑。

我的心事，懂我的人一定知道。沉默是一种王道。即使那天没有日照，那晚寂寞缭绕，我也会在心中吟唱快乐的歌谣。因为我知道，明天的太阳会更好！守望、守候、守护；感恩、忠诚、永恒。携着阳光的味道，直至天荒地老！

# 夏日荷塘

盛夏时节，微信的朋友圈里都在“晒”着荷花，应时应景，让人心驰神往。为了配合疫情防控，多日居在家中，于是云赏也。然“身未动，心已远”，心驰向太湖山水间那十里荷塘，心回望童年暑假里的那片荷塘……

“池塘边的榕树下，知了在声声叫着夏天……”小学那时，一放暑假，就坐着轮船回张泾老家去了。老家的屋后就有一方清澈的池塘，一片碧绿如翡的荷，叶叶相连，托出朵朵淡雅的白莲；偶尔两三只蜻蜓亭亭立在尖尖的小荷上；荷叶上青蛙在四处张望，荷叶下鱼儿在游来游去；还有几只白鹅，红掌拨着清波……我和小伙伴们光着膀子，在池塘边打起了水仗，在池塘里练起了狗划水，还捏住鼻子学潜水。一会儿在荷塘边捉鱼摸虾，一会儿在荷塘边的树上逮起知了。玩累了，折枝荷叶当伞，盖在头上小憩……盛夏是荷塘最热闹的季节，荷塘也是盛夏时节孩子们欢乐的“天堂”。至今还怀念着荷塘边的童年。而现在像孙子这辈孩童们已感受不到夏日荷塘的这份野趣和欢乐了。

提及这份欢乐，不禁想起李清照那首《如梦令》：“常记溪亭日暮，沉醉不知归路。兴尽晚归舟，误入藕花深处。争渡，争渡，惊起一滩鸥鹭。”几年前，曾去李清照的故乡——济南章丘，那里果然有一处“藕花深处”的景点，一片绿叶撑伞红花映日，一叶小舟，一座李清照的塑像……看着看着，恍若进入了词中描绘的情景：记得那次在溪边亭中、荷塘里游玩，日色已暮，沉醉于优美的景色中竟忘了回家的路。尽兴之后，大家乘着月色赶快掉转船头，却不料走错了路，小船驶进了藕花深处。怎么办？怎么办？叽叽喳喳，嘻嘻哈哈，惊飞了一滩鸥鹭。这是李清照回忆少女时的欢乐时光而写的。而“藕花深处”的欢乐趣事又让多少人如临其境。

在无锡太湖鼋头渚，湖边有座“净香水榭”，水榭四周全是盛开的荷花，遂以李清照的“藕花深处”取名。夏日里，半亩荷花半亩莲，“藕花深处”的景色绝对可与春天的樱花之景媲美。南风拂来，吹动着池中的绿盖，吹动着岸边的垂柳，摇成一片绿浪，夕阳下的荷花清雅且极其柔美，荡漾着诗意。身着霓裳的少女们划着小舟，驶入荷塘（当然不会误入），抚荷叶闻香，揽荷花入怀，欢声笑语和划船声，令“藕花深处”飞出了一群群白鹭、夜鹭和绿头鸭……这般欢愉的时境只应夏日的荷塘有啊。

夏日里的荷塘绝对是让人赏心悦目、静心避暑的地方。往年盛夏时，总喜欢到蠡园、管社山庄那里去赏荷。蠡园，一个讲述范蠡和西施故事的地方，凡是有水面的地方就有睡莲池和荷塘。每年入夏后先是一季睡莲，之后便是覆盖整个夏日的荷花。满塘碧绿，映日花红，尤其是一阵湖风拂过，莲花摇曳，绿叶翻动……此时的赏花人已经分不清是风动、荷动，还是心动啦。而蠡湖湾、管社山庄那里的十里荷塘，最好是夏雨时去看她。“六月的天孩子的脸”，江南的夏雨说下就下，而且下得那么酣畅，似乎要把天与地缠绵的话语倾盆泻下，又像浑厚雄壮的交响曲，奏响生命的热烈和奔放。就静静地伫立在荷塘边，聆听骤雨打在荷叶上的声音，那嘈嘈切切，叮叮咚咚，“大珠小珠落玉盘”，仿佛是天籁啊！夏雨，雨荷，洗涤着世间的喧嚣和生活的烦恼，让人似乎听到了自己心里的声音，便生成了一枝静莲，在酷暑烈日的时光里清静、婉转。

荷即莲，荷花亦称莲花。那么荷塘也可称之为莲塘了。在惠山脚下，惠山寺前，正有一方莲池，盛开着一朵朵少见的金莲。池上有座石桥，一座古老的拱桥，就叫“金莲桥”。那一池清澈而甜润的碧水，是源自“天下第二泉”的惠山泉水啊。池中娉婷着朵朵金莲，恰是应了杨万里那首《小池》：“泉眼无声惜细流，树阴照水爱晴柔。”忽而，那停在尖尖角上的蜻蜓、池间滚动的水珠、莲下游动的鱼儿，哪里去了呢？只见一抹夏日的夕阳残红，温柔地栖落在盛开的金莲上；又见鱼儿游来。或是风动莲梗，或是我的脚步，惊扰了鱼儿，它们倏地窜出好远，溅起的涟漪，交织在金莲的裙边，轻吻着金莲的纤腰……

“接天莲叶无穷碧，映日荷花别样红。”盛夏的太湖湾，十八湾，贡湖湾，尚贤河、长广溪湿地里，满是这般盛景。好想去看一看、去赏一赏。更想越过马山的十里明珠堤、千波桥，沿着一路荷塘走进拈花湾，荡漾在五灯湖，在香月街，在梵天花海里，拈花一笑，感悟岁月静好。

当然，我以为，荷塘可爱的模样，是清晨圆圆而晶莹的露珠滚动在荷叶上的时景。记得泰戈尔有首小诗，翻译过来是这么描写的：

露珠想对荷叶说，湖水是你下面的大水珠，我是你上面的小水珠。

充满着清澈而香远的意境，荡漾着瑰丽而神奇的想象，这句小诗不就像圆圆而晶莹的露珠吗？看着，念着，在这仲夏炙热的时光，真想嘬饮一滴荷上的清露呢！

说到夏日的荷塘，自然想到了朱自清的《荷塘月色》，这篇让人“受用这无边的荷香月色”的散文，引得无数人在夏日里吟诵：“……曲曲折折的荷塘上面，弥望的是田田的叶子。叶子出水很高，像亭亭的舞女的裙。层层的叶子中间，零星地点缀着些白花，有袅娜地开着的，有羞涩地打着朵儿的；正如一粒粒的明珠，又如碧天里的星星，又如刚出浴的美人。微风过处，送来缕缕清香……”迷人的荷塘月色何不令人沉醉；沉醉吧，沉醉于昨夜的荷塘月色，沉醉于今日的月色下的江南。心里也随之敞亮和美好起来。

像朱自清先生一样，咏叹荷塘月色时，必定会想起采莲的场景来。汉乐府《江南》：“江南可采莲，莲叶何田田……”现在的小学生都会诵读。采莲是江南的习俗，那是荷塘最热闹的季节，也是荷塘最美艳、最多情的季节。唐王昌龄的《采莲曲》曾这么描绘：“荷叶罗裙一色裁，芙蓉向脸两边开。乱入池中看不见，闻歌始觉有人来。”《采莲曲》到了李白笔下，越发活泼生动起来：“若耶溪傍采莲女，笑隔荷花共人语。日照新妆水底明，风飘香袂空中举。”竟写出了采莲女的欢声笑语和婀娜多姿。而白居易的《采莲曲》则把热恋中的采莲女的喜悦和娇涩描绘得惟妙惟肖：“菱叶萦波荷飐风，荷花深处小船通。逢郎欲语低头笑，碧玉搔头落水中。”……然这般情景，现在已经很少看到啦。但可以想象啊：荷塘里“惟有绿荷红菡萏，卷舒开合任天真”，一群娉婷女子唱着歌儿，划着小船，荡漾在一片红花绿叶的碧波丛中，霓裳微湿，若隐若现；纤手采莲，笑意腼腆……怎不令岸边赏荷的人们心驰神往？如闻其声，如见其人，如临其境，似遇江南姑娘……在如今夏日里，在那些荷塘边，在江南山水间，也许恰会邂逅这般情境，让你“沉浸式体验”一番呢！

也许沉浸在荷塘月色里了，不知不觉地哼起了那首《荷塘月色》的歌儿：“剪一段时光缓缓流淌，流进了月色中微微荡漾，弹一首小荷淡淡的香……我像只鱼儿在你的荷塘，只为和你守候那皎白月光；游过了四季，荷花依然香，等你在水中央……”愈发喜欢夏日的荷塘了，愈发爱上荷塘叶色里的江南了。

天青色在等烟雨，雨后彩霞等月色，而我在江南夏日里等你。来吧！你来，我在，一起演绎一首《荷塘月色》，一场红尘烟火。

# 桂花飘香

已是农历九月底了，还到处闻得桂花香。离立冬不远了，桂花还是那么用心、尽情地散发着自己的芬芳。

“桂子月中落，天香云外飘。”她不似梅的暗香浮动，也不似莲的清香静谧，她那么浓烈，袭人心怀，沁人肺腑，还夹带着甜甜的味道，直让人魂牵梦绕。桂花的此般香，足以用“馥郁”两字来颂扬。

“自是花中第一流”“世上无花敢斗香”。也许再过几天冷空气一来，西北风一吹，桂花也会进入凋谢的时光。然而，桂花此般香，还会留在食品里，化作醇酒香，更会留在我们的心灵上。再说，今年的桂花谢了，待到明年八月里，她仍会绽放、飘香。

品味桂花香，深深被感染。桂花可以感染我们，我们同样可以像桂花一样，始终以积极、阳光的心态去感染别人。做生命中的桂花，让美好和快乐在心里蓬勃生长，默默地绽放，处处飘香，予人芬芳。

# 狗尾巴草

走在河畔小道，路旁那一片狗尾巴草，吸引着我的目光。平时真不怎么注意到处生长着的狗尾巴草，而当下认真地瞧着，感觉竟是如此可爱：在微风中摇曳的狗尾巴草，伸展着绿色的绒毛，翩翩起舞，神似萌狗狗的尾巴，欢快地摇啊摇……

瞧着这狗尾巴草，眼前出现一组画面：

清晨里，挂满露珠的狗尾巴草，晶莹灿烂地向着太阳轻摇；

晌午时，绿意盎然的狗尾巴草，扬起身姿唱着自己的歌谣；

落霞中，披上霓裳的狗尾巴草，月晕萦绕恰似弯月般姣好。

于是这狗尾巴草，让我多了一份关注。在网站上搜索，仔细琢磨狗尾巴草，惊喜地看到：狗尾巴草不仅“颜值”高，而且内涵很美妙。

有一个神奇的故事是关于这狗尾巴草的：我们都知道，五谷杂粮中有个“稷”，亦称“粟”，也就是“小米”，可很少知道，狗尾巴草是“粟”的祖先呢！几千年前，我们的先辈对于土地的认知很少，到荒山野岭里去寻找食物充饥，寻找中发现了狗尾巴草有食用的价值，于是就开始长时间的培育，很久以后狗尾巴草慢慢地演变成后来的“粟”。“民以食为天”，粟在我国的粮食中占据了特殊的地位。夏商时期，曾被人们称为“粟文化”王朝；唐代诗人李绅曾写下“春种一粒粟，秋收万颗子”的名句，可见“粟”在世世代代人们生活的延续中是何等重要。现在，我们喜欢煮小米粥，这小米不就源自这狗尾巴草?

还有一个美丽的传说关乎狗尾巴草。狗尾巴草是仙女下凡时从天上带下来的爱犬化作的。传说仙女下凡，和一位书生生出恋情，但却遭到王母娘娘的阻挠。仙女和书生为了在一起，决意反抗王母娘娘。在对抗的最后一刻，仙女的爱犬为了救主人而不惜舍弃自己的性命。最终仙女和书生化作了阴阳两块玉佩，仙女的爱犬死后则化作了狗尾巴草。凄美的传说，让人心生美好，于是把一份喜欢送给狗尾巴草。

就是这么一种小草，曾经拥有“粟”的功劳，拥有爱的美妙，但平日里总是那么低调，远离鲜花盛开的热闹，甘于少人问津的寂寥，静静地含着些许羞赧秀，出自己独有的风姿，轻轻地吟唱着自己心中的歌谣。

狗尾巴草的花语指“坚韧”。狗尾巴草，既可以在肥沃疏松的土壤中生长，也能在贫瘠干旱的荒地里乐活，对于生存环境从不计较。无论是和风细雨，还是疾风暴雨，总是挺直身腰嫣然笑，活出一份自在和逍遥。不管是平平坦坦，还是沟沟坎坎，总是抖擞尾巴向天摇，活出当下的精彩和美好。真想采撷一把狗尾巴草给自己啊！

可曾注意到：走过春夏，走进秋天，狗尾巴草总是守望着一片绿色；时光荏苒，常青永葆。都会记得，小时候会采来几枝狗尾巴草，编成手链，送给小朋友，还“拉钩上吊一百年不许变”，期许两小无猜，友谊常在。

当下，摘一束狗尾巴草送给朋友吧，“走过岁月，生生不息”“愿友谊的小船乘风破浪扬帆远航，直至天荒地老”。

狗尾巴草的心愿，朋友也许已经收到。

狗尾巴草，夏日里痴痴地生长，开花时，顶部会长出圆锥形的花序，细微得和叶片融为一体，不大起眼，甚至难以为人所知晓。就像暗恋一个人，明明很是喜欢，却不让对方知道。暗暗地喜欢一个人的滋味是多么苦涩和美好。

那么，用心扎一捧狗尾巴草，悄悄送给你心仪的人吧。但愿狗尾巴草的心思，对方能够知晓。

狗尾巴草，再平凡不过了，但平凡而不平庸。虽然它不像花园里、草坪里的花花草草那样讨人喜欢。她却遍布各个角落，静静地活出自己的精彩,用本真的绿意点缀着盛夏,以盈怀的快乐点燃着生活,岁月静好。

微风里，狗尾巴草默默地轻摇，那模样很是低调。然即使低调，也绝不卑微地匍匐在地上，总是挺起纤细的身腰，向着太阳微笑。

高高扬起的狗尾巴草，看似一种狂放，但狂放并不张扬，甚至没有花香的芬芳。日出日落，云舒云卷，总是静静地绽放，绽放出自己喜欢的模样。在平凡的日子，随遇而安，低吟浅唱。

这分明是一种高贵着的低调，平凡里的美好。

# 那盛放的芦花

秋风飒，稻谷香，正是芦花盛放的季节。想起苏北大丰滩涂上的芦花，定是一片白茫茫了吧；长广溪湿地公园的芦荡里，必然正是一番别样景象。

走起，赏芦花去……

自少年时去苏北大丰插队生活，遇见屋前那片芦花荡，就喜欢上了芦花。之后，每年深秋时分，总要摘几枝芦花带回家，或插在办公室那个瓷瓶里。一年看四季，一日看三回，深情地凝望芦花那柔曼妩媚的模样。

欣赏芦花，始于敬仰她那生命力的顽强。她在水一方，不择土壤，深扎泥土，天天向上。

春天里，她书写绿色芦荡的诗情画意；夏季里，她铺展绿浪翻卷的袅袅生机。望水天一色，任风生水起，日出日落，云卷云舒，她经历着岁月风雨的洗礼。当下，“蒹葭苍苍，白露为霜”，秋风中，霜露里，芦苇兀自绽放出芦花的美丽，和朝阳、落霞一起，描绘着一幅油画般的写意，献给大地。这，恰是大自然在最后的秋日里赐予人间的一道本真的美丽，一份深情的赞礼。

盛放的芦花，她的色彩也许不是那么艳丽，可却质朴无华，让人心生欢喜。那毛茸茸的芦花，远看一片朦胧梦幻的雪白，无瑕的本底。近看却色彩各异，奶白色，微红色，还有淡青色，直让人惊叹，竟有此般绮丽。她的姿态也许称不上多么婀娜，但那低眉颔首，随风摇曳，分明是婆娑倩影、亭亭玉立。鹭鸟在芦荡里叽叽喳喳唱个不已，她总是默默无语。其实芦花有着自己奔放的心意：她与湖岸缠绵偎依，似在迎接远方的候鸟归栖；她倾下身段拂着水面，似在和湖水轻吻致意；她在瑟瑟秋风中低吟浅唱，吟唱着生命的自在如意；她在蓝天秋阳下轻盈起舞，舞动着生活的从容恣意。

一阵风起，花絮飞向远方。千丝万缕，她欣然飘逸。因为芦花深深知道，秋风将把自己带去远方，陌生的远方有荆棘也有希冀，还有诗一般的境地。

待到寒冬凛冽，芦花谢了，芦苇枯了，而在那芦根里，已悄悄在孕育新的生命。普普通通的芦花，正以她的花季，她的花语，诠释着生命的意义。

霜降节气，已是最后的秋季。秋风，吹落了百花，吹红了枫叶，却吹开了芦花，吹动了深秋的情意。漫天飞舞的芦花，满山遍野的红叶，一个温柔了岁月，一个惊艳了时光。莫言“霜降百草枯”，且看芦花漫天舞。当下，不正是一年四季里最美的时光？无论是自然之秋，还是人生之秋，心怀美好，你终将遇见美丽，心向阳光，你就会坐拥暖意。

凝望着盛放的芦花，我的思绪似乎随着飞扬的芦花，向着远方飘去。轻轻抚摸着芦花，芦花的柔软，撩到了我的心底。

芦花纷飞，让人心醉，不禁吟唱起那首《芦花美》：

芦花白，芦花美，花絮满天飞；

千丝万缕意绵绵，路上彩云追；

追过山，追过水，花飞为了谁？

大雁成行人双对，相思花为媒……

# 低垂的稻穗

又到收割稻谷的季节了。喜看稻菽千重浪，收获一片金黄。人们收获着劳动的果实，也收获着人生的梦想。

当年收割稻谷的时候，我们总要起早贪黑到稻田里，去收拾那一枚枚掉在地上的稻穗，老农们告诉我“一枚饱满的稻穗里常有八百多粒稻米呢”！粒粒皆辛苦，粒粒当珍惜啊！

回城后，也常常在收割的季节，去捡一枚弯弯的稻穗挂在书房里；稻穗在田里是庄稼，挂在墙上似乎成了艺术品了。其实，我们都知道，稻米和书籍正是两样人生不可缺少的珍贵！

拥有一份稻穗情结，更钟情它的弯腰俯首。它低下头，让满腔情怀贴向大地，把沉甸甸的成熟扛起，那般豁达、从容和低调。正因为它知道，低下头，满地是幸福。感谢它告诉我们：人生遍地是幸福，但先要低下头来，才能捡得到。

弯腰垂首，低下头，何不是一种最美的姿态。

# 残荷赞

初冬时分，走过太湖十八湾，路过一片片荷塘，不见了“接天连叶无穷碧”“红白莲花开共塘”的模样，已是一派落叶、残荷景象，心底忽生一丝惆怅。然而，驻足，端详，把四季荷塘思量，又觉眼前的残荷别有一种韵味，别是一道风光，让人欣赏、敬仰。

春日艳阳，我来过荷塘，荷塘绿意盎然。一片片荷叶恣意地把绿色的身姿舒展，有的轻轻浮动在水面上，有的亭亭玉立在水中央，悄然生长，天天向上。“小荷才露尖尖角，早有蜻蜓立上头。”鱼戏莲叶间，莲叶舞翩翩。微风荡漾，满池碧浪，春荷宛如一袭绿装的春姑娘，舞动春光，欢快吟唱。

盛夏时光，我来过荷塘，荷塘里荷花竞放。“接天莲叶无穷碧，映日荷花别样红。”“荷叶罗裙一色裁，芙蓉向脸两边开。”一朵朵白里透红的荷花，犹如一张张少女的脸庞，含笑绽放，腼腆的笑容、淡淡的清香沁入游人的心房。夏雨涟涟，雨打荷叶，“大珠小珠落玉盘”，荷叶上的露珠晶莹透亮，不时地从荷叶滑到水面上，叮咚作响，俨然是一曲夏日荷塘的交响。

秋高气爽，我来过荷塘，荷塘上莲子飘香。“翠钿红袖水中央，青荷莲子杂衣香。”“耶溪采莲女，见客棹歌回。笑入荷花去，佯羞不出来。”此时的莲荷仿佛矜持的少妇“在水一方”，些许羞涩，些许怡然，捧着岁月孕育的果实满心喜欢，散发着成熟的暗香，甜蜜的心情在荷塘微微荡漾。明月初上，不知谁在把《荷塘月色》轻轻唱：“我像只鱼儿在你的荷塘，只为和你守候那皎白月光；游过了四季荷花依然香，等你宛在水中央。”

晚秋，初冬，渐寒；当我再次来到荷塘，荷塘已是这样的景象。“荷花开尽秋光晚，零落残红绿沼中。”枯梗，有的还高高地耸立着，有的已折断在水中央；荷叶，有的已被秋风撕裂，有的则卷成褐色的一团。那些未曾落下的残荷，依然在秋风中轻轻飘荡，似乎在换一种姿态绽放。那些曾被人追捧的莲蓬已经变成了黑色，却依然在空中摇曳，似在低吟浅唱。更有许多荷梗枯叶，被风雨摧折，默默地倒覆在水中，而恰恰组成了大大小小的由正方形、三角形、圆形、菱形交相辉映的一幅幅绝美的图案，且风姿绰约、色彩斑斓。

此景只应荷塘有啊！我心已被震撼，不禁把残荷颂扬。残荷，分明展示着一种大美。她不是红红绿绿的俗美，不是迎合季节的庸俗之美，更不是自卑自哀的凄美，而是蕴藏在残叶枯枝中不易被人懂的自信美、淡定美。静好，守缺，风骨依然，迎着风雪雨霜，映着晚霞夕阳，展现出生命最后的从容坦然，无限风光……

残荷无言，而我心领神会。谁说残荷老了，留给我们的只是怀旧、念想？残荷，分明告诉我们的是生命的顽强。她虽然褪去了往日鲜活的光环，靓丽的身姿，但换来的是玉壶冰魂，“冰封雪掩护娇魂”。她没有“留得枯荷听雨声”那份悲伤，而是把根部的白藕静静珍藏，把明春的生长守望，把来年的绽放酝酿。此刻，仿佛已经遇见来年“映日荷花别样红”的荷塘。

人生如菊，人生怎又不应是如荷这样？人生路上，四季都是好时光。花开的季节，就尽情绽放；花落的时光，就安静守望。当下的守望，总是为了来年的绽放。像残荷那样，即使往日风光不再，也要换一份心情、换一种姿态，让自己绽放，把自己欣赏；像残荷那样，即使历经风雪雨霜，也把脚下的白藕深深蕴藏、静静酝酿，留待明年吐芬芳。

心中揣上太阳，人生何时不风光；每一段路程，都是风华正茂，都要释放生命的力量。

# 格桑花开

深秋初冬季节，徜徉在灵山拈花湾的“梵天花海”，漫步于盐城大丰的“荷兰花海”，行走在宜兴的乡村旅游大道上，融进阳山桃源小镇那片美丽田园里，总为那一片片、一行行、一簇簇盛放的野花怦然心动。小小的花儿迎着寒风凛冽盛放，五色的花朵在阳光下愈加灿烂。这是什么花呢？她不正是我们心目中的格桑花吗？

格桑花的故事源自远方的西藏。格桑花又称“格桑梅朵”，原是指高原上生命力最强、最为普通的一种野花。在藏语里，“格桑”是“美好时光”或“幸福”的意思，“梅朵”是“花”的意思。所以格桑花是“幸福花”，她寄托了藏族人民期盼幸福吉祥的美好情感。

那年在西藏旅游时，我曾问藏族导游姑娘：“哪种花是格桑花呢？”她嫣然一笑：“在我们这里，那些生命力强、美丽盛开的野花都是格桑花啊。”并指着路边一片小花：“看，那就是格桑花。”后来我似乎明白，格桑花不是仅指一种花卉，它泛指在高原上最为顽强地活着、静静绽放美丽的野花。格桑花，正是藏族人民期盼幸福吉祥的心灵之花，正是我们每个人向往美好生活的心愿之花。

还有一个美丽的传说：不管是谁，只要找到八瓣格桑花，就能找到幸福。你遇见格桑花了吗？其实幸福并不遥远，生活里，旅途中，处处能见到格桑花的倩影。那些不起眼的小美丽，那些不经意的小幸福，不正是就在我们身边的格桑花吗？

格桑花，不喜不悲，不急不慢，随着季节的变化不断调整并炫舞着花朵的色彩，却总是那么美丽而不娇艳。这当和我们的生活一样。

格桑花，盛开原野中；格桑花，常在心田里。心是一块田，幸福自己种。播下快乐的种子，就会收获快乐的心情；种下幸福的希冀，就能拥有幸福的生活。即使看不到原野中的格桑花，我们尽可以让心头常开一朵属于自己的格桑花呀。

格桑花，一种无名的小花，她默默无语而开得那么自在。我们每个人又何尝不是一朵静静绽放的格桑花？甘于无名，自在淡定；懂得欣赏，岁月芬芳。

格桑花，一曲生命的赞歌。她喜爱阳光，更不惧风寒；她似乎柔弱，却不失挺拔。那我们就做一朵格桑花吧，在凛冽中绰约盛开，在阳光下恬静灿烂，让生命纵情绽放。

夜深风轻，寒意从窗缝中袭来。一曲《格桑花开》，温暖着我的心房，伴我进入梦乡。昨夜果然有梦，梦见一片格桑花花海，还听到了格桑花开的声音……

# 栾树花正红

仲秋时分，情深意浓。在我们不经意的时候，路道两旁的林荫树梢上悄悄地挂满了一盏盏“红灯笼”；那一片片红彤彤，红得让人怦然心动。

它，叫栾树花。栾树，一种普通的灌木植物，常种作行道树。栾树对于环境的适应性强，多分布在我国黄河流域和长江下游。栾树会开花，盛开时一片金黄；待金黄落尽，枝头又会挂满密密匝匝的红色花果。那红，不似枫叶般火红，也不似菊花般姹紫嫣红，恰似晚霞轻笼，又似少女脸颊的绯红，给这秋色添上了一抹别样的红。

春季的时候，栾树的叶子多是红叶；夏季里开满黄色的花；到仲秋国庆前后，枝头上便会生出一簇簇一串串粉红色的花果。那红红的花果，好像喜庆日子里挂满大街小巷的红灯笼，因此人们把它喻作“灯笼花”“国庆花”。半空中的“红灯笼”，时而静立，时而摇曳，与蓝天、白云、秋阳一起，组成了一幅溢彩流金的画卷。秋风拂过，又恰如在舞动一树的辉煌，欢歌笑语颂唱国泰民安之繁荣。

栾树花红，让我动容。好笑的是之前竟然不识。通过“识花君”，我结识了栾树花。在百度里，我懂得了栾树花的花语：奇妙震撼，绚烂一生。春季百花争艳时，她以红色的叶子展开自己的笑容；夏花灿烂时，她以金碧辉煌的花朵，绽放自己的情浓；秋高气爽时，当人们都在欣赏赞美枫叶红，它却亮出蔚为壮观的一盏盏“红灯笼”；深秋入冬后，“红雨”落地化作春泥，它又把褐色的花萼留在树枝上，静候来年的又一次花红。每一个季节，都有自己奇妙的风景；每一次律动，都绽放着自己独特的色彩。栾树花，看似普普通通，却把自己的一生演绎得如此绚烂和隆重，让人仰慕，自然印入我的心中。

仰头，我看栾树枝头上的“红灯笼”。她没开在春天，却比春花烂漫；它没赶上夏季，却胜夏花娇艳。她按自己的心性而活，生为花朵，就往极致开。至于能不能被人看见，被人认出，被人赞赏，也许她从来不去想。她只是一心一意地开出自己的绚烂、芬芳；只是随性随意地显露自己最美的姿态，绽放金秋时分那一片艳红。

“我有花一朵，种在我心中。”我们生命里都有一朵花，都有一份美好在心中。花儿啥时开，只有自己懂。何不像栾树花这般：任它春夏和秋冬，管它南北东西风，不赶时景，不追潮流，花当开时直须开，适时地开出自己的绚烂，恰好地开出自己喜欢的模样，恣意地开出自己别样的花容。

# 人淡如菊

时至霜降，菊花盛放。惠山菊会上满是芬芳，山联村的百亩菊花田里更是一片金黄，让人不禁想起唐代黄巢“冲天香阵透长安，满城尽带黄金甲”的名句。当下恰是郊游赏菊、煮酒品菊、吟诗咏菊的好时光。

“待到秋来九月八，我花开后百花杀。”黄巢把菊花凌霜怒放、遗世独立的霸气写得恣肆纵情，且托物言志抒发了自己气魄之豪放。而唐代元稹的“不是花中偏爱菊，此花开尽更无花”，则把菊花凌霜而不凋的品格和自己爱菊如痴的情怀吟咏得淋漓酣畅。

爱菊莫如陶渊明。他写道：“结庐在人境，而无车马喧。问君何能尔？心远地自偏。采菊东篱下，悠然见南山。山气日夕佳，飞鸟相与还。此中有真意，欲辨已忘言。”恰是独自走进了菊花那般静穆淡远的心境，写出了生活之美即在低头抬头的平常，平淡之中自有那份自在悠然。而宋代郑思肖的“花开不并百花丛，独立疏篱趣未穷。宁可枝头抱香死，何曾吹落北风中”，却是让人们为菊花那种不随俗不媚时的从容和淡定而敬仰。

欣赏菊花“我花开后百花杀”那股霸气，更欣赏菊花“不随黄叶舞秋风”这般淡定。人淡如菊，要的正是菊的这种内敛和涵养。经历过世事的纷扰和喧嚣，岁月把沧桑刻在人的脸上，也刻在了人的心上，最后留下的是平实和淡然。看多了云卷云舒，看惯了花开花落，我心已然归于静穆和淡远；不再喧嚣，不再张扬，不再随俗媚时，不再追求绚丽的光芒，而愿如菊花这样，静静绽放，淡淡吐芳；落花无言，阵阵留香。

人淡如菊，恰是像凌寒怒放的菊花这样，不清高孤冷，更不孤芳自赏，而是淡在名利世俗之外，淡在荣辱得失之外，把当下的简单、朴实欣赏。人淡如菊，不是激情不再、热烈不再，而是像菊花这样“可创得出辉煌，也耐得住寂寞”，更多地把奔放的情绪于心深藏，“不随黄叶舞秋风”，但求“花开留香，花落无言”，淡淡的，静静的，久久的，意致远方……

人淡如菊，不是没有个性、没有特点，而是恬淡而不聒噪，丰富而不肤浅，理性而不盲从。像菊花这般，清得脱俗，雅得天然，任凭花开花落，我自从容、淡然，执着于自己的个性和念想，活出自己喜欢的模样。

诚然，浓到奔腾不易，淡至天然更难。世事的喧嚣纷扰会让我们时而感到茫然，但我们可以像凌霜盛放的菊花这样，“不以物喜，不以己悲；不念过往，不畏将来”，管它东西南北风，深深扎根土壤中，迎着秋风与霜，静静地绽放，淡淡地吐芳。“心中若有桃花源，何时不在水云间？”在这秋日诗意的时光里，我们尽可以茗一杯清茶，沐一缕秋风，赏一季花开，看一片叶落，揽一抹晚霞，聆听自己心中的浅吟低唱。

纵然，生活除了“诗和远方”，更多的是眼前的苟且。也许还避不开车马喧嚣，也许还脱不了世事纷扰，但我们可以在心中修篱种菊，从而在纷杂的红尘中时而击节而歌：“采菊东篱下，悠然见南山。”

# 雪里蕻

大雪节气仲冬至，又到一年腌菜时。这几天，似乎很想吃雪里蕻咸菜，尤其怀念当年母亲亲手腌制的雪里蕻。以往每到这个季节，家家户户都要忙着腌制咸菜，最喜欢腌制的，就是雪里蕻。

雪里蕻，一年生草本植物，芥菜的变种。江南这边常读成“雪里翁”。曾记得那些年，每到初冬，母亲都要买回一担雪里蕻，回家就动手腌制，整个过程饶有趣味。先是择洗工序：把雪里蕻的黄叶一根根摘掉，切掉尾部的根，在自来水池里清洗干净；继而是晾晒程序：在院里架起晒衣服的竹竿，把雪里蕻一棵一棵挂上去，足足晒上一天一夜，待把雪里蕻的水分沥干。曾几何时，几乎家家门口都有着这样一道“雪里蕻”的风景。

然后进入腌制模式：翌日，母亲找出一口小缸，洗净擦干，按照一层菜一层盐的层次铺设进缸里，每铺一层都还必须用手再使劲按压，因此母亲的那双手也被盐水浸泡得发白起皱。为了这一步能压得紧致，很多时候人们往往还会光脚在缸里踩踏，据说这样做出来的咸菜味道特别鲜；最后在腌菜上压上一块大石头，整个腌制就大功告成，只等着吃新鲜出缸的雪里蕻了。那个过程，好有场面感，简单之中蕴含门道。遗憾的是，我没能把母亲这个传统继承下来。现在很多人也不再在家里腌制咸菜了，因为超市里、菜场上都能买到现成的；而年轻人更多的则是对雪里蕻咸菜的由来感到茫然；其实自己动手，或欣赏一回腌制雪里蕻的过程，很能给我们带来一种生活的趣味和美好的感觉。

当然，雪里蕻给我们带来的更多是味觉上的享受。腌制一个多月后，雪里蕻就可开吃了，从冬天吃到开春，乃至初夏，因其口感清香咸鲜，无疑成了最下饭的小菜，喝白粥、泡冷饭、下面条，就一盆原味或油炒的雪里蕻，足以让人胃口大增，齿颊留香，心满意足也。雪里蕻似乎和任何一种食材搭配都能做出一道鲜美的菜肴，比如雪菜肉丝、雪菜黄鱼、雪里蕻炖豆腐、雪里蕻炒鸡蛋、雪菜笋丝、雪菜毛豆、雪菜豆瓣鸭血汤、肉末雪里蕻等等，荤素均可，道道脍炙人口。当然，我最喜欢吃的是雪菜炒肉丝，做起来最拿手的是雪菜翁公鱼。翁公鱼的细嫩配上雪里蕻的鲜香，怎一个“美”字了得。当然，得放酱油红烧，再加些许白糖，如果添几个蒜头和甜椒，那更是入味可口。

写到这里，我不禁泛起琢磨：“怎么叫作雪里蕻呢？”“为什么雪里蕻腌制的咸菜有如此特别的鲜味和香味？”经一番查询，才知“鲜美只因霜雪来”！进入秋冬季，历经霜打沐风雪，雪里蕻的茎干会渐渐变成紫红色，因此而名。霜重雪深，诸菜冻损，唯雪里蕻“雪时反茂”，茎叶变得愈加鲜嫩，故又有“霜不老”之称。

以它喻人，历经霜雪，犹见精神，更添韵味。有一种人生时光，有一道人生风景，不正可叫作“雪里蕻”？

# 第四篇章

# 感物随想

蒲扇摇，驱走燥热还摇去了烦恼；
桥啊桥，遇见风景又邂逅了自己。
煤油灯下，字里行间记录着那些过往的记忆；
大自鸣钟，钟声悠扬把我的思绪送去那远方。
蛙声一片，稻花香里；
绿叶感怀，江南菱想。
每个人眼中的风景不同，
只因境由心生，心随物动。

# 蒲扇

立夏过后，气温渐渐升高。晚上灯下看书时似乎有点闷热，而打开空调又犹嫌早。此时有把蒲扇该有多好，可是家里哪儿还有蒲扇可找。

蒲扇，对于像我这个年龄段的人来说，是记忆中极其平常而又亲切的生活物件吧。小时候，总有那么一个场景让我们忘不了：酷暑夜，外婆或奶奶拿着一把蒲扇，一边为我们扇着凉风，赶着蚊子，一边哼着“摇啊摇，摇到外婆桥”的歌谣，哄我们睡觉，直到我们进入梦乡，她才露出满足的微笑……那时，家家户户用的还是煤球炉灶，我常跟着外婆学“生炉灶”。先在灶膛里放上一些刨木花或旧报纸，点燃后再放上几根木条；待木条燃着时就可以置上一个蜂窝煤球，这时需要使劲用蒲扇往里扇风，直到煤球渐红，才算完事。简单的“生炉灶”却是个“技术活”，开始我一个劲地用蒲扇扇风，但风向不对、力度不对、方法不对，那炉灶里老是只生浓烟不生火，浓浓的烟雾还呛得我眼睛睁不开，眼泪“扑簌扑簌”往下掉。而外婆只用蒲扇轻轻地摇几下，炉灶便听话似的点着了，让我好生崇拜。当然，那时最喜欢的，还是喝外婆在炉灶上熬出的新米粥了。

那时候，城里的小孩都向往乡下的老家。我的老家在无锡的张泾桥，这是一个典型的江南水乡小镇。遗憾的是现在已经不见她原来的容颜。可小学时代每逢暑假到乡下过暑假的日子，仍让我常常想起，我记忆犹新。在大洋桥码头坐上轮船，轮船载着我们悠悠地走进家乡的怀抱。阡陌田间枕河而居的老家似乎才是我们孩子们的乐土。夕阳西照，老屋门口的场院上便开始热闹，这是属于乡村的保留节目——纳凉，而蒲扇便是这个节目的一个“主角”。左邻右舍的大人们拎来一桶桶井水，把晒得滚烫的地面浇个湿透；孩子们则帮着大人一起搬来凳子、门板和竹榻，准备着凉床；伯父家大哥还去田里摘来了几个西瓜，放在冰凉的井水里浸泡……夜色降临，正是人们到场院上集合纳凉时。躺在门板、竹床上，人人手持一把蒲扇摇啊摇，“啪嗒啪嗒”声和近处传来的蛙鸣声汇成了一曲乡间小夜曲，还夹杂着泥土的味道。大人们聊着家长里短，孩子们数着天上星星，分享着那几个凉透了的西瓜，甜在嘴里，凉到心里，那绝对比现在吃冰激凌感觉更好。蒲扇“啪嗒啪嗒”，节奏越来越慢，大伙儿陆续睡着，仲夏夜的场上静悄悄。直到清晨，与露水一起醒来，伸着懒腰，迎接新的一天来到。那时的生活就这么简单纯粹，快乐无忧。不像现在的一些人，总有许多解不开的心结，吹着空调盖着蚕丝被，享受着舒适，反而常常辗转反侧，睡不好觉。

那时候，不管到哪里，蒲扇总是不离手。1969年那个冬季，雪花飘飘。母亲带着我们兄妹四个离别家乡，去到一个叫作“大丰”的地方。那时的家当很简单，两个橱柜、两个木箱、几个用旧床单裹着的包包，可是母亲没有把几把蒲扇忘掉。到了苏北大丰县安家落户，住的是土垒茅草屋，还真有特色，冬暖夏凉。可那里夏天的蚊子不得了，一叮就是一个大红包，这蒲扇可立下了“大功劳”。天刚黑，为了节省煤油，我们会早早睡觉，母亲总是先用蒲扇帮我们把帐子里的蚊虫赶掉，再用木夹子把帐帘夹牢。可蚊子无孔不入，常常会“嗡嗡”地钻进帐子里来骚扰。一有动静，母亲又总是忙着帮我们拍赶，蒲扇“啪嗒啪嗒”，蒲扇摇摇，我们年少，自然好睡觉，可母亲往往很晚很晚才合眼。蒲扇用久了，边上渐渐磨破。母亲就找来布条，给蒲扇缝上一圈花边，它便又成了一把好用又好看的蒲扇。拿在手里摇啊摇，摇过了夏季，摇过了岁月。蒲扇成了那时生活中不可少的一个“宝”。

1985年回到无锡后，城里人已开始使用电风扇。记得那时的电风扇还很紧俏。渐渐地，电风扇普及了。到了二十世纪九十年代初，家里也装上了空调。可我父母还是喜欢用蒲扇，说是“自然风，舒服，感觉好”。

是啊，蒲扇来自大自然。它是取材于蒲葵的枝叶，再手工编织而成的。也许是因为编织工序复杂，制作时间久长，但收益并不高，也许是因为电风扇、空调太普及，蒲扇渐渐淡出了人们的日常生活。现在的孩子很多不知蒲扇为何物了。很有意思的是，前不久给孙儿买了本看图说画小书，当翻到“扇子”一页，念到“有风它不动，它动就有风；你要它不动，等到起秋风”时，聪明的小孙儿一脸茫然。无独有偶，今年四月，去蒲葵之乡——广东江门的新会，竟在博物馆里看到几把作为工艺精品珍藏的蒲扇。它们又让我想起了摇着蒲扇的时光。

虽然蒲扇淡出了我们的生活，但它始终存在于我们的心里，留在我们的记忆深处。小小一把蒲扇，承载着长辈对孩子们的厚爱和关怀，承载着我们对大自然的感恩和眷恋。春去夏至，气候凉热，当是自然的轮回；蒲扇“退市”，空调送爽，这是社会的进步。唯有顺其自然，初心以对。当然，夏日炎炎，我们可以享受空调送来的凉风，也还可以“纳凉高树下”“静坐荷塘旁”。心中有“蒲扇”，凉风自然来嘛。

# 萝卜青菜，各有所爱

初冬季节，乍寒还暖。晚餐桌子上总少不了那碗红烧萝卜或那盆炒青菜。热乎乎的萝卜甜甜的，碧绿绿的青菜甜甜的，吃到嘴里，甜在心里，暖在身子里。

俗话说“萝卜青菜，各有所爱”，说的是它们各自都很可爱吧。

瞧那初冬时田里的萝卜，白白胖胖的身段绿绿的缨，有的探出了身子，亭亭玉立，有的还躲在土里，羞羞答答。因萝卜的块根虽长在土中但洁白如酥，故又名为“土酥”。如果宋杨万里的诗句“庾郎晚菘翡翠茸，金城土酥玉雪容”是称颂萝卜白犹玉雪的“颜值”，那民间俗语“赛过人参安五脏，补中益气壮阳元”，便是赞颂萝卜的营养价值了。

萝卜，虽没有可口的水果那般高贵，但自有别样可贵；虽不像成熟的稻穗那般走心，却胜在一份暖心。“嫩白碧绿叶清莹，秉暑凌霜任雨风。理气宽中消鼓胀，甜如蜜水脆如菱。”始于“颜值”，终于价值，这就是萝卜的可爱之处呀。民间有着“冬吃萝卜夏吃姜，不劳医生开药方”“早吃生姜晚萝卜，郎中先生急得哭”的说法。一到冬天，江南一带的人们更是把萝卜视为日常生活中的宝贝，硬是把萝卜吃出了多种花样。

经了霜的白萝卜有点甜，可以直接当水果吃；腌个萝卜皮，拌个萝卜丝，味道绝对是爽爽的；更有街头上突然冒出来的萝卜丝饼，那色质和香味也是诱人极了。萝卜总是这样默默无语地陪伴我们走过四季。记得小时候，初冬季节母亲总会忙乎着腌制两样东西，一是雪里蕻，二就是萝卜干。把萝卜切成片腌制，然后晒干，再用罐子储存起来，可以直接下饭，也可佐拌酱麻油白糖，口感清爽香脆。在宾馆酒店，这是一道颇受欢迎的下酒凉菜，在普通百姓家里则是陪伴一年四季的佐餐佳肴。直到现在，新米粥，咸菜萝卜干“搭搭”，仍是我割舍不了的所爱。

青菜的可爱，在于一年四季的那份葱绿吧。那些年在苏北插队时，屋前屋后分得一块自留地，自然成了我家的菜园子。青菜是菜园里的“当家菜”，一是好种，二是生长期短、生命力强。春秋二季都能种，田里总是一片绿。沐浴秋天的露水，青菜叶儿上青翠欲滴；饱经初冬的霜打，青菜枝叶上平添一份晶莹。青菜的抗寒能力很强，冬季为防冻，会给它们盖上稻草，掀开看时，还是葱葱绿绿，仿佛是要告知人们冬日虽萧瑟，春天已不远。经过霜打的青菜，是一年中最好吃的，鲜、香、甜，怎么回味也不够。

青菜好吃，人见人爱，还因为青菜中含有丰富的维生素、叶绿素和矿物质，还有能促进肠道蠕动的纤维素。“萝卜青菜保平安”，寻常人家的餐桌上总少不了一份炒青菜。然小青菜很低调，气质总这么平和，不管是荤素还是调味，和谁都能和谐相处，诸如香菇青菜、豆豉青菜、虾米青菜、蚌肉青菜、青菜肉丝、青菜面筋、青菜菌菇汤、青菜鸡蛋汤、青菜鲫鱼汤……南方人好一碗青菜烂糊面，真是小小青菜，各有所爱。

说到青菜鸡蛋汤，我还曾经用一把小青菜和两个鸡蛋做出了杜甫的一首唐诗：在汤里倒入两个蛋黄，漂上几根碧翠的小青菜，“两个黄鹂鸣翠柳”；在几片菜叶上围一溜蛋白，“一行白鹭上青天”；再泼上点点碎碎的蛋白，漂上两个切成一半的蛋壳，“窗含西岭千秋雪，门泊东吴万里船”。做出了诗意，也吃出了心情。不是说要把简单的日子过成诗意的模样吗?

萝卜青菜各有所爱，说的是有人就好一口萝卜，有人偏喜欢青菜吧，又如有人爱上萝卜干，有人钟情于青菜汤。不管怎样，喜欢就好。喜欢着自己的喜欢，不辜负萝卜青菜的可爱就好。由萝卜青菜各有所爱想及人生，寓意正是每个人都有自己的选择、自己的所爱吧：自己喜欢的人、喜欢做的事，自己喜爱的处事方式、生活方式，乃至自己喜好的穿着和饮食……只要自己有所喜欢有所爱，足也；不必在意别人怎么样，更没必要在乎别人怎么说；喜欢着自己的喜欢，执着去爱自己的所爱，快乐自在，活出自己的精彩。

萝卜青菜，各有所爱。即使“世事虐我千百遍”，我待“所爱”如初恋。

# 想起汤婆子

快到冬至节气，气温明显下降。夜深人静时，坐在书桌边爬爬格子是我很享受的一件事，可只觉腿脚发凉，自然将空调开启取取暖。至钻进被窝时，突然想起了热乎乎的汤婆子，想起汤婆子焐脚的那些夜晚。

汤婆子，旧时常用的取暖用具。它是一种铜质的壶（也有锡质和瓷质的），扁扁圆圆如南瓜状。壶的上面有一个带螺帽的小口，把滚烫的开水从这里灌进去，用一个小塞子塞住壶口，然后将螺帽旋紧以防渗漏。人们还常常给汤婆子穿一件“外套”，套上一个棉布袋，如此既不容易烫伤腿脚，又可以延长壶内热水的续温时间。睡觉前放到被窝里，到次日早上还是温热的。这样一个经济又实用的东西自然成了每家每户的冬日必备用品，温暖着一个个冬季的寒夜。

汤婆子，在宋代已有。“汤”，古代汉语中指滚水；“婆子”，则戏指此物有陪伴人们冬季睡眠的功用。它还有着锡夫人、汤媪、脚婆等别称。别看这件取暖用品小小的，却曾被古代许多诗人咏颂。北宋黄庭坚就有《戏咏足瓶》诗两首：“小姬暖足卧，或能起心兵。千金买脚婆，夜夜睡天明。”明代瞿佑《汤婆》诗中则云：“布衾纸帐风雪夜，始信温柔别有乡。”诗人自古多情，权把汤婆子咏为“善解人意的小姬”，当作冬夜的“温柔乡”呢。而南宋范成大的《戏赠脚婆》写道：“日满东窗照被堆，宿窗犹自暖如煨。尺三汗脚君休笑，曾踏靴霜待漏来。”自叙他过去冬天睡觉，犹如两脚踏霜，冷得整夜难眠，自从有了汤婆子，脚都暖得出汗了，早晨日上三竿还懒在床上，不想掀开暖暖的被窝起来，直把汤婆子的生活场景描绘得活灵活现。此般情景，我们这般年纪的人也许都曾经历过。

小时候，二十世纪五六十年代，江南的冬季要比现在冷得多。在厚厚的雪地里堆雪人、打雪仗，是孩子们最开心的事。化雪时屋檐上会挂下许多冰挂，常会好奇地摘下一根，放在手里焐焐嘴里含含，那真是一个透心凉。每到睡觉前，外婆总会让我先洗个热水脚，再泡个汤婆子，把湿冷的被窝焐热后，将汤婆子放在脚跟头，才拍着我入睡。外婆、脚婆伴我眠，夜夜睡到大天明啊。渐渐地，我也学会为外婆洗脚、泡汤婆子了。有一次没把汤婆子的塞子扭紧，睡觉时腿脚折腾惹得汤婆子里的水渗了大半床，外婆还以为是我尿了床呢。

1969年冬季，母亲带着我们兄妹四个到苏北大丰去。要去的地方是啥样？我们不知道。也许母亲知道那里的冬季要比苏南更冷更凉，尽管容不得带上更多的家具和生活用品，她没忘记把两个铜质的汤婆子带上。冬季的黄海边上，寒风呼啸，屋后的小河结成的冰很厚很厚，能在上面行走。夜冷，脚凉，两个汤婆子派上了大用场。煤油灯下，母亲总会在灶头上烧滚一锅水，泡好汤婆子塞到我们的被窝里。床上铺的是稻草，脚旁汤婆子相伴，我们还真常常睡到出汗，甚至早上赖床不起。可母亲没用上汤婆子，不知她是怎样度过一个个寒冷的夜晚的。也正是在那时，我悟得了人间最温暖的是母爱。

后来返城时，两个汤婆子也被带了回来，母亲还用着，只是外面的套子换了又换。随着时代变迁和经济发展，各种冬季取暖的用具也多了起来，随着电器的普及，电热毯、电热器、空调渐渐地取代了汤婆子。然而开着空调、电热毯，常会睡得口干燥热。如果有汤婆子，我一定还会选择它，“脚婆伴我眠，夜夜到天明”嘛。可现在到哪里去买汤婆子呢？

汤婆子离我们渐行渐远。但那些有汤婆子相伴的冬夜，仍让人常常想起。如果现在觅到一个汤婆子，也许我们会把它当作工艺品收藏，然更会把与汤婆子相伴的时光在心中珍藏。在千年的时光里，汤婆子曾给多少人带来温暖的慰藉；小小的老物件，当给一个大大的赞。好的东西总是让人难忘。

睡在床上，我还在想：在日常的生活里，在寒冷的冬季里，我们何不像汤婆子那样，让自己的心里暖暖的，乐为他人添上一份温暖？愿人间的温暖常相伴。

# 江南菱想

“江南可采菱，菱角何纤纤。”处暑和白露之间，夏日的暑气尚未远去，秋时的凉爽还未彻底到来，正是菱藕飘香季。以往这个时候，小巷口、菜场里已多见卖菱角的小摊：一只木桶里盛满了煮熟的菱角，上面还盖着小棉被，头上扎着青花蜡染布帕的大嫂轻轻地唤道“吃菱要趁热，又糯又香耶”。糯笃笃的吴音，糯笃笃的熟菱，想着想着，心里也香软甜糯起来……

菱，一年生草本水生植物。它的别名很多，如水菱、风菱、乌菱、水栗、菱实、芰实等等，又有“水中落花生”之称。根据记载，我国已有三千多年种菱的历史，可谓历史悠久也。

江南一带，湖塘河荡众多，充满温情和水，自然是菱欢乐生长的地方。江南农谚一说“深处种菱浅种稻，不深不浅种荷花”。王建《宫词一百首》写道：“如今池底休铺锦，菱角鸡头积渐多。”怪不得那首传唱世间的《太湖美》中唱道：“太湖美，美就美在太湖水，水上有白帆呀，啊水下有红菱哪，啊水边芦苇青，水底鱼虾肥……”

仲夏时分，湖里塘间，翠绿的菱叶恣意生长，铺满水面。叶盘上渐渐开出一朵朵白色的小花，亭亭玉立，随风摇曳，生出一番玲珑可爱。

生动不过采菱时。采菱可是一个独特的绝活。姑娘、媳妇们划着圆圆的菱桶，用手拨动清波，把握平衡，沿着水道划入菱塘深处，翻起身边的一株株菱叶，将底下的菱角采下放入桶中，仿佛是在得心应手地弹奏一首动人的歌谣，描绘一幅丰收的秋景。

听像一首歌，看似一幅画。唐代白居易曾赋诗吟道：“菱池如镜净无波，白点花稀青角多。时唱一声新水调，谩人道是采菱歌。”而南北朝的萧刚则把采菱的场景绘出了画意：“棹动芙蓉落，船移白鹭飞。荷丝傍绕腕，菱角远牵衣。”古往今来，又有多少采菱女子和文人骚客在《采菱曲》里唱出了爱情，惊艳了时光。“妾住东湖下，郎居南浦边。闲临烟水望，认得采菱船。”这是唐代陆龟蒙笔下的《采菱曲》。唐代刘禹锡则写过一篇很长的《采菱曲》，其中吟道：“白马湖平秋日光，紫菱如锦彩鸳翔。荡舟游女满中央，采菱不顾马上郎。争多逐胜纷相向，时转兰桡破轻浪。”而近代的那首民歌《采红菱》就愈发多情、浪漫啦：“我们俩划着船儿采红菱呀采红菱，得呀得郎有心，得呀得妹有情，就像那两角菱从来不分离呀我俩一条心……就像那两角菱一样同日生呀我俩心相印……”青年男女们在采菱的劳作中唱美了爱情，柔软了岁月。如今，只要一听到《采红菱》，一吟到《采菱曲》，人们就似乎会看到江南的美丽风景，仿佛沉浸于江南的美好风情。

赏菱池的景，唱采菱的歌，总归不如吃菱时那般美美的心情。无论是嫩菱还是老菱，都能吃出别样的滋味。嫩的直接剥皮吃，白色的菱仁儿，水灵灵，脆生生，滋味甜如脆李，爽如荸荠，温润如玉，就连那一抹青涩之气也变得可爱起来。老的菱就丢在高压锅里蒸一下。说是简单，但也有技巧。清代美食家袁枚在《随园食单》中就提及煮菱角，一定要“烂煮之，有松子仁香”。更有诸多“吃货们”，说是煮烂的菱角会透出一股栗子的香糯。

菱角模样可爱，其功效更为神奇。它们含有丰富的淀粉、蛋白质、葡萄糖和多种维生素。古人认为“多吃菱角可以补五脏，除百病；

且可轻身”。这“轻身”，说的就是减肥瘦身的作用吧。因为菱角不含使人发胖的脂肪，而含有不饱和脂肪酸，看来在当下，菱角应颇得欲要减肥美肤的人们的宠爱吧。菱角还有滋阴清热、缓解秋燥的功效。李时珍在《本草纲目》中称：菱角能补脾胃、强股膝、健力益气。老熟果可加工制成菱粉。菱粉粥有利胃肠，可解内热，老年人常食有益。不时不食，唯菱角不可辜负也。

江南的水特别能滋润万物。还有一种水红菱，也就是《采红菱》中唱到的红菱。颜色深红鲜亮，气韵生动，一篮子水红菱就如一篮子红灿灿的花儿，赏心悦目。水红菱极好剥，抓住两个腰角一掰，莹白的元宝形菱角就出来了，一层薄薄的内衣上犹自洇出一抹飘逸的轻红。肉质细嫩，在嘴里稍一咀嚼，连渣子都没有。

在江南的秋季，和菱角一起进入寻常百姓家的还有其他几种“水八仙”。“水八仙”即莲藕、芡实、莼菜、茭白、慈姑、荸荠、水芹和菱角。“八仙登场，各显芬芳”，汇成一道道专属于秋天的美味。其中菱角与荸荠、藕尖切片一起炒，叫作“水三鲜”，一道非常清淡爽口的素菜，怎一个“鲜”字了得，何不称作“水三仙”呢？

对菱角情有独钟的人们更把菱角做成了自己喜欢的菜肴和点心：菱角炒鸡头米、菱角炒毛豆、菱角莲藕排骨汤、青椒肉丝炒菱角和与糯米红糖一起的煮菱角粥……

“秋风响，菱藕香”“秋风响，蟹脚痒”“秋风响，稻花漾”……江南秋天的美不仅可以闻可以赏，更是可以吃出来的。菱角携同“水八仙”，水灵灵地演绎着江南秋天的“鲜”；桂花糖藕、桂花糖芋头……空气里都洋溢着江南秋天的甜；那大闸蟹陆续上市，太湖醉蟹成了时下的“网红”；暖一壶老酒，与醉蟹邂逅，你我一定会醉倒在江南秋天的路口。为了“菰（茭白）、莼羹、鲈鱼”的“莼鲈之思”，必须回江南、来江南、驿江南，只因那是永远抹不去的乡愁。而江南的田野上翻着金光，江南新米的那般香糯已在舌尖，且入心间。

等风，等雨，我在江南等你。来一场定制江南的旅游，一起把江南秋日的盛景赏个够；“人人尽说江南好，游人只合江南老”，来吧，赴一场属于江南的盛宴，把江南秋天的味道尝个够。

# 逛小菜场

那天几个朋友小聚，品着无锡家常菜，聊起时下菜价、时令菜肴，竟发现平常都喜欢逛小菜场、下厨房。逛菜场，恰是我的小爱好。以往，曹张里的小菜场、五爱路菜场、学前街菜场，都是我经常光顾的地方；最近去得多的则是家附近的小木桥菜场。

逛菜场，首先是一种欣赏。初见时，五光十色，眼花缭乱；再细瞧，整整齐齐，秩序井然。那菜摊子、肉摊子、水产摊子、水果摊子、豆制品摊子……分门别类，各占其位，互相辉映，煞是好看。特别是那蔬菜摊头上，绿油油的青菜、青生生的毛豆、红彤彤的番茄、白晃晃的萝卜、嫩黄色的菜椒、深紫色的洋葱、浅褐色的土豆……赤橙黄绿青蓝紫，犹如一幅描绘江南田园的水彩画；而那水产摊子有玻璃缸里游动着的鱼儿、吐着泡泡的螃蟹、似乎要蹦跳出来的河虾；不远处家禽区笼子里的草鸡还在“咯咯咯”地叫着；卤菜摊橱窗里不时飘来阵阵“五香”……更是烟火气十足，让人心情舒畅。

逛着，赏着，常常生出联想。一会儿，眼前浮现出乡间一片片生机盎然的菜园、挂满豆荚的棚廊、黄绿相间的瓜地和那碧叶红花的藕塘。那一瞬间，又依稀看到当年在苏北插队时家前屋后的一亩三分地，见到江南老家风吹麦浪、稻花香里的景象，仿佛闻到了泥土的芬芳，听到了来自田野的呼唤，浓浓的乡愁涌上心房。乡愁，不就是一缕缕炊烟里的思念在飘荡？不就是当年妈妈亲手做的饭米菜香？

当然，逛菜场主要还是为买菜。我一般都是想吃啥就买啥，按现在的说法，会先做好攻略。逛了一圈，便直奔主题，一一下单。看着前面的阿姨在反复挑选，听着旁边的大妈在讨价还价，已被这番生活中的乐趣感染。

时下，经过霜打的青菜最是好吃不过，背心袋里装得满满的，微信支付一扫，“十五元到账”，“叮叮”一响，感觉好爽。即刻转向下一个菜摊，而且喜欢去自己熟悉的摊主那儿。我是比较崇尚不时不食的“吃货”。春夏之交，本地蚕豆刚上市，那是必买的。回家做葱油蚕豆，重油重葱，而且一定会加上些白糖。初冬时分，白白的、粉粉的萝卜买回家，煮一锅鸡汤萝卜，再撒一把蒜叶，吃着喝着，齿颊留香。常去那家阿双鲜肉店，称一块肋排，回家做起自己喜欢的糖醋排骨；也常光顾那家小王水产店，买上几条昂刺鱼（无锡人叫作“翁公鱼”）。摊主夫妻俩忙得不亦乐乎，且动作利索，干活细致，不仅帮我把翁公鱼胡须那儿坚硬的刺儿斩去，洗得干干净净，还总送上一把小葱。到家后，即以姜末葱花起油锅，烹制起另一道拿手菜：红烧翁公鱼。倒入鱼儿时，自然少不了黄酒、老抽和白糖，然后配上香菜和青椒一起煮。那味道特鲜美，小孙子吃了整整一条，直呼“好吃，好吃”。从乘兴而去逛菜场，到满载而归把家还，再到心仪的菜肴上桌餐，都是满满的获得感。

一个菜场，周围必定有一个美食圈，而且基本荟萃本地特色小吃。买好小菜，走进小吃店堂，那绝对是十分惬意的境况。曹张菜场旁那家开了几十年的阿娟馄饨，我总是忘不了去品尝。尽管圆圆包子铺店前的队伍排得很长，也愿意等着下一屉包子热气腾腾地出笼。五爱路菜场门口有家兄弟点心铺子，擅长经营梅花糕，看着制作梅花糕的流程，似乎已是一份美美的享受。早上，从学前街菜场出来，常去那家“网红”的卜岩面馆吃上一碗早面，那面浇头如四喜面筋、三虾、素鸡、雪菜肉丝乃至排骨、大肉都很经典，关键是那碗面汤。冬季的下午，逛完菜场，还会去旁边的小店喝上一碗羊肉汤——一个冬季怎能没有一碗羊肉汤？前几天，去小木桥菜场，门口那家冬春两季主营汤圆的小吃店已经坐满人，肉馅、豆沙馅、萝卜馅、芝麻馅、菜猪油馅……依然都是两元一个，这可是无锡人的心头好。买好菜的人们坐下来吃起了汤圆，有的还买了些带回家去。卖汤圆，吃汤圆……每回我都沉浸在菜场周围的烟火气里。

逛菜场，又是一场遇见。步入菜场，“今天想吃啥？”“今天菜价降啰”“马山的芋头新鲜格”“宜兴冬笋上市啦”……那位大伯一边整理着他的菜摊一边和我聊着，聊着近日市场、菜品的日常。路上不遇菜场遇，在菜场里，经常会遇见熟悉的脸孔，聊起过往，问候当下，让我想起那句话——“从青葱岁月到白发染鬓，一起逛菜场”，心头暖暖的。还会偶遇许久不见的朋友。我们都戴着口罩，差点认不出来。“是你啊！”“你也来买菜？”“近来无恙？”………寒暄中，友情在轻轻流淌。菜场里，总是遇见浅浅盈盈的微笑，遇见碎碎叨叨的日常。

因为疫情，这两年也学会了网上买菜，网络时代效率自高，点购的东西很快送到门上，菜品亦有质量，但总是找不到逛菜场那份自在、惬意的感觉。平日里，拎着蛮重的两袋菜回家，看着手上勒出的几道印痕，总是会想起以往那种竹编的菜篮子，想起人们挽着满满的菜篮子走在回家路上的景象。

一座城市，一个地方，最有生活气息的地方是哪里？那肯定都会回答：菜场。是啊！菜场，铺展着风土人情，蕴藏着世间百味，演绎着市井生活。菜篮子里读城市，烟火气里悟生活。像无锡的朝阳市场、稻香菜场成了市民前往“打卡”的“网红”菜场。前两年，苏州双塔菜场，竟成为国外游客光顾的地方。记得有回和朋友们外出旅游，还专门安排了一个项目：到当地老百姓喜欢的菜市场逛一逛。

如今，菜场都在提档升级，越来越干净、漂亮，连名字都改成了“农贸市场”。也许正是因为菜场一头牵着农业生产，一头连着城市生活。但我和许多人一样，还是喜欢叫“小菜场”。小菜场里买小菜，吃小点心，烟火气在菜场里荡漾，“小确幸”在菜篮子里流淌。

# 人生如骑自行车

我们小时候也许都有学骑自行车的经历。一般先从学“蹚车”开始，一踮一踮地向前“蹚”。起初车子总也不听使唤，动不动就连人带车摔倒在地上。有些个子矮小的，二十八英寸的车子跨不上，干脆就在三角档里踩车蹬，左右脚轮流蹬，居然也能骑出个样。一开始学车，总会让大人或同学在后面扶一把，在“扶上马，送一阵”的帮助下，渐渐骑得顺溜起来。等到熟练以后，那肯定会像着了迷似的到处骑行，穿行于大街小巷，甚至学着单脱手、双脱手骑车，得意扬扬。

二十世纪七八十年代，私家车很少，城市公交也不普遍，更谈不上地铁什么的，自行车是当时最实用、最时尚的代步工具。小孩上学，大人上班，马路上清一色的自行车；一到下雨天，一人一件塑料雨披，五颜六色，俨然是马路上一道色彩斑斓的风景。那时，自行车的牌子起得也有意思，什么永久牌、飞鸽牌、凤凰牌，无锡还有长征牌。那时，自行车、手表、缝纫机并称“三大件”，是谈婚论嫁的标配。家里拥有一辆自行车，就像当今拥有一辆私家小车一样。那时，自行车还扮演着交通运输工具的角色。记得在苏北大丰时，自行车都是载重车，农民养的大肥猪要运到公社去卖时，会把两百斤重的活猪捆绑在自行车后座上，居然还能骑得稳稳当当，连独木桥也是一驰而过；哪家娶媳妇、嫁女儿，也是一长溜自行车阵，载着新郎新娘，载着嫁妆，一路喜气洋洋，风风光光，驰骋在乡间小路上……那时的自行车，分明承载着人们的喜乐悲欢，承载着人们对幸福生活的向往。

在过往的时光，也许每个人都有一些难忘的关于自行车的故事。小时候，我最喜欢听的是那一袭绿衣的邮差送信时的自行车铃声，“丁零零”“丁零零”，特别脆响。“李家报纸来啦”“张家阿婆有信”……暖暖的声音在弄堂里回荡。我忘不了的是，那年在苏北，骑着自行车去看望一百八十千米开外的母亲。天没亮就出发，夜色茫茫还骑行在乡间小路上，已是口干舌燥，饥肠辘辘。快到了，就快到了，急切想要看望妈妈的心情是支撑着我继续前行的力量。那时，家庭主妇们最喜欢的是自行车前那只小箩筐，小孩的书包、刚买的蔬菜，什么都能往里装。姑娘们最担心的是一阵风来，把漂亮的“的确良”裙子卷到车轮里。（热恋中的年轻人最浪漫，小伙子骑车，后座载着姑娘，姑娘则羞羞答答地搂住小伙子的腰不敢放，笑声和甜蜜一路荡漾。）而让很多人最烦恼的事是心爱的自行车被偷，那个伤心啊，会难受许久。

二十世纪九十年代以后，电瓶车发展起来了，公交车发达起来了，渐渐地私家小车也多了起来，自行车逐渐被取代。可好多人还是喜欢自行车，他们说穿行小巷里弄还是自行车灵光。这些年骑行一族的兴起，又让越来越多人拥有了一辆“全副武装”的自行车。下班后，相约骑行在湖边；双休日，以“群”组织去远方，一路赏景一路风光，自行车成了锻炼身体、结伴旅行的“亲密伙伴”。一些地方，环湖自行车邀请赛、单车骑行大赛等活动，也是此起彼伏，如潮涌动，自行车在体育竞技、休闲旅游中又把新的角色担当，渐成时尚；而不少城市里，相继增添租借自行车的服务设施，外地游客骑着自行车在城市里“漫游”，寻觅着城市的故事，享受着自行车上的慢时光。

从交通工具、运输工具，到如今的健身器材、体育竞技或休闲载体，自行车的前世今生折射出社会的发展和变化。我想说，自行车已成一种时尚；我更想说，自行车会是一种回归。最近，就有几个朋友跟我说“要去买辆自行车了”“现在交通这么堵，停私家汽车这么难，还不如骑辆单车方便”“骑行一族，环保、绿色的主张”“骑自行车更自由自在，生活节奏舒缓放慢”……自行车的回归，不正体现了当今人们对于环保、自在和慢生活的需求和渴望？

自行车陪伴着我们的人生，我们的人生又何尝不是如同骑自行车一样？

人生如骑自行车，开始时，难免要摔几个跟斗。摔倒了，爬起来，拍拍身上的尘土，继续前行，因为生活不仅有眼前的苟且，更有心中的诗和远方。

人生如骑自行车，起步时有人“扶一把”，多么给力，让人难忘。于是，常记住，感恩在人生路上每一个给予“扶一把”的人，也应懂得在他人需要的时候伸出双手“扶一把”。人生路上，有一种美好叫“相扶相帮”。

人生如骑自行车，要想保持平衡，就要不断运动，就得不停骑行。即使道路坎坷，即使风霜雨雪，不停步，不彷徨，把目光投向远方，把人生之“车”骑得稳稳当当。

人生如骑自行车，逆风、上坡时，艰难费力；顺风、下坡时，自如省力。顺境欣然，逆境坦然，怀揣初心，一如既往，手中始终把握着自己的方向，把每一段路程都“骑”出幸福的模样。

人生如骑自行车，把自行车骑得飞快，是一门技能，而把自行车骑得慢些，则是一种境界。人生路上，有时确要慢慢行，有时则要停一停，或打气充电，或休养生息，或慢慢欣赏，不可辜负沿途美丽的风光。

人生如骑自行车，车上总会承载一些重担，然而目标在前，该承载的就心甘情愿地承载，该担当的就默默无言地担当，让生命的力量静静地绽放。

人生如骑自行车，一个人骑单车，会骑得快；一群人一起骑，能骑得远。人生是一场旅行，在乎沿途的风景，在乎骑行中的心情，更在乎和谁一起相伴，一起行向远方。

人生如骑自行车，骑行在路上，见一辆辆名牌汽车在身边呼啸而过，只觉名车里的人煞是风光。其实，车中的人们、路边的人们，也在把优哉游哉骑行中的你欣赏。人生路上，当为别人的幸福点赞时，更要善于把当下最美的自己欣赏。

人生如骑自行车，有的人注重保养，一辆车骑了多年还像新的一样；有的人不懂珍惜，一辆新车没骑多久就“浑身是伤”。且行且珍惜，人生当是这样：适时保养，永葆健康。只有对自己好一点，才能“骑”得更加潇洒，更加安然，才能“骑”得更远、更远……

# 排队

下午经常要去幼儿园门口排队等候，接放学的孙儿回家。明明是四点十分放学，有的爷爷奶奶、外公外婆三点就去排队了，为的是在第一时间接到小孩，真是可敬可叹长辈心啊！队伍排得长长的，有的看手机，有的聊着天，有的发着呆，秩序井然。不时还会有人路过好奇探问：“这排队买什么啊？”

提到排队，人们总会想到“买什么”。我们一路走来也确实排过好多队，每个时期排队的目的和背景却不同。记得二十世纪六十年代，缺衣少食的日子里，为了买点老字号慎馀肉庄的酱排骨，有次我因顶着烈日排了几小时的队而中暑晕倒在店门口。过去有段时间，什么都要凭票供应，问题是有了票券还不一定买得到，得去排队。最难忘的是春节前，为了买到一条青鱼、几斤猪肉，有些人半夜就去崇安寺菜场排队了。有意思的是不少人会在队伍里摆上一张凳子，或一只篮子，再在篮子里放一块砖头，再跑回家睡觉。等到天亮过来一瞧，凳子、篮子不见踪影，于是便吵嚷起来，其实谁叫你投机取巧呢？排队就得老老实实。更有甚者，明明来得晚却想方设法厚着脸皮插队，当然很快就被排在后面的人轰走了。人人都有要忙的事，先来后到是个理。排队是一种秩序，不遵守秩序者自然会遭到众人的谴责。到后来，八九十年代，排得最长的队伍要数为春节回家买火车票的农民工队伍了，于是有了“春运”这个具有中国特色的字眼，也诞生了“黄牛”这种特殊的职业。进入新世纪后，最为壮观的队伍，那肯定是黄金周里，高速公路上排起的不见首尾的汽车长龙、景区里堵得水泄不通的游客队伍了……这么看来，排队不光为了“买什么”，而且折射出了时代的不同特征、社会的原生态、人们的生活状态。

说到排队，别看就简单地排个队，细想起来还似乎大有学问在。比如我们都有这样的排队体会：总是觉得其他排比自己这排动得快，于是常会换到其他队伍；而换到另一排时，又发现原来站的那一排动得快起来了。站得越久，越有可能认识到自己是站错了队，甚至后悔起来。这就是神奇的墨菲定律：不让自己后悔的最好办法，就是坚持你的目标而不去东张西望。

再如平日里，看到店家门口或商场里排着长长的队伍，我们总会认为他们肯定是买啥好东西，担心错过了后悔，于是不管自己需要不需要也排上去买一些，这不是从众心理导致的冲动性购买吗？也许我们都排过这样的队，买过本来不想买的东西。排队购物时，还有一种乐趣，这乐趣不在于前面的人越来越少，而在于后面的人越来越多。后面排的人越多，排在前面的人就越得意，当排到时，自然不会轻易罢休，往往会多买一点，甚至比原来的计划超出许多；也许是为了获取一份对于等待的时间的回报，是一种快感。

无论过去，还是现在，或是将来，生活中总是少不了排队：医院看病挂号要排队，乘坐公交、地铁要排队，品尝好评美食要排队……先来后到，依次排队，这正是社会的一份秩序、生活的一种习惯。越来越多的人自觉地守望着这份秩序，守护着这种习惯。于是社会的前行添了一份和谐，人们的心灵添了一份美好。

其实，排队不仅是有形的，还有一种无形的情况。我们常会给自己要做的事排排队，分出轻重缓急，在有限的时间里，做最需要做的事，做最值得花时间去做的事，这种排队叫作效率。老师家长们会把孩子们学习的成绩排排队，把自己的孩子和别人家的孩子比，这种排队叫作压力，但是如果施压不当，往往事与愿违。现在各行各业都有着许多排行榜，名列前茅者自鸣得意，排名落后者无可奈何，这一方面也折射出社会的变化，要么出众要么出局，这种排队叫作竞争。但如果这种排队多了、滥了，还会有多少实质的价值和意义呢？

排队，是一种秩序，是一种文明。该排队的就是要排队。排队，是社会生活中一道永恒的风景。

# 晒太阳

冬日的午后，阳光透过窗户洒下一片明朗，屋里暖洋洋的。岂能辜负这久违了的冬阳？沏上一壶宜兴红茶，拿上一本散文小书，躺在窗前的摇椅上晒起了太阳。阳光抚摸在我的身上，书却掉在了地上，我居然眯着眯着进入了梦乡。醒来时，浑身懒洋洋的，心里一片怡然。

晒晒太阳，是冬日里多么惬意的时光。说到“晒”字，自然想到现在微信里大家都在“晒”的现象：晒心情、晒美食、晒新衣裳、晒美图靓照、晒旅途的风光……晒这晒那，也许都是为了把自己的快乐和美好“晒”出去，与更多的人分享。那何不多多晒晒太阳呢？让太阳“晒”在身上，暖在心上。

江南这一带把晒太阳说成“孵太阳”，很有意思。“孵”字，会让人会联想起孵蛋的母鸡，想起当下流行的孵化器。其实，“孵”字还有“在同一个地方保持姿势待着不动”的解义。“孵太阳”，正是指什么都不想地在太阳底下待着不动的模样。不禁想起当年在苏北插队劳动时，冬日的寒风刺骨凉，一待太阳升上来，老乡们就会躲到田边干涸的沟里，朝天一仰孵太阳，再掏出烟袋弄袋烟，享受着短暂的好时光。前段时间去一个古镇，但见老房子屋檐下老人们三三两两扎堆孵太阳，有的在唠家常，有的眯眼佯听，有的似已进入梦乡，多么惬意的景象。晒太阳，数是冬日里最简单而最舒服的“小确幸”了吧。

人们盼望寒冬里的暖阳，更珍惜冬日里的阳光。只要哪天有个好太阳，勤劳的家庭主妇们一定会把家中的盖被、垫被都晾出去晒。房前屋后竹架上五颜六色的被褥，俨然一道风光。现在的城里人只能在阳台上晒被子了，阳台本身就有“晒台”一称嘛。晒了几个小时的被子，蓬松柔软，带有阳光的味道。晚上那一觉睡得特别暖、特别香。

阳光是个宝，晒晒身体好。晒太阳的好处真不少。不仅可以保护人体阳气，还能促进体内血液流通，加快新陈代谢。日光浴，更是一种借助阳光来健肤治病的自然疗法，同时可以促进机体钙的吸收，有益于血管的健康。经常晒太阳，还有助于改变人的情绪。如此不用花钱的养生妙招，晒来健康，晒来舒畅，自当尽情分享。

别总是说忙，再忙也要抽出时间晒晒太阳。偷得浮生一时闲，或携着冬日的暖阳漫步河旁，或在阳光的抚摸下闭眼躺躺，或在小区的广场邀上阳光起舞吟唱……“太阳出来晒晒背，新鲜空气洗洗肺”……随时随地，简简单单，享受着晒太阳的滋养，多么美好的时光。也许，有一天人们见面时都会问一声：“你晒太阳了吗？”

太阳，万物之源。生活需要太阳，生命需要太阳。太阳，总是一如既往，日出东方，给予世界以温暖和光芒。不管在何时、何方，我们的心中都当有一轮太阳；无论走到哪里，别忘携上“太阳”。如果觉寒，就晒晒太阳，定会倍感温暖；如果困惑，就晒晒太阳，心情就会明朗；如果悲伤，就晒晒太阳，于是获得坚强；如果疲惫，就晒晒太阳，便能倍添力量。让晒太阳成为一种习惯，常常打开心窗，迎一缕阳光，让温暖和快乐充满心房；晒晒太阳，正是人生旅途上每个人都可平等享受的幸福时光。更何况，我们每个人还可以成为自己的太阳。心有暖阳，岁月芬芳。

# 桥啊，桥

悠悠千年的古运河在无锡城里静静流淌，河上有着三十六座各式各样的小桥。它们跨卧清流，隐于烟波，默默无闻地承载着人们的过往，见证着城里的古今。“江南水弄堂，运河绝版地”，如今江南古运河成了无锡城里厢一道独特的风景。近年来，用心的建设者们还在一些桥的桥洞壁上，描绘了一个个有关无锡的故事。坐着小船悠悠，领略两岸风貌，品读无锡故事，《古运河之恋》的音乐在耳边萦绕，谁不说景色这边独好。

是啊！如果说，水是城市的眼波顾盼，桥则是城市的黛眉舒展；如果说，河是城市里一曲婉转的交响，桥则是城市音乐里的低吟浅唱；如果说，河流是江南大地上的诗句篇章，小桥则是江南诗篇中的抑扬顿挫。

古运河上的小桥啊，分明承载着城市的史诗和美好。

“小桥流水人家”，从古到今，人们总把这江南的四季风景吟诵称道。春日里，走过小桥，和风轻拂岸边的柳丝万千条；凭栏远眺，枕河人家的春景揽入怀抱。夏雨季，伫立桥上，对面小巷里走来撑着油纸伞的姑娘，玉兰花香在身边久久萦绕……

一日无时不见桥。初醒的清晨里，小桥静好，她聆听着都市里渐起的喧嚣，露出甜蜜的微笑；阑珊的夜色中，小桥炫彩，她吟唱着时光曼妙，伴随我们进入梦乡，在梦里呢喃着“摇啊摇，摇到外婆桥”。

即使人在旅途，也时常会梦见家乡那“弯弯的月亮，弯弯的小桥，小桥旁边弯弯的小船，小船悠悠，还有那童年的阿娇”……

人生就是一场旅行。在旅途中我们会路经一座又一座的“桥”。有彩虹桥，也有风雨桥；有钢筋水泥的大桥，也有独木搭建的小桥……多数人总是向着心中的目标，坦然从容地走过每一座桥。但有人时而会望桥止步，选择绕道，结果偏离了前行的坐标；有人会留恋桥上的风光，裹足不前，往往耽误了时光；还有人会踌躇于桥头，不知是过桥好，还是回头好，把自己出发前的初心忘了。

坎坷旅途中，有时眼前河上并没有桥，然执着和聪慧的人们总会千方百计搭起一座桥。因为，他们知晓：桥，不是目的地，只是通向目的地的必经通道；没有过不去的河，河对面，人生的风景更美好。

旅途中，常听人说“我走过的桥，比你走过的路还多”。乍一听，似乎有点骄傲；细思忖，其实正值得欣慰自豪。因为，路迢迢，路上过桥知多少。每过一座桥，都是一段历程；每一段历程，都是一种领悟；每一种领悟，都会有一份收获。在乎每一种领悟，珍惜每一份收获，今后的路必能走得更远、更好。

生活中，常听人讲道：“你走你的阳关道，我走我的独木桥。”阳关道上，阳光灿烂，遍地鲜花，固然美妙；独木桥上，亦有险阻。但是，蹚过激流是坦途，风雨过后见彩虹，独木桥上不正风景独好？

平时，也常听人言道：“路上不遇桥上遇。”这恰是一个“巧”。偶然里面有必然，路上不遇桥上遇，正是注定的缘分刚刚好。不是吗？七夕之夜，有多少相爱的情侣相遇鹊桥；春花秋月，有多少新人在桥上牵手。人生就是这般，有时即使桥下转个角，也会邂逅心中的那份美好。

当然，日常中，时而也会见到，有的人过河拆桥：一过桥，就把帮助自己的人忘了，甚至就把身后的“桥”拆了。呜呼，这种行径当然遭到吐槽。以后你再遇到“河”，谁会再来帮你“搭桥”？记住别人的好，并以由衷地为别人“搭桥”来回报，这是人间正道。

走过一座座前人为我们搭的桥，别忘了为后人搭搭桥。学习桥的精神，默默无言，承受负荷，乐意为他人搭起一座座通向彼岸的桥，人间会是多么美好。

人生无处不风景。桥，已然是一道风景。而走过桥的你，正在桥上的你，搭着桥的你，更是胜景一道。每当你站在桥上远眺，桥下的人也许正在把你和桥欣赏。当我们欣赏风景、仰望别人时，千万别忘了欣赏自己，欣赏自己心中的风景，为自己喝彩、叫好。

河道上不可没有桥。人与人之间更需要“心之桥”。那是心灵相通的桥，那是心心相印的桥，那是心有灵犀的桥。有的人距离很近，却觉得相距很远，因为彼此之间少了一座“心之桥”；有的人相距很远，却感觉靠得很近，因为彼此之间有着一座“心之桥”。有了“心之桥”，误会可以云散烟消；有了“心之桥”，芥蒂化作拈花一笑……架起心灵间的“彩虹桥”，和志同道合的人携手走过一座座“风雨桥”，走过眼下的苟且，走向心中的远方，迈步在开满鲜花的阳光大道。

古运河上的小桥，历经百年沧桑，见证昨日今朝，承载负荷多少，始终面带微笑。因为她们坚守初心，深扎根基。走过桥，欣赏桥，赞美桥，吾更当学习桥。让自己的心中永怀一座桥，一座通向彼岸、走向人生目的地的桥。

今天，我又走过古运河上那座熟悉的桥，不经意间生出一份感慨：那年，健步走过这座桥，我满头青丝；今朝，漫步走过这座桥，已两鬓白发。我已老？不，我还年少。我还要健步走过一座又一座“桥”，人生的彼岸还有许多绮丽的风景待我去拥抱。

时光曼妙，岁月正好！

# 大自鸣钟下的随想

那天晚上九点，我走在回家的路上，经过市中心崇安寺附近，忽然听到老图书馆钟楼上的大自鸣钟报时，钟声在寥廓的夜空回荡。而随之奏起的乐曲《二泉映月》是那么悠扬，勾起我久远的怀想。这分明是久违的乡音啊，在召唤逝去的岁月，那么熟悉，那么安详。

无锡老图书馆，前身是无锡县图书馆，创建于1912年。当时由地方知名人士倡议筹建。因正中四楼顶上为一座大四面钟，每到正点，钟就会自动鸣响，被人们称为“大自鸣钟”。

我们是听着大自鸣钟报点的钟声长大的。那时，无锡城不大，很静，大自鸣钟的钟声一响，南北四城门都能听到；城里的人们总是闻着这钟声而起、而作、而息。大自鸣钟的钟声自然成了无锡城里的一曲乡音、老无锡人的一份情结，如一种听惯了便不可或缺的生命音符，在空中、在心中悠扬。

光阴荏苒，物是人非，家乡如今发展得很快。城市越变越大，变得喧嚣、热闹起来。离得远一点，也许就听不见大自鸣钟的钟声了。但一座城市，一个地方，总有一些声音、一些地方、一些情景，让生活在这里的人们留恋、寻觅和怀想。

现代化、城市化带来的繁华，使城市的声音丰富、嘈杂起来。可以往那些熟悉的声音去哪儿了呢？就以当下夏季说吧，那穿街走巷的“栀子花、白兰花要哦”“阿要长庆路甜酒酿”“阴凉棒冰、赤豆棒冰”……一听见这些声音，人们心头即平添一份清凉；平日里，“磨剪子嘞”“阿要豆腐花”“阿有坏的棕绷修”……过去这些声音，总让人们感到生活是如此方便和安然。遗憾的是，如今这些声音已成难得一闻的珍藏。其实，每一种声音都是一个行当，都是一种生活，都有一段故事在轻轻讲，它们像穿城而过的古运河那样，在人们的心里流淌、回响，融入市井生活的平凡景象中。

城市建设日新月异，楼房越来越高，马路越来越宽，广场越来越大，商场越来越多。密密的水泥森林、五光十色的霓虹灯、川流不息的人群车流……城市化当然需要这样的集聚和“高大上”，但人们总觉得还少了些什么：江南水乡那些粉墙黛瓦的枕河人家，已经很难找到它们原来的模样；那些有着生活和故事的老街小巷，也似乎渐渐地被人们遗忘；别说难以再见那雨巷里撑着油纸伞的丁香姑娘，就连弄堂口、小巷里那些手工作坊和能工巧匠也不知去了何方。

无锡城里原本有许多百岁老弄和古巷，如蔡家弄、先娄巷、竹场巷、鸭子滩、日晖巷、南下塘、田基浜、留芳声巷……仅这些名字就已让人怀想。而每条古弄、每条小巷里又把自己的故事蕴藏：青石小街上不仅积淀着历史，而且演绎着质朴、宁静的生活，一种日起而作、日落而息的古运河畔的慢生活，也许它们还承载着江南的诗意和梦想。

也许这就是城愁吧。乡愁未解脱，城愁已凸显。在城市建设中，在文化继承中，在旅游休闲城市的打造中，能否“手下留情”，留住和保护这些古弄、小巷呢？可否“独具匠心”，演绎古弄、小巷里曾经的故事呢？是否“回归城厢”，再现那些古弄、小巷里宁静而悠然的生活呢？令人欣喜的是，在清名桥南长街，在惠山古镇，一些老街小巷正在成为人们向往和流连的地方。

如果说，没有大自鸣钟钟声的城市，是缺了乡音的城市，那么，没有那些古老而鲜活的老街小巷的城市，便是没有故事的城市。留下一点老街小巷吧，让它们把“小城故事”传承，把悠然生活延续，让它们与现代化的都市交相辉映，与生活在这里的人们相依相伴，一起走向远方。

一座城市是一部史诗。它演绎着城市前世今生的乐曲和篇章。在这部史诗里，不仅有记录城市前行的声音在交响，还有标志城市传承的名字在闪亮。老字号，就是铭刻在城市史诗里、人们心目中的熟悉的名字。就以有着“百年工商城”荣耀的无锡为例，皇亭小吃、三凤桥肉庄、王兴记馄饨、聚丰园酒楼、拱北楼面馆、世泰盛绸布店、三阳南北货、惠山泥人厂……这些熟悉的名字，这些百年老店，不仅让无锡人耳熟能详，而且让中外游客寻访。正是因为他们传承着无锡这座城的文化，延续着无锡城里厢的生活，成为无锡地方的特色名片，所以人们总是把它们念想。可是近年来，让人纠结的是：一些老字号、一些老名字黯然失色，悄然退出了市场，再不见当年的辉煌；还有一些老字号艰难经营，对自己的未来生出一份迷茫。如同大自鸣钟的钟声一样，让它们在新时代传承、弘扬，应是城市发展的历史担当。

从大自鸣钟的钟声，联想到一座城市里那些熟悉的声音、情景、名字和地方，并非要简单地回忆过去。如今城市一片繁华景象，蒸蒸日上，谁不把新时代颂扬，把明天更美好的生活畅想？而留住城市那些原本的记忆，叙述城市那些原来的故事，延续城里那些原汁原味的生活，则是城市继往开来的呼唤，人们由衷地怀想和向往。城市让生活更美好，城市让生活更安详。

“天边飘来故乡的云，它不停地向我召唤；当身边的微风轻轻吹起，有个声音在对我呼唤……”

归来吧！那星空有钟声回响，脚下有小河流淌，耳边有书声琅琅，四处有鸟语花香，内心有宁静安详，生活有幸福乐章……

# 一粒粒金灿灿的稻谷
## ——稻花香里说丰年

迎着飒爽秋风，走在江南的乡间小路上，路边的稻田已是一片金黄。风声稻浪里飘来阵阵清香，仿佛看到了一粒粒正从收割机里跳跃出来的金灿灿的稻谷，心间喜悦荡漾。

没多日，就到秋分节气了，恰逢第五个“中国农民丰收节”。五谷丰登的季节，江南田野上尽是一片欢腾、丰收的景象。“春种一粒粟，秋收万颗子”，一粒粒金灿灿的稻谷中饱含着几多辛劳的汗水，蕴含着几多丰收的希望。

“布谷，布谷。”一粒稻谷的生涯，是从春天开始的。谷雨时节，子规声声，一颗颗带着希望的种子被播入土中。“时雨及芒种，四野皆插秧”，插秧可是农村里和农民的盛事。“面朝黄土背朝天，弯躬曲腰几千年”，用以描绘农民插秧情景，实在经典。春种季里，农民“出见晨星归见月”，整整一天低首躬背，在一把一把地插着稻秧。不见抬头，不曾伸腰，动作飞快。手落处，只见秧苗一排排整整齐齐，在水田里亭亭玉立，在春风里微微摇晃。插秧可是技术活。曾经有人写道：“手把青秧插满田，低头便见水中天。心地清净方为道，退步原来是向前。”竟有此番禅意。其实，插秧并没有这般诗意，更多的是艰辛。记得我年轻时跟着乡亲们下田插秧，开始觉得很新鲜，可是没多久，就腰酸背疼受不了了。姿势不协调，插下的秧苗歪歪斜斜的，往后退时总是会跌倒在水田里，惹一身泥水；水田里还有蚂蟥叮上小腿，疼啊，又拽不下来。老乡们教我在它周围轻轻拍，果然奏效。一天下来，已经累崩。现在机械化比较普及了，但插秧的那番场景还是会浮现在眼前。

“雨露滋润禾苗壮。”在插秧后的三四天，秧苗心叶展开，并扎下新根，陆续进入返青、分蘖、拔节孕穗、抽穗结实等生长期。“三分种，七分管”。灌水、追肥、晒田，是为了秧苗茁壮成长、稻谷颗粒饱满；施农药，除杂草，是为了防治虫害、去除草害。为了大地的丰收，田间管理也是停不下来的节奏，容不得半点懈怠；稍不用心，往往就会歉收甚至颗粒无收。如果遇上不可抗拒的自然灾害，农民那更是欲哭无泪。所以，二十四个节气中好多习俗，都是农民对于风调雨顺、五谷丰登的祭祀和期盼。

到了拔节、抽穗期，稻田里的色彩从深绿转向浅黄，“喜看稻菽千重浪”，丰收在望。盛夏酷暑，水稻茁壮成长，俨然能听到“噌噌噌”拔节的声音，又喜见稻花儿悄然盛开的模样。一株稻穗约开出两百至三百朵稻花，稻花的形状和稻谷大小相仿，呈浅浅的绿色，远眺近望，只此绿黄，稻花竟美成这样。稻花吐着芬芳，授粉中孕育着金灿灿的稻谷，可稻田里的杂草也在疯狂生长，和稻谷争水分、抢营养。薅草、除草，再撒下灭草灵。骄阳似火，水稻田里劳作的人被晒得滚烫，真是“上蒸下煮”，汗水湿透了衣背，烈日晒干了衣裳……然看着一粒粒日渐饱满、丰盈的稻谷，一株株沉甸甸、下垂着的稻穗，农民脸上展露出“一分耕耘，一分收获”的笑颜。

“稻花香里说丰年。”秋分节气前后，稻田相继进入收割季。以前没有机械化，秋收时节人工割稻，这是农民们的一个盛大节日。江南一带还称作“捉稻”，很是形象。镰刀霍霍，没多会儿，一片片稻子倒在了地上。壮劳力们忙着捆绑，并在田埂上飞跑，把割下的稻子挑到打谷场院上。场院上则是另一番景象：老式脱粒机夜以继日，挑灯夜战，轰隆作响。溅出的谷粒直打在人们脸上身上，生疼，还痒痒。脱粒后的稻谷堆成了金灿灿的小山，稻草垒成了一个个谷堆，成为一道乡野间最美的风景。

那时，还有一首儿歌在乡村的夜晚唱响：“月亮在白莲花般的云朵里穿行，晚风吹来一阵阵快乐的歌声。我们坐在高高的谷堆旁边，听妈妈讲那过去的事情……”稻谷的故事在继续：一边场上在忙着脱粒、归仓；一边村妇带着孩童们在稻田里拾着稻穗，把收割时落下的稻穗，一株一株拣起，颗粒归仓啊，金灿灿的稻谷一粒也不能漏掉。如今，收割稻谷的季节，城里的人们纷纷走进乡村，学校组织学生走向田野，在一阵阵稻花香里，在收割机的轰鸣声中，在金灿灿的谷堆旁边，品读“一粒稻谷”的故事，分享农民丰收的喜悦，感悟“谁知盘中餐，粒粒皆辛苦”的意义，又是一场多么美好的沉浸式体验的景象。

金灿灿的稻谷，变成香喷喷的米饭，还得经过砻谷、谷糙分离、碾白、抛光等多道“旅程”呢。当金灿灿的稻谷被碾成亮晶晶的白米的那一刹那，无数新米便走进了我们的生活。新米快要上市啦！对于新米粥、新米饭，已期盼多时。煮上一锅新米粥，咸菜、腐乳、萝卜干搭搭，绝对是最美不过的享受。盛上一碗新米饭，晶莹、透亮，一番芬芳和甜糯在心头。江南一带的人家还喜欢用新米做菜饭吃，白花花的新米里添上青菜、花生或黄豆，有的还会加上些肥瘦相宜的肉丁。新米菜饭，齿颊留香，舌尖上的满足感、心坎里的幸福感，油然而生。然而，满足不忘艰辛，幸福更当珍惜。

品着新米饭，喝着新米粥，脑海里想起的是“稻田挥汗数十年，只为百姓一碗饭”的袁隆平；眼前闪现的还是那来之不易的一粒粒金灿灿的稻谷。不禁在心中默默祝愿：愿农民年年丰收，大地丰收年年。

# 听取蛙声一片

一个暮夏之夜，泊居马山民宿。万籁俱寂，仿佛能够听闻不远处太湖湖水呼吸的声音。悠然间，一阵蛙声打破了湖滨山夜的寂静。“咕呱，咕呱”，这边悄然起音，“咕呱，呱，咕呱呱”，那头欣然呼应，似一唱一和着情意绵绵的夏夜恋曲。不一会儿，蛙声响作一片。静心听，田园合唱中，似有低唱在抚慰心灵，又有委婉温柔的女中音撩拨着心扉，有的则引吭高歌般放飞心情。此起彼伏，乡间的夜晚竟有此般天籁。蛙声传情，听者走心，乡野显得分外宁静。枕着久违的蛙声，我渐渐进入梦乡，梦里也是一片恬静。

久违的蛙声，在孩提时代的故乡夏夜奏鸣。那时放暑假总要回老家张泾。白天撒野已是欢欣，可还是在等待着夜幕的降临。一阵暴雨驱走了暑气，屋前场院成了夏夜的“会客厅”。搬来春凳，扛来竹床，摆在纳凉的场景。大人们摇着蒲扇，家长里短，聊得正高兴；孩子们则嘻嘻哈哈地分享着在井水里浸泡透了的西瓜，那般甜蜜、凉爽直流到心。时而躺着仰望夜空数着星星，时而跃起追扑一盏盏小灯笼似的流萤，那田间蛙声和蝉鸣，远远近近，分外动听。分明是夏夜里最美的声音，愉悦着颗颗童心。不知哪个领头唱起了儿歌“我们都是小青蛙，呱呱呱呱呱呱呱，喜欢快乐的生活，最爱说笑话”。蛙声和着儿歌、笑话，和着无忧的光景……玩累了，我们渐渐入眠，可天上的星星、田间的蛙鸣，依然伴着我们到天明。

儿时的暑假生活记忆犹新。那天我和孙子说起那般情景，他只是茫然地眨着眼睛。是啊！现在城里的孩子已听不到蛙鸣，也少了这般暑期生活的愉悦开心。听取蛙声一片，已经成了远去的风景。

远去的蛙鸣，在四十多年前第二故乡的初秋夜晚回响，直击着连日高温下那颗烦躁的心灵。那时，十七八岁的我，已是苏北大丰县的一名知青。入秋时分，正是秋熟作物田间管理最为忙碌的时景。烈日当空，田地干涸，挑着一担担水浇灌玉米地，全身湿淋淋，已分不清汗水和河水；秋老虎肆虐，黄豆地里的杂草在疯长，在密不透风的玉米行间除草，“面朝黄土背朝天”；背着二十多斤重的药水箱在棉花田里药杀棉蚜虫，一天竟要来回行走几十里的路，只为不让害虫把棉花的果实吞侵。一天下来，已是精疲力尽。可那颗躁动的心在夜间难以平静。那时没有电视，没有网络，好在还有蛙鸣。当我的心灵在独舞的时候，“蛙声满四邻”。聆听，寂寞的心归于宁静，且平添一份对于明天的憧憬。那夜，是蛙声陪伴着我，还是我陪伴着蛙声，已说不清。因为，我和蛙声是一样的心情，在憧憬着当年丰收的光景；因为，蛙鸣，丰收景，正在圆着我那份年终多一点分红的愿景。

宋代辛弃疾的词："明月别枝惊鹊，清风半夜鸣蝉。稻花香里说丰年，听取蛙声一片。"天边的明月升上了树梢，惊飞了栖息在枝头的喜鹊，清凉的夜风仿佛送来远处的蝉鸣，在稻花香溢的乡夜里，人们谈论着丰收的事情，耳边忽然传来一阵阵蛙鸣，好像也在吟唱着丰收的年景。好一幅娴静安逸、丰衣足食的乡间夜景。

闻听蛙鸣，欣慰于心。如今，生态保护，乡村振兴。在乡间，在田野，乡村旅游正在再现这般情境。依然听得见的蛙鸣，触摸得到的乡情，找得回的乡愁，听取蛙声一片，我心在乡夜沉浸。

# 煤油灯下的记忆

前些日子，微信朋友圈里传有一个段子，图文并茂地展示一些老物件，并断言"能认识这几样，就说明你老了"。我几乎都认识，而且用过不少，其中就有煤油灯。不禁问自己："老乎哉？"自然规律嘛，人会一年一年老去，可记忆是不会老去的。不是吗？关于煤油灯的往事历历在目。

自1969年那个冬季，随母亲下放到苏北大丰县起，我便认识了煤油灯。那时村里还没通上电，一到晚上家家户户都点上了煤油灯。煤油灯灯光黯淡，火苗闪烁，映照土房小窗，现在想来倒是小乡村里一道静美安逸的夜景。可现实哪有如此浪漫？那时苏北很穷，乡亲们为了省钱，早早就熄灯上床睡觉了。可我不习惯这么早就睡呀，还得看书学习。于是，煤油灯成了我的好伙伴，带下乡的几本书和两本词典都被我看到“熟了”。后来，我慢慢学着在煤油灯下写队里的好人好事，向公社广播站投稿。可两三个小时的煤油灯确实会燃掉不少煤油，时间一长，是一笔不小的开支。于是，母亲就带着我们养了一群母鸡，待母鸡下蛋，积满一小篮子，就去大队部那里的“三代店”（小卖部），换上些许煤油、酱油和盐什么的。那时流行一句话“自己动手，丰衣足食”，用自己劳动换来煤油，我对煤油灯下的时光分外珍惜。

那时的苏北农村，正在进行“扫盲运动”。我这个城里来的“小眼镜秀才”，自然成了扫盲老师，负责教村里的青壮年识字。那时是不可能脱产的，学习都在夜里进行。吃过晚饭天渐黑，学员们就一个个拎着煤油灯往队里的会议室奔去。田埂上，小桥边，灯火忽隐忽现，也是好看。记得还有一段苏北快书就是说的扫盲那些事儿：“吃过晚饭把门闩，手拎马灯跑得欢，没有文化要吃苦，夫妻识字齐过关……”

小小的教室里挤满了人，挂起两个“美孚灯”（即大一点的，不时要往里打气的煤油灯），窗外夜色茫茫，灯下书声琅琅，常常学到深夜。夜复一夜，直到通过公社里的脱盲验收才能收工。在煤油灯下当扫盲老师的时光，难忘。

1975年，因为表现出色，作为优秀知青的我被推荐去盐城师范读书。学校晚上有统一的熄灯时间。再要看书，就得点亮自己带上的煤油灯，挑灯夜读。读书的机会来之不易嘛。

毕业后，“哪里来哪里去”，我回到了丰富公社。公社里了解到我喜欢写小文章，就把我安排到公社新闻报道组工作，负责公社的新闻报道。这可是一份不轻的担子，既要保证公社广播站的用稿，又要向县里广播站和《盐阜大众报》投稿，还要考核用稿率。真不敢懈怠。白天下乡采访，夜里伏案写稿，几个小时的煤油灯熏下来，鼻洞里已是黑乎乎的了。

后来，大概到了二十世纪七十年代后期，苏北村村户户通上了电。乡亲们可高兴呢。“电灯电话，楼上楼下”，是那时常挂在乡亲们嘴边的一句话。通上了电灯，盼望着电话，更向往着告别茅草土房，过上

“楼上楼下”的日子。“改革开放号角响，乡村处处好景象”。梦想照进现实，不少农民果真住进了“楼上楼下”，告别了“煤油灯时代”。

1985年被调回无锡时，我还带着一盏煤油灯。可不知后来哪次搬家把煤油灯丢了，留下一份遗憾。

前不久，去一家乡村民宿，忽然见到几盏煤油灯、几只竹子外壳的热水瓶、几样木质的老农具，甚感亲切。民宿主人告诉我：“只是摆设而已，以示怀旧，可喜欢的人不少。”是啊，年轻人、小孩子看到这些老物件，也许感到好奇，而像我这把年纪的人，看到这些老物件，那感受是一种亲切、一份怀旧。老物件引发一种记忆和怀念，当然不是要回到那个缺衣少食的年代，但肯定是向往那种简单而快乐的慢生活。现在不少乡村休闲农庄、农家民宿在悉心活化乡村农耕文化，讲述乡村故事，为人们创造不少老时光的生活体验，恰正成了人们旅游休闲生活的“新宠”。

写完这篇随笔的时候已是深夜，我把面前的台灯扭暗。此时，心里仿佛又亮起了一盏煤油灯……

# 邻居

邻居，一个多么温馨和亲切的字眼，古人说“天涯若比邻”“远亲不如近邻”。然而，在高楼林立的今天，我们还认识多少邻居呢？曾经的邻居让我们怀念，今朝的邻居待我们相识。

邻居，代表一种亲密无间的生活，让人记忆犹新。上小学时，我住在西门通德桥的外婆家。记得每天一放学，院子里的、隔壁的、马路对面的几个邻家小孩就会围着一张小桌团团坐，做起作业来。不一会儿作业做完，并且相互“对好”，便玩耍起来，或是踢角子，或是飘洋牌，或是打弹子，或是下军棋，玩得不亦乐乎。我家舅婆、他家亲娘、隔壁姆妈，总会不时地端来她们做的点心，分给我们吃，然后在旁边聊着天，择着菜，做着晚饭。那种亲密无间、快乐无忧的邻居生活，伴我度过了快乐的孩提时光。

1969年冬天，母亲带着我们兄妹四个下放到苏北大丰去，邻家弟妹、同学、发小都来送行，当装着我们的大驳船起航那一刻，叫喊声、痛哭声，声声哀伤，有一种生离死别的感觉。前方等待我们的是什么？孤独、无助伴随着三天两夜的行程。可是一到大丰县丰富公社和平大队第四生产队，仿佛就一下子走进了一个既陌生又熟悉的大家庭：由于我们的茅草屋还没建好，暂时借住在徐大爷家。本来就不大的屋子里已经为我们腾好了一个房间。徐大爷一家忙着送上洗脸热水，端上热腾腾的玉米饭。当知道我们吃不惯玉米饭时，徐大爷毅然把家里仅有的一点大米掺在玉米糊里做给我们吃；隔壁的邻居们则是一会儿送来玉米饼，一会儿送来草鸡蛋，一会儿送来炒花生，生怕我们这些城里来的小孩饿着。他们与我们非亲非故，自己家的日子过得也是紧巴巴的，可对我们这么慷慨，这么关怀，似亲人般抚慰着我们心头的伤痕。我们很快融进了这个大家庭，跟着邻居们下田去劳动。开始时我什么都不会，他们就手把手地教我；进度落下来了，他们就悄悄地帮我。平时哪家红白喜事、杀猪宰羊，都会请我们作座上宾；妈妈做了拿手的无锡菜，也会请来邻居们尝一尝。我呢，很快和村民们打成了一片，不仅当上了作业班长，还在晚上帮着他们识字扫盲，到了春节帮着他们书写春联，邻居们也喜欢上了我这个“小眼镜”。那时的生活虽然苦不堪言，但我们很开心。正因为有这些邻居，有这个大家庭，我们不再孤独，不再迷茫。

邻居，是言传身教的良师，让人受益良多。二十世纪九十年代中期起我家和谢老锡源家门对门。谢老曾是马山区委书记，我当时任马山区委副书记。谢老退休后仍心系马山，坚守岗位，为我们年轻人“传帮带”，而把自己家的事放在脑后。那时工作条件艰苦，我们区里领导平时都集中住在马山，谢老一直陪着我们，以马山为家，但经常会提醒我们："你们年轻，要多回家里看看。"后来我到市旅游局任职，工作任务繁重，头绪多，压力大，可每当拖着疲惫的身子回家开门时，经常会听到"洁平，转来啦！来坐坐啊"，那是谢老亲切的声音。于是我常去他家坐坐，谈谈工作，拉拉家常。谢老总是给我鼓励、指点，并教我一些工作方法，还再三叮嘱"注意身体啊"。遗憾的是，谢老离我们而去了，我常常想念着他。

也许是上了点年纪的缘故吧，我经常会想起以往的左邻右舍，也常会和朋友们提及过往的邻里生活。可不少朋友却说现在已不认识几个邻居了，邻里关系也变异了。是啊，现在生活条件越来越好，人们大都住进了花园小区、高层楼房，可是由于种种原因，人们大都把自家封闭起来，左邻右舍、楼上楼下，姓甚名谁，全然不知；就是碰巧见上一面，也是擦肩而过，最多点一下头而已。邻居成了"距离最近的陌生人"。其实我们都在心里呼唤着那种亲密的邻里关系的回归。让人欣慰的是，现在不少街道办起了"睦邻中心"，为居民提供健身、娱乐、休闲、交流的场所；一些社区办起了"邻里生活节""邻里艺术节""邻里运动会"；有的楼宇里邻居间还在寒暑假里建起了每家轮流看管孩子的"合作组织"。最近听到两个朋友说，他们小区里现在还建起了QQ群，一条信息一发，不少邻居就会去一家人家中切磋厨艺、同包饺子，或者走出家门聚在一起交流养花、种菜经验，或者一起唱歌跳舞，打球玩牌，还不时相约出去旅游、团购，有说有笑，其乐融融。

是啊！交流多了，就熟悉了；熟悉了，就和睦了。一种新型的邻里生活正在悄然兴起。"远亲不如近邻"，但愿不再只是怀念，近邻就在身边，让我们亲近。

# 那些熟悉的声音

那天下午，走在后西溪路上，忽然听到："爆炒米啰！要响啰！"随即"嘣"的一声，多么熟悉的声音！闻声而去，只见一位大嫂正在忙乎着把一大堆香气四溢的爆炒米从爆米机里倒出来，周边围着好几个人看热闹。爆炒米声让我倍感亲切，不禁想起以往那些熟悉不过的声音。

每一座城市，每一个年代，都有着自己的声音，回响在大街小巷；而每一种声音，都有着自己的故事，铭刻在人们心中。

一声吆喝，折射出一种生活。记得小时候，二十世纪五六十年代，最喜欢的声音，要数酷暑季节那个"阿要阴凉棒冰、赤豆棒冰"了。当骑着自行车的卖棒冰人"掴掴掴"敲着棒冰箱盖吆喝着，穿行在小巷里弄时，我就会和其他小孩一样，问外婆要几分钱，跑去买支赤豆棒冰啃将起来。棒冰冰冰的、硬硬的、甜甜的，吮着啧啧有声。想想现在冷饮的品种着实多了不少，什么雪糕、冰激凌等，应有尽有。可循着那个声音跑去，用四个一分钱的"铅角子"，买得一支赤豆棒冰时的那种感觉，是现在的孩子们决计没有的了。还有一个声音，曾给我们带来许多乐趣，那就是："阿有破布头烂棉絮换糖吃？""换糖佬佬"吆喝声刚落，就会有一群小孩拿着从家中找出的破布头、牙膏壳、旧书报等，争先恐后地跑去换糖吃。以旧货换取的是麦芽糖，只见"换糖佬佬"一手持方头铁刀，在那圆圆的糖盘上比划，待双方认定后，一手用铁棒“啪啪”两下，便敲下一块糖来。可我们往往不肯就此罢休，总缠着多饶一点，并且一而再，再而三，每每得逞。正因为如此吧，民间有着那句“换糖佬佬饶三饶”的俗语。那时，麦芽糖含吮在嘴里，甜蜜蜜洋溢在脸上，我们还懂得了一个道理：家里的废旧物品，积攒下来，能换糖吃，还能换其他的好东西。可现在，穿街走巷收旧货的越来越少了，偶尔也能碰到，但都是直接“论量兑钱”了，“换糖佬佬”那诱人的声音也不再有了。

一种声音，代表着一个行当。那时，有几种声音人们再熟悉不过了。“磨剪子嘞，抢菜刀！”那些个戴着毡帽扛着一条板凳的磨剪刀师傅，经常穿梭在里弄之间。于是家家户户拿着钝了的菜刀、剪刀请他去磨。磨剪刀师傅把长凳放下，摆出架势，便在一块砂石上磨将起来，时而磨刀霍霍，时而蘸上些水，时而试试刀锋，技艺煞是娴熟。这可是个技术活，当磨刀师傅把磨就的菜刀和剪刀交付时，总是露出一种得意扬扬的神情。遗憾的是，现在再也听不到这种声音了。前些日子，家里的切菜刀钝了，不知哪里有磨刀的，只得去商场再买一把新的来用。那时自然而然地想起了“抢菜刀，磨剪子”的声音。还有诸如：“阿有坏格棕绷修伐？”“阿有坏格套鞋坏格皮鞋修？”……一个个曾经时常在耳边响起的声音。一种声音，一个行当，他们曾给人们的生活带来多少方便。尽管现在物质生活条件好了，但还需勤俭节约啊，钝了的菜刀、剪刀磨磨还能用啊。这些声音几时会重新响起呢？

一个地方的声音，反映出它的文化特色，演绎着它的风土人情。不是吗？“栀子花、白兰花……”一声声糯笃笃的吴侬软语，总给我们带来江南春、夏季节那般芬芳，总把人们带进一个浪漫的梦乡。“阿要买长庆路酒酿？”一声声甜滋滋的吆喝，总让我们感受到鱼米之乡那种甜蜜和醇香，生出一种温馨的归属感。“洋伞、油纸伞修伐？”听着这个声音，人们就会依稀看到各色花伞游弋在烟雨江南、大街小巷的景象；“掴掴掴，小馄饨！”“阿要豆腐花？”这些声音，曾多少回吊起我们的胃口。而“蓬蓬啪，蓬蓬啪”，那此起彼伏的弹棉花声音；“笃笃笃，小心火烛！”那夜色朦胧时响起的声音，汇合成了市井生活的交响曲，温暖着千家万户。

那些熟悉的声音，有的早已销声匿迹，有的在渐行渐远。怀念这些熟悉的声音，并非要回到过去。时代在进步，每一个年代，每一座城市，都有属于自己的声音。只是觉得现在的城市声音嘈杂了些，也单调了些，不能在人们心里激起什么共鸣。生活是多彩的，声音是多样的。真希望，那般熟悉的声音在大街小巷、新村小区重新响起。

# “爬格子”的快乐

从十六七岁练笔开始，扳扳手指算算，“爬格子”的工龄已有五十多个年头了。我自小就喜欢写作文、“爬格子”，直到现在，忙碌之余，闲暇时光，尤当夜深人静时，总爱坐在灯下写点东西。格子里刻画着我前行的年轮，字句中抒发着我对时事的情怀，文章中记录着我执着的脚印。每当翻阅以前写过的文稿时，眼前就会浮现出一幕幕往事旧景，拨动着自个儿的心弦。

1969年的冬天，我随母亲下放，跨过长江，来到了苏北一个叫作“大丰县丰富公社和平大队”的地方，一个偏僻的村庄。莫非一辈子就要当农民了吗？记得当我家住进土垒的新屋时，我还特地用初学的隶书写了一副对联，上联是“身居茅屋心向北京”，下联为“扎根农村胸怀全国”。那时，确实一头扎进了苏北农村生活，农民干啥我也干啥，他们常夸我：“城里来的小眼镜能干呢！”到了晚上，为了省下煤油钱，乡邻们天没黑就睡了，我可睡不着啊！幸好我带下去了一本《新华字典》和一本《成语词典》，于是在煤油灯下翻来覆去看啊，不时动笔写点小文章。那时有个《盐阜大众报》和公社广播站，我试着向他们投稿。记得第一篇稿子是取意“尺短寸长”成语，写了篇题为尺与寸的对话的儿童寓言，结果被《盐阜大众报》录用了，还收到了一角八分钱的稿费。别看只有一角八分啊，我劳动十天还拿不到这些工分呢！当时甭提有多高兴了。它不仅让我懂得了“尺有所短，寸有所长”的道理，更使我从此笔耕不已，“我要读书”的念头也在头脑里日渐生长。

1975年，因表现出色，我被推荐上了盐城中等师范学校，有读书的机会了，非常珍惜。在填报专业的时候，我开始犹豫是报我喜欢的语文班还是报数理化班呢？我请教了时任无锡师范学校教师的小舅舅，他在电话里说道：“语文是可以一辈子学习、一辈子爱好的，而数理化必须学一点，也只有在学校里才能学得到。”这番话影响了我对专业的选择，也影响了我的人生。在学校里我学习的是数理化，喜欢的是看书、“爬格子”。也许是我的小文章崭露头角，学校让我兼广播站的工作。那时，撰稿、采访、编辑和播音“一条龙”，下午一下课我就一头扎进了广播站。每当大喇叭里响起——“盐城师范广播站现在开始广播……”——我那很不标准的无锡普通话的声音时，总有一种“小小广播室，天地何其大”的感觉。1977年我毕业了，那时政策是“哪里来哪里去”，我被分配回了丰富公社。我被安排在文教办公室，做的是公社新闻报道组的工作。白天骑着一辆永久牌自行车到处跑，下村里，到田头，忙着采访，晚上就伏案撰写通讯报道稿，一个劲地向县广播站、《盐阜大众报》投稿，“不用扬鞭自奋蹄”，浑身似有使不完的劲，用稿率也不断提升。可那时工作条件实在艰苦，苏北冬夜特别冷，我感觉手脚都快被冻僵了，站起来跳跳，两个手搓搓，裹个军大衣继续写。到了夏天，蚊子特别多且特别大，常咬得我两条小腿上布满大红包，咋办呢？笔头子不能停啊！我就找来个大木桶，装满冷水，两脚泡在里面。呵，还真管用，既防蚊又降温，写文章还添了些灵感。公社的报道采用多了，我常受到夸奖，啊！格子里的快乐，我知道，我享受，我乐此不疲。

之后的两段工作经历都和“爬格子”分不开。1981年，我被调到大丰县政府办公室担任秘书，不久当上了副主任。第一站跟的是主抓农业的副县长。那是一个“农业学大寨”的年代，大丰又是农业大县，农业可红火呢！常常是白天跟着县长下乡检查，晚上就要出第二天上午现场会的讲话稿。为了写好文稿，自己用心琢磨农业生产的规律，总结出了“春耕大忙、夏收夏管、秋收秋种、冬修水利”的“四季歌”，还注意收集当地农村干部和农民的口头语言，整理一些生动的排比句什么的，所以文章不仅出得快，还有血有肉，颇受好评。当领导讲话博得阵阵掌声时，当一个个政府文件发向基层时，我悟到了秘书这个岗位的要义和价值，也收获了干一行、爱一行、钻一行的快乐。

1985年，我自省委党校中青年干部培训班毕业后，被调回了无锡。也许又是“爬格子”特长的缘故，我被安排在市委组织部办公室工作。离开无锡十六个年头了，“少小离家老大回”，我能适应无锡的工作吗？自己深感压力大，暗地里把功夫下，找来文件学，就着文章写，“磨夜深”是经常的事，整个身心都投入了进去。记忆最深的一次，那是一个刮风下雨的冬夜，加班后骑着自行车回家，由于头脑里还在想着那篇没有写完的文章，结果一不留神撞上了路边的电线杆，眼镜碎了，脸也被划破了。但就这样，文章水平提高很快，而且产量很高。当时组织部的同仁们对我有这么一说：一边跟人谈着事，一边还能写个不停；一个晚上几千字的稿子就出来，而且几乎不用修改。可谁知我平时一直用心在积累，一直在打着腹稿啊，那时我最喜欢“与有肝胆人共事，从无字句处读书”这副对联了。在组织部门工作，接触许多人和事，感悟、体会和思考也就多了，总有一种把它们写出来的冲动。于是，研究党建工作、人才工作成了我的业余爱好。后来当上办公室主任后，在时任市委秘书长的郁家树老师的指导下，我撰写了题为“中青年干部走上领导岗位以后”的系列笔谈，一篇接一篇在市委内部刊物上登载，把自己的所思所想和大家一起分享，也鞭策着自己成长。有位名人说过：你有一个苹果，我有一个苹果，交换一下还是一个苹果；我有一个思想，你有一个思想，交换一下，就会产生新的思想。那时的我体验到了一样的“爬格子”，不一样的快乐。

1993年初，我受命去马山区委、度假区党工委担任副书记。那时马山这块山灵水秀的处女地正值开发初期，万事待兴，工作自然很忙。

可到了夜晚，马山又分外地静谧，静得连太湖的呼吸声音也悄然入耳，坐在灯下，浮想联翩，文思如涌。就是在马山的一个个夜晚，我伏案疾书，发表了《马山情思》《马山情丝》《马山情结》《走进慕湾》《芦荡深深》《马山的杨梅熟了》等多篇散文，《马山的杨梅熟了》还被电视台拍成了片子。记得当时有人问我："不就是一个小小的马山嘛，哪有这么多可写？"我答道："当你喜欢上一个地方，一草一木都会觉得那么亲切，有那么多美丽的故事！当然，更有一种责任感驱动着我，我要让更多的人认识并喜欢上这个名不见经传的马山。"那时的文章成了我和马山一起成长的履痕和心声。2000年，我担任市旅游局局长，踏上人生新的旅程，"爬格子"也揭开了新的篇章。因为旅游发展正值一个转型期，面临许多新情况、新问题，创新成为无锡旅游发展的必由之路。而创新从何着手呢？"纸上得来终觉浅，绝知此事要躬行"，于是我边学习边实践，边实践边思考，白天工作再忙再累，晚上"爬格子"雷打不动。十年中，《实施旅游即城市新战略，构建城市即旅游新格局》《精心打造休闲名城，凸现无锡城市品牌》《培育产业要素集聚区，创建旅游发展新模式》以及《打造文化旅游精品的灵山之路》等理论文章和研究报告，不仅指导着我的工作实践，还连连见于《中国旅游报》等报刊。"心之官则思，思则得之，不思则不得也"，在思想的蓝海里徜徉，在创新的天地里前行。格子中、文章里给我带来的已经不仅仅是快乐，更是践行人生宗旨和追求的幸福。

退居二线后，我的心还系着旅游事业，闲聊时间毕竟多了，"爬格子"的激情又被点燃。不久，我也学会在平板电脑上"爬格子"了，并从"一指禅"进步到"两手弹"。然而感触最深的是"宁静致远"，人静下来，心静下来，自然会思得很多，想得很远，格子中、文章里自然多了些回味往事、感悟人生的味道，悟出了些许与人、与事的哲理，更给我带来了"身未动，心已远""行者无疆"的快乐。

# 鞋子好不好，穿了就知道

“双十一”那天，也赶时髦，在京东上为自己买了一双44码的骆驼牌休闲登山鞋，从没穿过这种鞋，不知能不能穿，像小时候过年添新衣一样，好期待。快得很，第二天就到货了。打开试穿，正好！做工精良，穿在脚上，似乎添了几分朝气。其实真不是为了赶啥时尚，恰是喜欢它的底厚弹性好，穿了跟脚、暖和。鞋子好不好，穿了就知道嘛。

说到时尚，回忆一下，每个年代的穿鞋还真是不一样，各有其时尚。

二十世纪五六十年代，“勤俭是咱们的传家宝”，流行的是布鞋。穿在脚上不仅显得朴素，而且透气、软和、舒服。更了不起的是那时布鞋基本都是自己做，外婆就是纳鞋底（吴语称“扎鞋底”）的一把好手。依稀记得，她把找来的旧布一层一层用糨糊粘在一块木板上，粘个五六层，晒干后揭下来剪成鞋底，再用新的白布包底和沿边，然后就正式开始纳鞋底了。扎鞋底看似简单，其实是个费力且需技巧的活。针箍套在手指上，每扎一针，外婆都要用这种工具顶一顶；几针过后，拿针尖再往头发里扒拉一下，我好奇，外婆说头发上有油脂，可以让针更滑溜，缝补时便省力些。刚做好的新鞋会有点紧，必须用楦头撑一下才能穿。穿着新布鞋走在路上好踏实，带着亲人的温度。穿着穿着，布鞋后跟会磨损，于是我们会到巷口的鞋匠那里，钉上一个“后跟”继续穿，那时候的鞋匠生意都是很忙碌的。

后来，一袭军装成了“时尚”，解放鞋随之流行起来。那时梦里都想拥有一身军装和一双解放鞋。1969年初恰好刚进西新初中（几次更名，现为“无锡市南长实验中学”）就遇上军训，于是想着法子和解放军大哥哥“套近乎”。后来他们送了我一双军鞋和一条旧军裤，我开心极了。军裤穿在身，军鞋蹭在脚上，用现在的话说感觉非常酷，一天也不想脱下来。后来，解放鞋在店里都能买到了。大家喜欢解放鞋，更多是因为它耐磨又轻便，而且价格低廉质量好。解放鞋尤其深受体力劳动者喜爱。解放鞋当之无愧成为那时的“网红”。

那时，在远离城市的苏北乡村里，草鞋是农民的传家宝。刚下放到大丰农村，真不习惯穿草鞋，尤其是新草鞋，硬邦邦的还硌脚。房东王大爷见状就教我在草鞋上包上一些布条，穿着穿着也就软熟了，习惯了，舒服了，居然能挑着一担担沉甸甸的麦子飞奔在狭窄的田埂上。到了冬天，茅靴（芦花鞋）登场，不仅“颜值”高，而且那个暖啊，穿在脚上暖到全身，让人一个冬季当个宝。遗憾的是现在看不到芦花靴了，如果穿着走在马路上，回头率一定会很高——也许也会遭“吐槽”。其实，穿鞋和做人做事一样，不必在乎别人怎么看，自己感觉舒服就好。

到了二十世纪七八十年代，塑料凉鞋流行起来，雨天、晴天都能穿，男女老少皆喜欢，而且塑料凉鞋花色品种多，成了当时脚底下和马路上的一道风景。然塑料凉鞋也有弊端：鞋底的凹槽比较大，经常会有小石子卡进去，穿着走路会感觉难受，我们经常走着走着就停下来，在路旁找个小树枝把石子撬出来，方得舒服，继续前行。也许是质量问题吧，塑料凉鞋的搭扣很容易断，可心爱的凉鞋怎舍得丢掉呢？于是，那时的我们都学会了一门技术：找来一只旧的塑料凉鞋剪下一块，拿夹煤球的铁夹在蜂窝煤炉上加热烧得通红，把烧红的煤夹放在凉鞋断面和塑料块儿中间一会儿，然后抽出并用力摁住，断面就粘着啦。放到现在，自是不会如此“新三年，旧三年，缝缝补补又三年”，再说塑料凉鞋也早被淘汰了。其实那补过的鞋挺漂亮的，尤其是在夏天的雨季。

改革开放后，一时间，耐克运动鞋成了人们特别是年轻人的宠爱。它的流行也标志着人们开始有了品牌意识。耐克运动鞋设计符合人体运动学原理，穿着脚感更好，走路运动时更舒适，而且款式丰富多样时尚，于是爱运动的、不怎么运动的，年纪轻的、年纪比较大的，都喜爱这带着耐克标志的运动鞋。后来运动鞋的品牌也多了起来。正因为这些运动鞋采用了新科技，人们穿着更舒适，无论是走新路还是走老路，都愈加轻盈、自在。

可我1985年从苏北回到无锡工作后，穿鞋遇到了新问题。因工作岗位和工作关系，时常要穿着西装，有活动时都会要求穿正装（西装、领带、皮鞋）。西装还好办，或去毛纺厂选购了面料定做，或到商业大厦买一套现成的。可我脚大必须穿44码的皮鞋才合脚，很难买，有时只得穿43码的凑合。其实，鞋子真不能凑合，更不能“穿小鞋”。我常常被尺码偏小的鞋子挤得脚趾疼，尤其是那种尖头硬底的，穿了脚板疼，刚穿的新皮鞋还会把脚后跟的皮磨破，那个难受啊。但还总是会把皮鞋擦得铮亮，那时鞋油、擦鞋布是常备的，真是死要面子脚受罪。现在皮鞋的款式多了，质量也好了起来，我曾喜欢上了一款“圣伽步”的皮鞋，底软透气，可前段时间去找，不知为啥它已经撤柜了。

随着经济和社会的发展，科技的进步，鞋子也多样化、个性化起来，并进入一个“定制时代”。近年来，如足力健老人鞋、八超老人鞋的广告到处可见（可闻），它们是根据老人的特点定制的。今年夏天买了两双，果然轻便、防滑，鞋底厚实有弹性。关键是“跟脚”，对爱运动、常旅行的老人来说特合适。接连穿了整整夏秋两季，只因适合自己。

鞋子舒服否，真的很重要；鞋子好不好，穿了就知道。

同样一双鞋，并不是所有的人穿了都会合脚，每个人都应有一双适合自己的鞋，都会有一双自己最喜欢的鞋。别人穿得好看，不如自己穿得舒服。管它流行什么，唯求穿得惬意。适合自己的，才是最好的。

过日子亦如穿鞋子。和什么人在一起，舒服就好；做什么事才快乐，舒心就好。日子过得好不好，自己知道。

穿鞋舒服与否是每个人双脚的感受，生活幸福与否是每个人内心的感受。

鞋子好不好，脚知道……

幸福的味道，心知道……

# 有一种美好叫感动

近日，一组“太湖夕照，绚丽彩霞”“锡城上空，似见彩虹”的图片在无锡的微信朋友圈里刷屏了，大伙儿为这一喜出望外、难得一见的自然景色异常兴奋、不胜感动。有的吟唱“谁不说咱家乡好”，有的感叹“最美不过夕阳红”，有的直呼“我要把你留下来”……

这种“喜大普奔”的美景、“喜从天降”的美好，总是能让人们深深感动的。但是，我想，平时岁月里，日常生活中，那些细致入微的、点点滴滴的事物和情景，不也应该让我们常常为之感动吗？那路旁盛开的一朵小花，那雨中摇曳的一丛小草，那树林中欢跃的一群小鸟，那山涧里流淌的一道小溪；那春天里的一抹芬芳，那酷暑里的一缕凉风，那仲秋时的一轮明月，那冬日里的一片暖阳；那人群中的回眸一笑，那朋友间的一声问候，那微信里的一个点赞，那路途上的一把雨伞；甚至餐桌上的一道可口的家常菜，小孙儿嗲嗲的一声“我爱你”……我常常被这点点滴滴的美好所感动，顿生赞美之意，报以会心一笑，只因为生命是如此美丽，生活是如此美好。

感动，在词典里的意思是思想感情受到外界事物的影响而激动，引起同情或向慕。感动，就是一种由表及里、由心而生的激动。平时，也常常听到一些朋友说“这年头，我是不会有感动啦”“这有什么值得感动的”。或是因为生活在被钢筋水泥包围的物质世界里，内心对于世界的感知在慢慢地降温；或是因为生活在自己认为的世态炎凉、尔虞我诈的社会中，感情开始悄悄地麻木；或是因为生活在五光十色、瞬息万变的现代都市间，感官好像被塞进太多脂肪的孩子变得厌食和疲沓一样，渐渐地失去了感动的能力……其实，世界更多是美妙，生活更多是精彩，千万不要丢失感动。别因为走得太快，而忽略太多重要的东西；别因为追逐一些不必要的身外之物，而丢掉了太多美好的东西；别因为忙碌、繁杂和名利的纷争而丢失了自己，丢失了初心，丢失了美好的心情。

感动，也是一种思想、交流和情感的互动。当我们学会与身边的小事小情交流，和柔风、细雨、蓝天、大海、江河、山岳倾谈，与身边的人、喜欢的人、自己仰慕的人互动……当从这些人和事物上感受到丝丝感动时，我们不仅能够满心欢喜，还能够找回本来的自己。

感动，一种是被外界和别人所感动，还有一种是自己能够感动自己。因为最能感动我们的不是别人的故事、外界的美好，也不是拥有的名利多少，而是我们自己那颗能够感恩的心。“感恩的心，感谢有你”，感谢生命、感谢生活，从而让自己感动，并以感恩的心去做好自己。做好自己，欣赏自己，给自己多一点赞许。感动自己，才能感动别人；感动自己，才能感动世界。

当我们常常因外界的美好感动自己，常常以自己的美好去感动别人、感动世界，那世界会是多么美好，人生会是多么美好。

# 想寄一枚金色的银杏叶给你

惠山寺门前那棵六百三十多年树龄的古银杏，这个时节，已是枝头满目金黄，树下碎金一地，美得让人心动不已。小时候，总会在地上捡起一枚银杏叶，小心翼翼拂去尘灰，夹在自己喜欢的书里。这是一枚纯天然的书签呀，带着季节的信息，金灿灿的模样依然清晰。

当下，好想寄一枚银杏叶给你，却不知在哪儿可寄。又一想，互联网时代，何不通过“云端”速递？心念一动，也许此时这枚金色的银杏叶已经到达你的掌心里。

你，收到了吗？

在这枚银杏叶上，你看到初春时节她在树干上露出的嫩叶吗？春寒料峭里，只见她迎着春风，抖擞生机，向阳而长，那般恣意。

在这枚银杏叶里，你听到炎炎夏季她那婆娑起舞的声音了吧？满树的绿意，撑起一把偌大的“伞”，为大地、为人们遮风挡雨。狂风暴雨来袭，淋湿了自己，可她总是沙沙作响，低声笑语。

在这枚银杏叶上，你看到秋露寒霜里她悄然改变的色泽吗？明明叶儿渐黄，她还是淡然一笑，默默承受着岁月的打磨，收藏着时光的洗礼，慢慢演绎着自然界里最美丽的色彩，并从容地告诉我们什么都会过去。

在这枚银杏叶里，你听到萧瑟冬季里她的心语了吧？寒风乍起，一片一片金黄，飘落大地：“看，我又在地上铺成一道风景！”她满心欢喜。隆冬，一片一片金黄，落地成泥，她，却在把“春天在哪里”唱起，春天，在这生生不息的叶心里，在这孕育希望的土地里。落叶无声，涅槃重生，静待着春风再起。

昨天还是绿莹莹的嫩芽，当下已是金灿灿的落叶，时光飞逝。这枚金黄色的银杏叶里，蕴含着多少难以抹去的记忆，承载着多少念念不忘的期许。她，演绎着岁月的轮回，诠释着生命的意义。在这年末岁初，寄去一枚金黄色的银杏叶，送上一份金黄色的问候语：愿你我都像飘落的银杏叶这般，把旧的时光归零，把新的旅程开启。

最近，正好看到一组在金黄色的银杏叶上刻字的图文；一枚有温度、有灵魂的银杏叶，不正是这寒冬里暖暖的伴手礼？

你瞧，两瓣扇形的叶子相对而生，向着叶柄处汇合，浑然融为一体，把“和谐”两字如此生动地演绎。我想在这片银杏叶上写上“和谐”送给你：人类与大自然的和谐、人与人的和谐、人与自己的和谐，若像银杏叶这般“合一”，生活会是多么美丽。

你看，银杏叶的形状是否像颗心？风霜雪雨，改变着她的容颜，然此心永恒，坚韧不移；斗转星移，改变着她的际遇，然她一心守望，始终如一。在这枚银杏叶上，我会刻上“初心”两字，愿你我初心未改。

在华夏大地，到处可见千年以上树龄的银杏树的影迹。古老的树种，她有着“公孙树”的美誉。看，这片纤弱的银杏叶上不正透露着顽强、蓬勃的生命力？这片轻盈的银杏叶里不正饱含着生生不息、寿命长久的寓意？于是，我一定要在上面刻上“健康、幸福”送给你，把美好的祝愿赠予你。

“等闲日月任西东，不管霜风著鬓蓬。满地翻黄银杏叶，忽惊天地告成功。”忽然想起，这片金黄色的银杏叶好像一只金灿灿的蝴蝶，飞落在你的窗口，也飞进我的心里。送上心意，感动自己，何为成功，坦然从容，从容走进新的一年，走向又一个春天里。风景依然美丽，生活欣然继续，未来可期！

# 山水人生

“仁者乐山，智者乐水。”其实每个人都有山水情结。只因人生如同在山水之间的旅行，山水映照着我们的人生风景。

小时候，我们曾经依山傍水。那时候，或是出生地，或是生活处，屋前屋后总有一条小河，远近高低总有一座青山。那河水清澈见底，鱼儿在自在地游弋；那青山流芳滴翠，鸟儿在欢快地雀跃。小河边，虽没有西施浣纱那般意境，但常见阿婆们淘米洗菜的场景，常闻妇女们捶打衣服的声音。我们曾在那河里学游泳，曾在那河里摸螺蛳，欢声笑语总在水面上激起层层涟漪。“一方水土养一方人”，山水陪伴着我们慢慢成长。

上学后，我们经常游山玩水。那时学校的春游、秋游叫作“远足”，即步行到远些的地方去玩耍。每到远足的前一个夜里，我们会兴奋得睡不着觉。第二天一早，带着一只装满水的瓶子，或挎上一只军绿色的水壶，揣上奶奶或外婆给的一毛钱，连蹦带跳地和同学们一起出发远行了。小鸟在前面带路，小草向我们点头，小花为我们起舞，小伙伴们齐声唱起了“让我们荡起双桨”……湖边草地上，集体游戏兴趣多高，时而捡起石片往湖面上打着水漂，指点着远方的帆影欢呼不已；山脚田园里，认识着各种花草、庄稼、蔬菜，叽叽喳喳。最喜欢的是登山比赛了，一口气冲上山顶，登高望去，寻找着自家居住的地方……青山绿水好课堂。正是在远足中，在与山水的亲密接触中，我们体会着生活的美好，也渐渐懂得了“白日依山尽，黄河入海流。欲穷千里目，更上一层楼”的诗意。

青年时，我们时会问山问水。成长路上，总遇一些困惑；创业途中，难免遭遇曲折、烦恼。于是，我们或静坐湖边，或面朝大海，或远眺青山，问山问水。虽然问山山无语，问水水无声，但山水如知音，总会告诉我们许多人生的道理：“书山有路勤为径，学海无涯苦作舟。”“问渠那得清如许，为有源头活水来。”“会当凌绝顶，一览众山小。”“山重水复疑无路，柳暗花明又一村。”“横看成岭侧成峰，远近高低各不同。”“青山遮不住，毕竟东流去。”……山山水水如同我们的心灵驿站。拥山水入怀，携山水同行，我们成了一道道风景，并欣赏着一路的风景。

经年后，我们由衷地谢山谢水。感谢山水，伴随我们走过多少个春夏秋冬，赋予我们人生四时不同的精彩。明末清初画家恽寿平是这样形容“山”的：“春山如笑，夏山如怒，秋山如妆，冬山如睡，四山之意，山不能言，人能言之。”是啊！春暖花开，一座座山峦笑容绽放，泉水叮咚，鸟儿欢唱，伴随我们放飞着生命的希望；夏日骄阳，一座座山峦夏花怒放，草木盛长，蓬蓬勃勃，伴随我们演绎着生命的灿烂；秋高气爽，一座座山峦色彩斑斓，淡妆浓抹，层林尽染，伴随我们收获着生命的欢畅；冬雪皑皑，一座座山峦沉静如睡，似在收藏，似在酝酿，伴随我们准备着来年的再次绽放。山有意，水含情。我们一生又何不是似水年华？“日出江花红胜火，春来江水绿如蓝”，一江春水，为少年的我们激起多少美好的愿景；“接天莲叶无穷碧，映日荷花别样红”，一池夏荷，为青春的我们展开多少绚丽的风景；“湖光秋月两相和，潭面无风镜未磨”，秋水伊人，让中年的我们收获一份淡定和宁静；“黄河之水天上来，奔流到海不复回”，大河东去，又让经年的我们拥有一个博大的胸怀、一份空灵的心性。感谢山水，感谢生命，生活如此美好。

山水，赐我灵魂；山水，赋我精神；山水，伴我人生。丽水青山，正是我们人生寄寓和心灵滋养的所在。山水人生，我们曾经所至，让自己置身于山水之中。我们曾经用眼睛和心灵欣赏着山山水水，我们也曾以生命的全部去感受山水、感恩山水。如今，我们悟山悟水，只愿走进“三境界”，即“看山就是山，看水就是水”“看山不是山，看水不是水”“看山只是山，看水只是水”。一山一世界，一水一菩提，好山好水好人生。

# 第五篇章

# 行者思悟

倘若书籍是堆在案头的山水，
那么山水是印在大地的书籍；
我们都是行者，
身体和思想总在路上；
匆匆的旅程，不妨『停一停』，
充实的人生，别忘了『留白』，
『把心放下，喝杯茶吧』，
当下的一切恰是最好的安排啊！

# 人生是一场旅行

黄金周里，人们纷纷出去旅行。其实人生就是一场旅行，我们从出生起就已经开始出行。

我们都是行者，我们总在前行，因为我们热爱生命。

我们行走在路上，在乎的不是那个目的地，而是行走当下的心情和沿途的风景。保持美好的心情、宁静的心境，就会发现处处都是风景，眼前就是最美的风景。

轻装才能远行。如果背着沉重的行囊去旅行，就会步履蹒跚，难以远行。放下那些琐碎，放下那些烦恼，放下那些会拖累我们的东西，让我们轻松远行。

欣赏沿途的风景，不要太过赶行。放慢脚步，心归宁静，以发现的心情，去欣赏经历的每一刻、邂逅的每一人、沿途的每一景，品悟人生，拥有美景。

旅行是一种经历。丽水青山愉悦我们的心情，风花雪月滋润我们的爱情，坎坷泥泞点燃我们的激情，甜酸苦辣磨炼我们的真情。我们笑看人生的风景。

旅行当要随心，我们渴望说走就走的旅行；旅行当有个性，我们崇尚自由自在的旅行。尽管人生不会尽如人意，但我们总能选择走自己想走的路，做自己想做的事，爱自己所爱的人，去自己向往的地方。只是所选择的方向不同，所走的路径不同，所付出的情感不同而至所发生的故事不同，所邂逅的风景不同。然而，自己喜欢的，便是最美的风景。

旅行，是一段时间里空间的转变。然而无论变化多大，我们终将归来。但归来时，已不是出发时的自己。因为我们曾经走过，曾经经历，曾经邂逅人生的风景，我们拥有了得到净化和升华的心灵。

扛起背包出发，便是行者；放下行囊归来，便是故乡。只要心有所栖，无论走到哪里，我们总能拥有人生美丽的风景。

# 生命中的一轮明月

年年中秋，今又中秋。明月如此圆满，如此皎洁，如此柔和；月如圆，人如缘，心如愿……美好的祝福送给亲人、送给朋友、送给自己。

今夜，我们一起仰望明月，吟诵明月，追问明月，静思明月。邀明月入心，揽明月入怀，携明月起舞，因为她是我的生命中恒久相伴的诗情画意。

“圆满光华不磨莹，挂在青天是我心。”明月最美处，正是在于她的阴晴圆缺，在于她的轮回和永恒。正因为有着月牙的残缺，我们才体悟到圆月的姣好；月映人心，在她周期性的变化里，在她的阴晴圆缺中，我们品味着时光的转承与流变，命运的悲欢离合，我们学到了明月的那颗平常心。我们每个人的生命中，都有自己的一轮明月，每个轮回中都有自己的阴晴圆缺。瞩目明月的每一个表情，我们懂得了珍惜，珍惜生命中每个不同的时刻，在每个不同的时刻，都怀有一颗平常的心、明朗的心、美好的心。

朗朗明月下：

一轮明月，凭栏念了谁；

一壶浊酒，相逢醉了谁；

一种相思，离愁予了谁；

一段吟诵，才情痴了谁；

一首轻歌，曼舞邀了谁；

一声祝福，欢喜悦了谁……

揽明月入怀，与明月相知，邀明月同行，让明月照彻生命，生命如此灿烂。

# 把心放下，喝杯茶吧

又到了下午茶时光，朋友！把心放下，喝杯茶吧。

喝茶得“放下”，“放下”才知茶味。当下，总有一些忙碌的事、琐碎的事、烦躁的事，让我们纠结，把我们困扰，让我们无法静下心来，优哉游哉地喝杯茶。“咕嘟咕嘟”地喝茶，一饮了之，岂能喝出茶的味道？“放下”两字，看似轻盈，其实沉重。不是吗？多少时候，我们也想放下，可往往是“才下眉头，又上心头”。那么，就让我们学会放下，喝杯茶吧！

此时，也许，一杯清茶在手，我们会犹如沐浴阳光雨露，享得一份草木滋润；也许，桌上一盏香茗，我们能仿佛听到高山流水，感受一份隽永悠长；也许，眼前一壶清茶，我们会依稀望见皎白月色，喝出一味自在宁静；也许，喝着一杯淡茶，我们能恍如融入淡烟疏柳，品悟一种人生淡然。

把心放下，喝杯茶吧。

# 慢一些，如何

当今社会，无论是工作还是生活，节奏实在是太快了，整个城市和人们都在一个劲地“赶”：发展要“快速度”，建设需“赶进度”，读书上“速成班”，旅游似“急行军”，吃饭是“快餐式”，甚至连走路也是“带小跑”……生产方式决定生活方式，“快”字必须当头，似乎“不快”就会被时代“out”。这时提出慢一些，好像有点不合时宜。然而，有些方面有些事，确实应该慢一些。慢一些，会更好些。

慢一些，是一种发展的从容。冷静些，从容些，慢一些，认清自己的实情，明确自己的目标，踩准自己的脚步，一步一个脚印，求真务实，造福桑梓。这种“慢”，实质上是发展意识的提升，是一种发展的从容，一种更好的快。任何事物都有其发展规律，必须循序渐进，否则欲速则不达。既然如此就不能一味贪快，慢一些，更好些。这种慢，则是对事物发展规律的敬畏和尊重，同样是一种发展的从容。

慢一些，是一种生活的智慧。平心而论，现在的工资收入和生活水平都比以前高了好多，但是不少人总觉得快乐并没有增加，幸福指数并没有增长。问题出在哪里呢？就在于大家都在“急”，都在“赶”，都在和时间赛跑。不是吗？为了不输在起跑线上，孩子们放学要去补课，放假要去上课，还会有多少快乐的游戏、快乐的假期？白领们都在“白加黑、五加二”，没日没夜地忙碌，还有多少可由自己支配的闲暇时光，去体验生活的丰富多彩？即使出去旅游，不少人也是急急忙忙，走马观花，浮光掠影，甚至疲于奔命，也许可以邂逅从没看过的风景，但总是难得去深度体验山水文化之精神，去切身体验一种从没经历过的生活方式。甚至连过马路，许多人也是宁抢一秒，不等一分，管它“瞪大眼睛”的红灯，管它擦身而过的车辆，总是“闯”得那么奔忙。能否慢一些呢？“不积跬步，无以至千里”，学习的节奏慢一些，如同登山，一级一级，拾级而上，知识的积累才能够扎实些；“磨刀不误砍柴工”；工作的节奏慢一些，学会休息，学会放下，学会调整，工作效率也许会更高些；风景在路上，旅游的脚步慢一些，才能够把美景赏个够，方能让山水入怀，让心情放飞；生活如品茗，生活的节拍慢一些，宁静些，悠闲些，方能品味生活的滋味，享受生活的精彩。许多人会说，社会变化如此之快，工作负担如此之大，个人责任如此之重，又如何空出大把时间去悠闲。依我看，悠闲与时间无关，悠闲是生活的一种乐趣，悠闲是生命的一种节奏。拿捏得住轻重缓急，忙而不乱，收放自如，更是一种生活的智慧，一种人生的境界。同样的工作，也许别人力不从心，你却能够闲庭信步，悠然自得，从容应对。因为从容的敌人不是外界的压力，而是内在心态的焦虑和急躁。所以，慢一些也是一种生活的从容，一种生活的品质。静下来，慢下来，我们就会使自己获得一份从容，生活得更有品质。当然，后工业社会的一个特点就是“慢生活，深体验”，这更需要整个社会的心态从容些，整个城市的氛围从容些。如果浮躁了，太急了，这个城市的生活品质就好不了，人们的幸福指数就高不了。

慢一些，并不是要和“快”字当头唱对台戏，而是主张认识和处理好慢与快的辩证关系。慢一些，是一种发展的智慧，可以让我们发展得更加协调，更加科学，更有质量，可以说是一种更高层次上的快。慢一些，是一种生活的智慧，可以让我们生活得更加从容，更加踏实，更具品质，让我们在这“快”字当头的社会里享受生活的精彩。

慢一些，如何?

# 留白，多美

**留白，中国艺术作品中常用的一种手法。它是指在艺术创作中为使整个作品画面、章法更为协调精美而有意留下相应的空白，给人以想象的空间。**

南宋马远的《寒江独钓图》，整幅画中，一叶扁舟，一个渔翁独钓，没有任何背景，却让人感到烟波浩渺，意象万千。

齐白石画虾，偌大的画卷上，往往只有几只透明活泼的小虾，而周围则是一大片空白；但欣赏的人却在这个“什么都没有”中看到了各种可能。“画留三分白，生气随之发”，恰到好处的留白，一种极致的静，一种空灵的美，让人神往，遐思随之生发。

书法中，亦讲究“疏密”。疏，亦是简练，亦是留白。字形笔画的“密处”和字里行间的“疏处”，疏密有致，留白得宜，两者相映生辉，且给人以立体与和谐的美感。说到疏密，当数擅长画竹、书法和诗词的郑板桥，他的《题画竹》：“一二三枝竹竿，四五六片竹叶，自然淡淡疏疏，何必重重叠叠。”此诗已然把淡疏有致、留白得宜的真谛和意境表达得淋漓尽致。

于无画处赏景，于无字处读书，于无声处听音，于无心处参禅。假如给人生留点白，生活会是多么美。

心就那么大，给心灵留点白，留出一片海阔天空，便可淡看云卷云舒、花开花落，随遇而安，自在悠然。距离产生美，给感情留点白，则能添加一份默契，意犹未尽，相互欣赏，持久生香。生活不要安排得太满，不必设计得太挤，不去追求得太过，七分称心且知足，留下三分给自己，做自己喜欢做的事情，和自己喜欢的人在一起，去自己想要去的远方，定会遇见别样的风景，享受到当下更多的“小确幸”。

林语堂有云：“看到秋天的云彩，原来生命别太拥挤，得空点。”给生活留点白，当是人生大智慧。快乐很简单。为啥时常觉得自己不快乐，那是因为我们变得不简单了，没有适时放下，给人生留点白。当春风得意时，留点空白给思考，得意就不会“充”昏头脑；当失意痛苦时，留点空白给安慰，痛苦就不会窒息心灵；当烦恼缠身时，留点空白给快乐，烦恼便会烟消云散；当感觉纠结时，留点空白给简单，纠结便会随风而散……

“忙啊，忙啊，时间都去哪儿了？”我们常会发出这样的感叹。不妨给时间留点白吧，给自己、给家人也给别人，留点时间，留点空间，还生活原本的快乐和清闲。以“做减法”的心态，以“慢一拍”的心路，以诗一般的心情去享受生活、品味人生。累了，就让自己歇歇；厌了，就暂时把它放下；烦了，就不再去想它。人生是一场旅行，停一停，会让烦躁的心灵归于宁静；放一放，会让疲惫的身躯换上轻装；走出去，可以发现一个更好的自己；退一步，可以遇见一片更美的风景。给生活的时间和空间留点白，就是学会适时给心灵放个假；那些留白处，恰能如诗如画、自在潇洒。

给人生留点白，也许会留下一点遗憾。而遗憾何尝不是另外一种美？苏东坡说“人有悲欢离合，月有阴晴圆缺，此事古难全”。既然难以周全，何苦自我为难；既然难以圆满，那就顺其自然。留一点瑕疵，留一点遗憾，人生最美的境界莫如花开半时月未满，酒至微醺情正酣。

季羡林言道“不完美才是人生”。当我们转换一种心情，便会发现：那份留白处开出的花，多美！于是，欣赏当下不完美的自己。

# 适时“休耕”去

休耕，原是农业用语，意思是对土地停止耕种。如不休耕，土地的养分得不到复原，农作物的收成会越来越差。倘若休耕一年后再复耕，土地积蓄了足够的养分，农作物的收成就会比过去好一倍甚至更多。

延伸到当今社会的工作中，一个劲往前奔的人们，也需要适时“休耕”。疲惫了，心累了，不妨放下手头的工作，给自己放个长假，换一个生活环境，换一种生活方式，排遣一下长期的劳累，舒缓一下紧张的心情，沉淀一下烦躁的情绪，补充一下生命的养分。当你“休耕”后，再回到工作状态中，你定会感到更具创造力。如同乐曲中的休止符，有了“休耕”，人生的乐曲才会渐渐进入高潮。

何况，现在的休闲时间越来越多了，但愿成为我们自己的“休耕”时光。别再把有假不休、超负荷工作当作美德，也不要认为只会工作、不会休息才是劳模。

休闲即生活。“休耕”的方式也是多种多样的，适合自己就好，“休”下来就行。适时的“休耕”，让工作创造更好的收成，让生活富有更美的韵律。

# 好一个“转”字

浙江卫视有档节目叫作《转身遇到ta》，曾经有部电视剧叫作《转角遇见爱》，说的都是在那一“转”瞬间，就会遇到爱情，遇见心仪的人。

其实，我们人生路是一趟旅行，许多时候需要从另外一个角度去看待。转个弯思考，生活会更精彩；适时转个身，转个弯，定会看到别样的风景。

路尽头，必然有路，只要你愿意走。有时候，看着没路，其实是该转弯了。

心随路转，心路长宽。当上帝关上一扇门时，必将为你打开一扇窗。适时转弯，前面定会展现更加美丽的绿叶、鲜花和飞鸟、芳草。

人生路上会有许多转折处，有时峰回路转，有时柳暗花明，有时曲径通幽，处处都有意想不到的人生境地。

转折处，往往能够重新发现另一个自己。成功的人士，不是赢在起点，而是赢在转折点。

世事多变，心随境转。该转则转，该变则变。变通是一种人生智慧。

条条大路通罗马。路在脚下，更在心里。

适时地华丽转身，是为了快乐奔跑。让我们走得更远，走得更好！

# 空杯，一种人生智慧

一杯茶盛得满满的，水就会溢出；只有当空杯或浅杯时，才能注入新的水。喝茶时总会有这种感觉，人生又何尝不是如此？人生如茶，适空杯以对。让自己的心灵适时空杯，就能有喝不完的好茶，装不完的欢喜和感动。

空杯，不是什么都不要，而是要把那些成为我们心灵负重的所谓成功、所谓经验、所谓知识适时清空掉；就是要把那些已是我们心中“垃圾”的所谓烦恼、所谓挫折、所谓失败适时清空掉；就是要把那些实为我们人生“标签”的所谓年龄、所谓经历、所谓职位适时清空掉。以空杯的心态，去接受新的知识，去经受新的历练，去迎接新的挑战，去体验新的感动，去激活生活激情，去收获新的喜悦。也就是让心灵和生命去盛装新的“茶水”。

其实，空杯就是一种舍得，一种人生智慧。适时清空，我们可以轻松远行，尽赏人生风景。空杯就是一种归零，一种人生胸怀；适时归零，我们可以拥有一个虚怀若谷的心灵，永葆年轻和激情。

# 休闲即生活

当下，“休闲”成了一个热门的话题：休闲街区、休闲农业、休闲食品、休闲服装、休闲客栈、休闲城市、休闲时光……似乎已经进入了“休闲时代”。

什么是“休闲”呢？古人对“休闲”二字早就有精辟的阐释：“休”，人依木而休，强调人与自然的和谐；“闲”，本为空闲、平常之意，又通“娴”，赋有娴静、安宁的含义。“采菊东篱下，悠然见南山”，就是这种休闲的意境。

休闲是一种生活方式，是人们对闲暇时间自由支配而选择的一种自由自在的生活。工业化、城市化的进程，使闲暇时间增多成为必然。积极支配闲暇时间，追求休闲时光意蕴，全面发展个性，提升休闲生活品位应是我们向往的生活。

会工作，会休闲，就是会生活。

休闲无处不在，生活多姿多彩。

# 崇尚简洁平和

**简洁，是一种智慧；平和，是一种心态。**

崇尚简洁，即崇尚一种删繁就简的生活方式，扬弃锱铢必较的琐碎；

崇尚简洁，即崇尚一种去芜存菁的生活态度，追求人生智慧的精髓；

崇尚简洁，即崇尚一种顺其自然的心境，既有面对繁华格局的气度，又有面对沉淀寂寞的情怀。

简洁，是在喧哗中守护一份平静；

简洁，是在复杂中守住一份简单；

简洁，是在世俗中守望一份率真。

听从内心对简约的呼唤，享受属于自己的简单的快乐。

平和，是一种心态，一种胸怀，一种智慧。

平和，即淡泊，“不以物喜，不以己悲”；

平和，即包容，“包容他人，快乐自己”；

平和，即知足，“得之我幸，不得我命”；

平和，即从容，“随缘自适，顺其自然”。

崇尚平和，就是“拈花微笑”，“闲看庭前花开花落，漫随天外云卷云舒”。

崇尚平和，就是“和颜悦色”，用平和的眼睛看世界，世间一切多美好！

# “当下”最美

“当下”，即我们正在做的事、所处的地方和周围的人，即是正在进行时的一种生活。“活在当下”，就是全心全意地去接纳、体验、品尝、享受这一切。“珍惜当下”，就是当下专注于自己所做的事，欣赏自己所有的物，珍爱自己所爱的人。把每一个黎明当作生命的开始，让每一个白昼演绎生命的精彩，在每一个黄昏做好生命的小结，让美好绽放，让快乐延续。世界精彩，生活精彩，我亦精彩。

美在“存在”。过去是曾经的存在，未来是未知的存在，真正的存在则是现在。昨日已成历史，明日尚不可知，只有“现在”才是生命赋予我们的最好的礼物。“现在”最美，“当下”最美。

人生无常。生活没有假如，未来无法预料。不为已经过去的事而困扰，不去预支明天的烦恼，“当下”拥有的最好；珍惜拥有，过好今天，比什么都重要。

或许当下的日子并不如意，或许今天的生活并不完美，但我们一定要喜欢当下不完美的自己，欣赏当下不一样的自己，拥抱当下最真实的自己，成就当下最美好的自己。

“当下”的生活最好，“当下”的你我最美。

# 欣赏自己

三毛曾经这么说过："一个不欣赏自己的人是难以快乐的。"你若不快乐，怎么去爱所爱的人?

是啊！一个不爱自己的人，怎能去爱所爱的人，怎能让你喜欢的人爱你?

欣赏自己。自己是上帝给你的最好的馈赠，当下的自己是人生最美的风景。只要发自内心地欣赏自己，让自己有成就感，自然也就能照亮他人。感动世界前先要感动自己。

取悦自己。活在自己心里，而不是别人的眼里。别人怎么看你，和你毫无关系。你要怎么活法，与别人也毫无关系。取悦自己，亮出真我风采，才是人生的硬道理。

善待自己。学会善待自己，每天用微笑、快乐和幸福包装自己，送给每一个见到你的人，让微笑、快乐和幸福洋溢和传递。

赞美自己。经常赞美自己、嘉奖自己，就会发现自己越来越美丽，越来越帅气，越来越了不起。即使生活不尽如人意，也会觉得越来越富有意义。

接纳自己。接纳当下不完美的自己。爱是如其所是，爱是无条件的接纳。不完美的自己有时候也是最真实的自己。只有当下让自己快乐，才能让自己每天都快乐；只有承认现在的自己很美丽，才可以让每天都美丽。做好自己，完善自己，才是真正地珍惜自己。再说，人们喜欢一个人，很少是因为他多么取悦自己，而更多是因为那个人身上有能吸引自己和让自己欣赏的品质。

坚持自己。效仿别人，不如坚持自己。按自己的方式生活，安之若素，顺其自然，也是一种美丽。崇拜偶像，不如崇拜自己。坚持自己，崇拜自己，是一种自我肯定、自我主宰的生活方式，是一种原本的美好生活，“我在这里”！

“一花一世界，一树一菩提。”正因为我们好好爱自己，好好爱自己的所爱，生命才如此灿烂，生活才如此美丽，一切才如此富有意义。

# 顺其自然

我喜欢“顺其自然”这四个字，因为它是一种删繁就简、知命乐天的人生智慧。

顺其自然，是生态的原始规律，是生活的快乐真谛。曾经拥有的留着回忆，当下得到的倍加珍惜，属于自己的不言放弃，已经失去的让它去。凡事在顺其自然中努力获取，在努力中顺其自然发展下去，既不违己心，更不违天意。

顺其自然，是平和的心态，是达观的心境。岁月荏苒，冬去春来，总有细雨的清晨，总有温馨的午后，总有绚烂的黄昏，总有流星的夜晚。幸福，在于我们的感觉；快乐，在于我们的心情。顺其自然，是获得轻松、通向快乐的心灵捷径。

顺其自然，“随缘自适，烦扰自去”。随缘的生活里，自然会多一些欢喜，少一些忧愁；多一些微笑，少一些烦恼；多一些感恩，少一些牢骚；多一些知足，少一些抱怨；多一些包容，少一些纠结；多一些放下，少一些执着。事事尽在随缘里，时时皆在自在中。

顺其自然，是一种进取精神，是一种智者行为。随缘，不是随从，不是无为，而是顺其自然，有所为有所不为；随缘，不是消极等待，而是顺其自然，在把握中积极而为。追求自己的追求，绽放生命的精彩。

喜欢“顺其自然”这四个字，正因为它是人生的智慧。“命里有时终须有，命里无时莫强求。”凡事不必刻意强求。顺其自然，反倒会有“春华秋实”；顺其自然，反倒能够“柳暗花明”；顺其自然，反倒可以“迎刃而解”。“众里寻他千百度。蓦然回首，那人却在，灯火阑珊处。”“踏破铁鞋无觅处，得来全不费功夫。”说的就是这个道理。随缘，结缘，惜缘，一切皆在顺其自然中。

我们虽没有超凡脱俗的大智慧，但可以有顺其自然的小智慧。拥有这种智慧，快乐自会伴随。

# “点赞”的意义

“点赞”，如今在生活中出现频率较高。或一个“点赞”的符号，或一个大大的“赞”字……随处可见“点赞”，随处可闻“点赞”。每当在微信里“点赞”朋友时，或被朋友“点赞”时，心里总是暖暖的。其实，并不是在乎“点赞”的多少，而是在乎“点赞”的意义。

以前，好像没有“点赞”一说。自从有了网络，有了网络语言，有了微信朋友圈，“点赞”便渐渐成了一种时尚。“点赞”的含义似乎是很丰富的，或是表示“朕已阅”，或是表达“赞同”“欢喜”，或是隐含“支持”“加油”，或是表露“关注”“在意”。这既符合网络时代用简单语言表达丰富含义的特征，又迎合了现代社会人们表达认知和感情的愿望和本意。你“点赞”，我“点赞”，其实不在于“点赞”的多少和频率，而在于“点赞”的本来意义。“点赞”，它应该是真诚的、由衷的，发自心底的；应该能够把真实的认同和感情传递；应该是能够让朋友欣喜，使自己悦意。当你一键“点赞”时，是否获得这样的感觉，进入这样的境地？

其实，平时生活也多么需要“点赞”：

平日里，可以为周围的人们那得体的服饰、和美的语言、认真在做的事体，由衷地给上一个“点赞”，送上一个微笑。赠人玫瑰，手留余香。赞美他人，也是在提升自己。

餐桌上，上来的菜肴不论你心仪不心仪，如果少一点挑剔，多表达一次“好吃”，多给予一个“好评”，你一定会觉得这道菜肴更有光彩，不仅令自己大快朵颐，还会引起大家的关注和兴趣。“众乐乐”，齐开怀，满心欢喜。

自然界，我们常常赞美春色绮丽，不妨也赞美一下绵绵秋雨；颂扬累累果实时，不妨也颂扬一下片片落叶。心中有份好天气，人生何处不惬意，大自然的轮回里，处处有生命的真义。

有时，也可以给自己一个舒心的“点赞”，给自己增一份激励，添一份礼物。欣赏虽不完美的自己，让自己充满自信和动力；爱护当下真实的自己，让美好的心情点缀平平淡淡的时光。

“点赞”，是一种发自内心的欣赏。人生是用来欣赏的，少一点攀比，少一点怨意，揣着欣赏的态度行在世间，你定会感悟到生活更多的美丽，你定会发现沿途更旖旎的风光。

“点赞”，是一种会心的微笑。“点赞”之时，嘴角微微地向上翘起，此时的心灵和表情最美丽。微笑是一颗快乐的种子，处处可以生根、开花，能把快乐的芬芳传递；微笑是一缕和煦的春风，能激起一池和美的涟漪。

“点赞”，也是一种种豆得豆的福报。当你不吝啬你的“点赞”和微笑，善于表达你欣赏和赞美的心意时，回馈定会源源不断，甚至是你付出的平方、N次方——这就是“点赞”的意义。

真诚的“点赞”，源自心底美丽的善意。

由衷的微笑，发自充满阳光的心里。

积极的心态，快乐的真谛。

# 朋友啊，朋友

将至中秋，倍思朋友。想送上诚挚的祝福和问候，祝愿各位朋友：在赏月时，在每一个春秋冬夏的日子里，总有快乐陪伴左右。

人生旅途，风风雨雨，坎坎坷坷，最难忘的总是一路上风雨同舟的朋友；人生旅途，总有这样那样的拥有，最可贵的则是生活中懂我懂你的朋友；人生旅途，难免会有失去一些东西的时候，但永远不会也不能失去的只是真正的朋友。

朋友如山，总在艰难攀登的时候给我喝彩加油；朋友似水，总在潮起潮落的时候助我勇往直前；朋友像风，总在春暖花开的时候伴我轻拂杨柳；朋友如酒，常将瞬间化永恒，岁月越久越醇厚；朋友似歌，想起时起舞舒袖，忆及时平添温暖。

光阴荏苒。岁月留不住虚幻的拥有，时间带不走真正的朋友。真正的朋友，无关时空，无关利益，无关高低，无关茶酒。即使没有时间聚首，也总有一点灵犀，或关注在眼底，或关怀在心头。真正的朋友，甚至无需想起，因为从未忘记。一阵微风吹过，我们会互相致意；一轮圆月升起，我们会相邀聚首。不离不弃，真朋友；不见不散，静守候。

月圆月缺，岁月悠悠，朋友依旧。我们又何尝不是一直在携手畅游？朋友一生一起走，那些日子永远有。

# 读书、读人与读事

最近，读书会、读书月等活动甚是热闹。在手机越来越占据我们生活的时代，通过这些活动来倡导人们放下手机，“开卷读书”，弘扬阅读之风，也许是活动主办者的初衷。然而，认真一想，“风声雨声读书声声声入耳”，读书应该是一种社会生活的常态，一种个人自觉的行为。

如果说人生是一次旅行，那么也可以说人生是一场阅读。从生下来睁眼看世界，牙牙学语识文字，直至两鬓花白老将至，书籍当是我们一生的好伙伴。固然不同年龄的人在不同的年代会选择不同的书籍，尽管兴趣爱好不同的人各有自己对书的选择和偏爱，但书籍和知识总是默默伴随着每个人的成长，甚至伴随着生命的每一段时光。也许书中没有“黄金屋”，书中没有“颜如玉”，但我们都会在书籍中享受一份“获得”：或获得知识，或获得愉悦，或在书香中自得一份优雅，或在书卷里添得一份修养，或在书本里悟得做人的道理，或在书海中汲取生活的智慧。更多的人则会在“读”与“做”的结合上培养一种能力，能在“知”与“行”的融会中凝聚一种功底，进入一种境界。当下，弘扬阅读之风，倡导“读好书”“读经典”，并身体力行，确实是一桩十分有意义的事情。知识从哪儿来，功底从哪儿来？从书中来，从经典来。阅读，让生活更美好；阅读，让生命更美丽。开卷有益，当乐此不疲。

除了读书以外，读人也不失为一件美好的事情和方法。什么是读人？古人讲“听君一席话，胜读十年书”，“三人行，必有我师焉”，就是读人。读人，就是到人群中去感受精彩，每个人都是“一本书”。“尺有所短，寸有所长”，不管是什么人，只要用心去“读”，总能在他人身上“读”到精彩取到经。当然，如果你拥有能够引导你进步的圈子，或遇到能让你醍醐灌顶的恩师，那便是十分幸福的事了。古人所云“与有肝胆人共事，从无字处读书”，现代人说言“欣赏别人的风景，自己亦成了一道风景”，都是说的这个道理。

人事，人事，世上就两个字：“人”“事”。读人的同时，当然也是在读事。“世事洞明皆学问，人情练达即文章。”我们虽然做不到“世事洞明”，也难以达到“人情练达”，但读事总给我们智慧。因为读事，不是纠结于事情的经过，也不是简单地总结经验教训，而是发现规律，把握趋势。经历一件事情，认识一个规律，悟透一个道理，即是读事。现在有种说法，总结经验之时，已是经验过时之日。读事，关键在于一个“悟”字，在读事中获得一份启迪，自然对于把以后的事做得更好颇有裨益。

读书、读人、读事……我们还可以读山水。在人生的旅途中，从“赏山赏水赏风景”到“读山读水读风景”，是多么愉悦的事情。更何况山水之中有多少智慧、精神和经典是在书中“读”不到的。一草一木一菩提，一山一水一世界。譬如“读水”：河水悠悠，读到的是自在；湖水荡漾，读到的是包容；江水弯弯，读到的是恒顺；海水奔腾，读到的是执着。再如“悟水”：“上善若水”，水中有道意；“智者乐水”，水中有儒风；“善心如水”，水中有禅味。揽山水入怀，向山水学习，我们自然会获得一份情怀、一种精神。“读万卷书，行万里路”，假如把这一名句改成“读万里路，行万卷书”，读一路的风景，书自己的人生，人生也许会有不一样的精彩。

# 给生活做点“减法”

最近，听到好几个朋友说正在微信中做着“减法”，即清理着“朋友圈”，并退出个别微信群，表示不想再被太多的消息、太多的微信群左右自己的时间，甚至发出了“时间都去哪儿了”的感叹。

是啊！古代有着在“三上”读书思考做学问的典故佳话。“三上”即“枕上、厕上、马上”，如今我们则不知不觉演绎成了新的“三上”，即“早上醒来看微信，中午桌上发微信，晚上灯下聊微信”。无疑，在信息时代，微信是交流学习的课堂，联结感情的纽带，分享合作的平台。微信的功能“无所不能”，微信的价值不言而喻，不会玩微信还真会被淘汰呢。但是，微信群太多，“朋友圈”太大，加之还夹杂许多无谓的信息和内容，哪有那么多时间“玩转”啊？不妨做点“减法”，别让自己被微信“绑架”。不仅能把微信“玩”得更加自如，还能用“减”出来的时间，去与自己的朋友多做些更直接、更走心的交流，去更专注地做自己喜欢做的事情，去让自己静下心来读书、喝茶……“减法”即简化，简化能让我们在微信中升华，让我们的自由和快乐增加。

微信如此，生活亦如此。现代生活让我们无法止步，我们一直生活在持续的加法中。多，还要更多；好，还要更好。事实上，生活的幸福感并不是由获得和拥有的程度决定的。不是吗？追求太多，应酬太多，拥有太多，让我们的生活过于复杂，让人趋于疲惫。很是喜欢这么两句话：一是“幸福不是拥有得多，而是计较得少”；二是“快乐很简单；常常觉得不快乐，那是因为我们自己不简单了”。

给生活做点“减法”，不是单调，更不是枯燥，而是寻求一种让生活轻松、舒服的适度节制；对人生做“减法”，并不意味着退步，只是主张在生活中剔除那些可有可无的负累，减去一些心灵上的负担，减轻一些旅途上的负荷，有节奏地放慢生活的脚步……从而，还原生活的本真，去体验和拥有生活中本来的自由、从容和快乐。

给生活做点“减法”，是一种智慧。“有为，有弗为；知足，知不足”，这是一种生活的智慧。“细雨湿衣看不见，闲花落地听无声”，这是一种生活的境界。在做好人生“加法”的同时，善于做好“减法”，让自己的生活不仅能“标新立异二月花”，还能够“删繁就简三秋树”，这是一种生活的简化。生命，因此而更加灿烂。

人生就是一场旅行。给生活做一点“减法”，就好像参加一趟远行，如果带了太多的行李，在到达目的地之前，就已经把自己弄得疲惫不堪。唯一可行的办法，就像是剔除多余的行李一样，给自己减轻负荷，让自己轻松自在地行走在人生的旅途上。一路上脚步轻盈，把沿途美丽的风景欣赏，把“时光曼妙，岁月静好”的诗歌吟唱。

# 心情·事情

“你的心情现在好吗，你的脸上还有微笑吗……”很喜欢《祝你平安》这首歌，常常聆听。现在每天清晨醒时，微信里扑面而来的是“早上好”的声声问候和张张笑脸，让人顿生出一份美好心情。是啊，新的一天开始，我们都面临着许多事情，重要的不是这样那样的事情，而是我们面对事情的心情。当先调整好心情，再去处理事情。

有一种心情叫“静一静”。无论哪个年龄，总有许多需要做、想去做而又做不完的事情。那么，不妨让我们的心“静一静”，做一番“有所为有所不为”的选择。从而让自己在恰当的时候做恰当的事情，专心去做自己喜欢做的事情；把时间和精力留给值得去做的事情，留给通过努力可以做成的事情。“我可以选择放弃，但绝不放弃选择。”这就是一种善于放下、乐于坚持的心境。

有一种心情叫“淡定”。生活中，工作中，总有一些让人操心和烦心的事情，往往“才下眉头，却上心头”。此时，当让自己心怀一份淡定。人生除了生与死，都是小事。“多大的事？”“我努力过”“总会过去”，常以这样的心态，去面对那些烦事难事，我们便可放松自己的心情，从容地去处理那些事情。

有一种心情叫“停一停”。常有些错综复杂的事情，“剪不断，理还乱”。那么，不妨让自己“停一停”，把手头的事情“停一停”。因为每件事情的生成，总有它的原因。“临渊羡鱼，不如退而结网。”先把头绪理清，再去处理事情，往往容易成事。“停一停”，也是一种处理事情的方法。有时候，“停一停”“等一等”，反而会遇到“天时地利人和”，让问题迎刃而解。

有一种心情叫“自信”。对已经做过的事，无论成功还是失败，都不要纠结。不要总陷入回忆。因为今天再大的事，到了明天就是小事；今年再大的事，到了明年就是故事；今生再大的事，到了来世就是传说。我们当以乐观的心情，去做好每天应该做的事情，并对当下自己正在做的事情怀有一份自信，多给自己一个舒心的“点赞”和肯定。欣赏自己，欣赏自己在做的事情，欣赏当下的风景。

面对这样那样的事情，关键是要始终保持一份快乐的心情，常以微笑面对一切事情。快乐可以传递，会传递到正在做的事情上，也会传递给周围的人们。微笑可以感动自己进而感染别人；微笑具有一种魔力，它会改变你正在处理的事情，会成就“己生欢喜，众生欢喜”的事情。

# 自由·自在

多日没写《下午茶语》了，也许因为懒惰，也许为了自在。而近日一位我尊敬的旅游业界的领导、朋友因退休一事在群里引起热议：或是“恭喜你解放了”，或是“祝贺你自由了”，或是“可以享受自由自在的幸福了”，所以也想说说“自由·自在”。

首先，依我的体会：退休幸福事，人生新开始。因为可以做自己喜欢做的事，不做自己不喜欢的事了；可以有时间做应该做的事了。这就是一种人生难得的“自由自在”了。记得我在退休时说了此话后，我的老师魏小安马上指点道：“可以做自己喜欢做的事，更可以做对社会和自己有价值的事，做通过努力可以做成的事了。”这真是对“自由自在”精辟的诠释。

其实，作为一个社会人，无论是工作着，还是退休了，都是没有绝对的“自由自在”的。人生就像蒲公英，看似自由却身不由己。许多事，不是不在意，而是在意了又能怎样？人生没有如果，只有后果和结果。然而，命运也是由无数的当下组合的，当下只在于心的选择。所以，真正的“自由自在”，是自己心的自由，心的自在。

真正的自由，不是外在的，不是别人给你的，而是一份自由的心情，一份自己给自己的悠闲自在的感觉。自由自在，意味着我们能够安于简单的生活，内心是平和、宁静和“自止”的。对于一切都可以顺其自然，能够平等地以美好的眼光看待一切。

当然，追逐自由，并不等于抛弃责任。相反，只有一个热爱自由的人才能真正承担起一个人所需要肩负的责任。一个越是热爱生活热爱自由的人，也越能予他人自由，给他人快乐。真正自由的人，是一个即使不能随心所欲，也同样能够感到和拥有快乐的人。

有人说，自由，关键是财务的自由。而我认为，自由不在于钱多钱少，也不在于职位高低，每个人都能感悟和拥有自由，即做自己喜欢的事，和自己喜欢的人在一起。心自由，生活就自由；无论何时何地，都能拥有快乐。这也许就是真正的自由。让我们拥抱自由，享受自在人生。

# 不妨“停一停”

*在路上，在湖边，我们经常会看到各种亭子。“亭”旁边加个“人”，就是让人身体休息、心灵放松下来。*

清代大文人李渔曾在家乡浙江兰溪建了个亭子，取名“且停亭”，并写得一副对联：名乎利乎，道路奔波休碌碌；来者往者，溪山清静且停停。

现在的我们一直在奔忙，在不停歇地赶路，多么需要适时“停一停”。休闲时光，就是让我们“停一停”的“亭子”。

不妨时而“停一停”。这种“停一停”，能让我们歇歇脚，静静心，养养神，充充电，品品景，生生趣……

“亭子”，也许不是一个具体的地方，甚至不是一段具体的时光。一盏茶，一壶酒，一本书，一段音乐，一次旅行……都是我们可以进去“停一停”的时空。让身体得一番憩息，让心灵得一刻沉淀，添一份闲情逸致，赏别样生活况味。

为了在今后的路上走得更轻松、更从容，我们不妨时而“停一停”匆忙的脚步，千万不要丢了只顾赶路的自己。

“停一停”，是为了更好地“赶路”，并走得更远。

# 人生如同一杯茶

茶叶在杯中被水冲泡，上下翻滚、沉浮，最后归于宁静和平淡，留下隽永的清香……它与我们的人生经历多么相像。冲泡的过程，恰似人生的旅程，萦绕的余香，就如人生的滋味。

茶无完茶，却能以不完美的茶泡出一段完美的时光；人无完人，亦可以美好的心情欣赏和品味一段不完美的人生。

以平常的心，来品茗喝茶；以坦然的心，去对待人生：

满也好，浅也好，不必计较；

浓也好，淡也好，自有味道；

急也好，缓也好，顺其自然；

暖也好，凉也好，淡淡一笑；

浮也好，沉也好，岁月静好。

茶的味道心知道，人生滋味我知道。

# 让他三尺又何妨

清明节前，无锡鸿山梅村的百姓会做青白两色团子，且用鲜肉、豆沙、芝麻三种原料做成三种不同口味的馅心。“三馅”，吴语“三让”也，亦为纪念吴文化的始祖泰伯。

三千多年前，周太王长子泰伯三让王位，南奔荆蛮，来到江南梅村鸿山地区传教农桑，兴修水利，演乐修礼，传播文明，带领当地百姓筑泰伯城，建勾吴国，凿泰伯河，创吴文化，开启江南文明。泰伯自然成了吴地百姓心目中的圣人、“偶像”。后每年清明节祭泰伯时，人们都用此“三让”馅的两色团子作为供品，寓意为泰伯一生清清白白，更寄托了人们对泰伯“三让天下”、造福江南的德行的崇敬和缅怀。恰如孔子《论语》所说：“泰伯，其可谓至德也已矣。三以天下让，民无得而称焉。”

“天下”亦可让，世间大小诸事其可比之焉？谦让，中华民族之美德；“三让天下”，中华民族的至德也。吴泰伯“三让”德行为世世代代人们所景仰、赞颂。说及谦让，不禁又想起位于安徽桐城的六尺巷，以及“让他三尺又何妨”的佳话。

六尺巷故事的主人翁张英，安徽桐城人，清朝官员。一天张英收到家书，说家人为了争三尺宽的宅基地，与邻居发生纠纷，要他利用职权疏通关系，打赢这场官司。张英阅信后坦然一笑，挥笔写了一封信，并附诗一首：“千里修书只为墙，让他三尺又何妨？万里长城今犹在，不见当年秦始皇。”家人接信后，立马让出三尺宅基地。邻居见了，也主动相让，最后这里成了六尺巷。这个化干戈为玉帛的故事流传至今。六尺巷，因此成了中华民族和睦谦让美德的见证。如今众多旅游者前往六尺巷，只为感悟一个“让”字。

人世间，“让他三尺又何妨”成为一段佳话，百世流芳。自然间，安徽滁州琅琊山的让泉则在把“谦让”的故事静静述讲。让泉，与中国古代四大名亭之一的醉翁亭相望。不久前，又去醉翁亭，心里吟诵着欧阳修的诗句：醉翁之意不在酒，在乎山水之间也……却在亭前的让泉旁驻足。只见青石砌成方池，泉水从池中石隙溢出，然后汇入山溪。泉池三尺见方，池深二尺左右，泉水清冽。让人寻味的是左右两个泉眼：当一个在汩汩喷涌时，另一个却水平如镜；相互谦让，此起彼伏，和美至极。在让泉旁，我想起很喜欢的一段话：做人如水，你高，我便退去，绝不淹没你的优点；你低，我便涌来，绝不暴露你的缺陷；你动，我便随行，绝不撇下你的孤单；你静，我便长守，绝不打扰你的安宁；你热，我便沸腾，绝不消弥你的热情；你冷，我便凝固，绝不漠视你的寒冷……让泉之水，让人思量，更值得人们效仿。

泰伯“三让天下”，“让”出了江南文明，“让”出了至德至圣的美名；张英“让他三尺又何妨”，“让”出了邻里和睦，“让”出了六尺巷的佳境；醉翁亭前的让泉，“让”出了自然之美，“让”出了四季不竭的甘霖。如今，在我们的生活中，是多么需要“让一让”，让出一片和美的风景。

让一步，海阔天空。“让一让”，既不是懦弱，也不是忍让，而是退让、宽容。退让，是一种人生智慧。世上本来不存在走不通的路，只是要走这条路的人太多，致使道路拥挤，特别不好走。这个时候，不妨退让一步，让人先过，自己也就可以顺利走过去了，并可一齐走向一片新的天地。宽容，是一种美好心性。俗话讲，眉间放一“宽”字，自己轻松自在，别人也舒服自然。接受别人的长处，也接受别人的短处，才能真正地和谐相处。在宽容别人的同时，给了别人机会，亦给了自己机会，更可得到别人的信任和尊敬。可以说，宽容是一种看不见的幸福。

懂得退让，方显大气；知道包容，方显大度。心有多大，快乐就有多少；包容越多，收获也就越多。为亲人让一步，得到的是浓浓亲情；为朋友让一步，得到的是殷殷友情；为自己爱的人让一步，得到的是至臻爱情；为合作伙伴让一步，得到的是和合感情；为邻居路人让一步，得到的是人间真情。

可在生活中，有些人总喜欢争长短、论输赢。其实，人活着，没必要凡事都争个明白。“水至清则无鱼，人至察则无徒。”生活不是战场，无须为了一争输赢而较量。往往争的是理，输的是情，伤的是自己，耽误的是大好时光。不必得理不饶人，更不可无理争三分，是白是黑，是对是错，一切都让时间去证明。用那些无谓的纷争的时间，去做自己喜欢做的事，把自己做得更好，既拥有风平浪静，又拥有海阔天空，赢得时光曼妙，那有多好。

人，往往总是欲争未得的，而忽略当下拥有的。殊不知，自己当下拥有的正是最好的；你在羡慕着别人时，又岂不被人羡着？你欣赏他人“面朝大海”，何不欣赏自己正“春暖花开”？不去无谓“争”，与人交往“让三分”，珍惜当下所拥有，让他三分又何妨。

# 凡是过往，皆为序章

樱花红陌上，桃花绽放，菜花儿黄，郁金香花竞芬芳……又是一年赏花季。赏花闻香，不禁想起那年春暖花开的时光，把那些曾经的过往回望。“年年岁岁花相似，岁岁年年人不同”，多少岁月的过往让人怀想。然而，凡是过往，皆为序章，当下乃是最好的时光。

过往，令人难忘。难忘远去的时光，难忘我们曾经的每一段路：一段路上，曾笑声朗朗；一段路上，曾泪水潸然；一段路上，曾踟蹰迷茫；一段路上，曾执着守望；一段路上，感悟着奔跑的艰难；一段路上，领略着旅途的风光；一段路上，洋溢着成功的喜悦；一段路上，经历着低谷的惆怅……不管怎样，我们应由衷地感谢过往。因为，每一程过往都是岁月的恩赐和奖赏。每一段路都是一种必然、一种成长；每一段路都是一种领悟、一种营养。正是这些过往，书写着我们人生的多彩篇章，打磨出我们今天真实的模样。每一程过往，恰好的序章。回望序章，不恋过往，我们沐浴春光，携手向前，续写当下更美的诗章。

过往，值得珍藏。在岁月中跋涉，在过往的路上，每个人都有自己的故事，都有自己的风景，都有独属自己的诗章。

于是，我们把过往欣赏。把曾经的过往编辑成一篇诗章，静静欣赏。欣赏，发现凡是过往，皆为序章；欣赏，发现当下正是最美好的时光；欣赏，发现心仪的诗章正在不远的路上。

于是，我们将过往品味。把曾经的过往浓缩成一撮老茶，注上岁月的泉水，煮成一壶香茗；斟上年份的美酒，摆上光阴的佳肴，慢慢品尝。品尝个中的滋味，回味馥郁的香气；领悟岁月的奖赏，迎接明天新的太阳。

于是，我们把过往珍藏。把曾经的过往，止于唇齿、掩于岁月、埋于心底，默默珍藏。只待经年以后，一个下午的时光，打开珍藏，邂逅过往，遇见人生的开场，遇见岁月的荏苒，遇见自己本真的模样，体悟当下和过往的“似曾相识”，岂不是人生的一种圆满。

花开是景，花落成诗。昨天已成过往，今朝又见花漾。回望过往，无论怎样辉煌，无论怎样平常；或是道路顺畅，或是坎坷艰难；我们坦然，我们无怨，我们一如既往。过去的一切都是今日的铺垫，过往的故事都是下篇的序章。“正文”皆从今日开端，续篇“诗章”定愈加芬芳。

聆听花开的声音，欣赏花落的模样，初心依然。牵手当下春暖花开的时光，一路低吟浅唱。走过春花，走过秋月，走过夏雨，走过冬雪，把每一段路程都走出诗般的模样。让旅途上一个个字句音符，四季中一段段启下承上，生活中一节节顿挫抑扬，生命中一回回精彩回放，蔓延成浅浅的诗行，续写成长长的诗章，汇集成人生的美篇华章。

# 第六篇章

# 诗和远方

从青春往事到第二故乡，
从梦回江南到山居时光，
从美丽风景到美好场景，
从拈花一笑到山花烂漫，
心之所向，
身之所往，
以挚爱的情怀、欣赏的眼光，
在路上，所见皆是美好，
一起奔赴诗和远方。

# 那个菜园子

那是1969年冬天，我和弟弟、两个妹妹随母亲下放到了苏北大丰县，开始没有房子，翌年春上，队里帮我们建好了新房，那是土块垒的墙、茅草盖的屋顶，据说冬暖夏凉。搬进新居时，我还特地写了副门联：身居茅屋心向北京，扎根农村胸怀全球。

生活从头开始，一切那么陌生，一切又那么新鲜。农活要学着干，语言要跟着学，吃的蔬菜必须自己种。按照当时规定，队里把我家屋前屋后的田划作了我家的自留地。这可是保障我们生活的“菜篮子工程”啊。我们开始在这个菜园子耕作，它不仅给生活带来许多乐趣，还让我学会了种菜，懂得了“种瓜得瓜，种豆得豆”的道理。

对于城里人来说，干农活、种蔬菜，不是一件简单的事。可我妈妈能干呢，扎个头巾在大田里干农活，收工后带着我们在菜园子里拾掇。撒下一把细菜籽，不多天就吃上新鲜青菜了；播下一块韭菜种，倒上猪粪和柴木灰，那韭菜一茬一茬长得特快、特肥。割一把，香喷喷的炒韭菜就上桌了，偶尔做一回韭菜炒鸡蛋，似乎比在城里吃的香多了。妈妈还带着我们，到小河边割来一捆芦苇，在菜园子四周扎起了一道篱笆墙，并特制了一个芦扉门。我们经营着自己的菜园子，饶有兴趣。特别是当周围邻居上门，喊一声我母亲“王奶奶”，我们争相跑出去打开芦扉门笑迎客人时，真有那种“相携及田家，童稚开荆扉”的感觉。

为了丰富我们的菜篮子，我们陆续在菜园里种上了茄子、番茄、丝瓜、长豆等等。那庄稼啊，似乎懂人心，你认真侍候它，它就热情地回馈你。就说丝瓜吧，用芦苇秆帮它搭起一排架子，经常为它松松土、施施肥，它长得可欢快呢。那个细蔓绿叶爬得婉转烂漫，小黄花点缀得煞是好看。长短不一的丝瓜悬挂在那里，一阵风吹来轻轻摇曳，惹得我们满心欢喜。吃不了的丝瓜，待长老了做成丝瓜筋，带到无锡送给亲戚家。那时，一年春夏秋三季，菜园里总是有几种蔬菜在竞肥争绿的。特别是夏末秋初，那青的萝卜、紫的茄子、红的辣椒、绿的豇豆、有些黄有些红的西红柿，真是五彩斑斓。

还记得，当时我们想吃在苏北产量稀少的西瓜、香瓜和甜芦粟，特地从无锡带回了些许种子，种在菜园里，期待瓜果甜。谁知结出的瓜果、长出的秆子，都带着一种咸味。原来大丰地处沿海，尽是盐碱地，每到阴雨返潮的日子，我们竟能在屋里的泥巴墙上刮下一层层盐霜来。于是我们试图改良土壤，在老农们的指导下，在田里扣下了蚕豆秆，施上了猪羊粪，并深挖翻田。第二年长出的西瓜、香瓜和芦粟，果然好多了，甜甜的，带一点咸咸的味道，我们享受着自己劳动的果实，还争相分送给村里乡亲们尝。后来，村里许多人家都种上了西瓜、香瓜。

那时，我们的口粮，主要是玉米、大麦和棉籽油，都是由队里按人头分的。对于我们几个正在长身体的孩子来说，哪够吃啊？于是，学着邻居们，在屋后面、河坡上种上些玉米、山芋、大豆和油菜。玉米、山芋充饥饱，大豆、菜籽换油吃。“一分耕耘一分收获”，可不是吗？每到盛夏，庄稼在长，杂草也在疯长，差点把庄稼淹没了。需锄草了。可那时也是队里“四夏”大忙的时候，“晨兴理荒秽，带月荷锄归”，“农业学大寨”，干活都是起早贪黑的。我们只得利用中午休息的片刻时间，打理自留地里的杂草。“锄禾日当午，汗滴禾下土”，满头大汗且不说，一不留心还会连禾苗一起锄掉。那时每到夜晚里总有一场雨，好雨潜入夜，滋润禾苗壮，似乎还能听到庄稼“咯吱咯吱”蓬勃生长的声音。

收获的季节，是最愉悦的时光。秋收时，在玉米秆上扳下一只只肥硕饱满的“棒头”（当地称呼）；在屋后地里刨出一串串带着泥土芳香的花生、山芋；割下大豆秸秆，搁在门口场院上晒干，用连枷打出一粒粒金黄圆润的黄豆……那时，总有一种喜悦、知足溢满心头。菜园里的丰收离不开家养的那只羊、两头猪和一群草鸡的“贡献”，因为它们是有机肥的“基地”啊，这是“必须的”。还因为它们又是改善生活的“来源”。在菜园里拾满一篮鸡蛋，可到大队部的“三代店”里换取煤油、肥皂和食盐。年底把一头猪驮到公社供销社卖了，就能得到几十块钱；另一头宰了过个年，再把猪屁股腌了挂在门前墙上，留着来年春耕大忙时改善伙食。记得那年春节，我还亲自动手宰了饲养的一只羊。羊皮、羊肠送去卖钱，羊肉煮了大快朵颐几天，羊油则熬了用来日后拌饭吃。别说，那羊油拌玉米饭真香呢，还熬饥、长力气。在那缺衣少食的年代，日子就这么过，蛮有乐趣的。也许，这乐趣就源自“自己动手，丰衣足食”吧！

后来，我去上盐城中等师范学校了，母亲带着弟妹们也去一个镇上工作、学习了，那个菜园子和我们告别了。回到城里以后，我的心里一直还存着那个菜园子，平时看到田里路旁长的蔬菜和庄稼，总觉得特别亲切。最近，听到好几个朋友熟人，在阳台上拾掇着“袖珍菜园”，在宅园里开辟着菜地，甚至去郊外租了块地，办起了“家庭农场”，也许人们是渴望吃上无公害的“放心蔬菜”吧。但我想，一定还因为那个菜园子给尘嚣和单调的都市生活带来了一份乐趣。多想还能拥有自己的一个菜园子啊！但不管怎样，我心中永远有一个菜园子。

# 玉米的那些事

现在人们的饮食越来越讲究绿色健康了，每次宴请时饭桌上总会上一道五谷杂粮，或称“大丰收”，或名“农家乐”，里面有山芋、芋头、花生、玉米、南瓜、荸荠、胡萝卜等等，满满一盆，色香诱人。可我每回只是挑芋头、南瓜、胡萝卜等食之，很少去拿玉米来吃。时而，也问自己何以不喜玉米，思来想去，或许是年轻时候把玉米当作主食，吃得太多的缘故吧。

记得第一次吃到玉米饭，是在1969年的冬天，它也恰是我人生的一个转折点。那年，12月7日母亲带着我们兄妹四个，告别家乡无锡，和上百个家庭一起挤上了一艘水泥大驳船，从西门桥码头出发，驶向苏北一个叫作“大丰县丰富公社”的地方。经过三天两夜的航程，12月9日傍晚到达了三龙公社的斗龙港口，离我们要去的丰富公社和平四队还有二十多里路，但由于内河水浅，大驳船无法再前行，得在此下船。码头上生产队里组织的自行车（当地人称作“二轮车”）队伍已在等候我们。此时天已漆黑，精疲力尽的我们胆战心惊地坐上了老乡们的自行车，一路颠簸，加之苏北冬夜的寒风袭来，身体、心里直打哆嗦。总算到了临时落户的徐长发大爷家，他们可热情呢，全家老少在家门口迎接我们这些“无锡来的陌生人”，一盆热水洗过脸，晚饭随之端到了我们手上，一看黄澄澄的，还以为是“蛋炒饭”呢，暗暗窃喜，已经饿得饥肠辘辘的我们马上吃了起来。谁知，此饭好硬啊！徐大爷告诉我们：这是“棒头饭”，见风就变硬。管它呢，填饱肚皮再说。吃着吃着，只听当年只有十二岁的小妹大声哭了起来，哭得我们也都眼泪扑簌簌地往下掉。从此，玉米就成了我们的主食。玉米磨碎了，粉状的煮玉米粥，颗粒大些的做玉米饭，后来还真越吃越觉得香呢。香喷喷的玉米饭、玉米粥陪伴我走过十多年的青春岁月，我也和玉米结下了深厚的友谊，并一起编织着那些苏北的故事。

当时只知道接受贫下中农的再教育。既来之，则安之，一过春节，我就跟着乡亲们下地劳动了。大丰县是个农业大县，主要种植棉花和玉米。春耕正是播种玉米的季节。播种玉米的活儿还蛮讲究的呢。我们先在田的两头拉起一根笔直的绳子，然后用一种头上有两个锥形的长柄木制的专用工具沿着标绳在地上依次踩出两个两个小坑，再往每个小坑里丢下几颗玉米种子，盖上土、踩踩实，再浇上水，就算完工了。几个人一组，分工明确，井然有序。一开始学着播种玉米，觉得挺好玩，哪晓得连续几天起早摸黑干下来，累得骨头架子就像散了似的，收工后就往床上一躺，什么念头都没了。春风春雨，万物生长，没多少天，一棵棵玉米苗儿就从地里蹿出来了，而且一天一个样，整整齐齐排成行，随风荡漾，煞是好看。可是，玉米在长，草也在长，该锄玉米地里的杂草了，这可是个技术活。尤其是那草疯长得和玉米苗差不多高了，混杂一起，良莠难分。我开始锄草时老是连玉米苗一起锄掉，心里好紧张！因为被发现是要扣工分的啊！旁边一起干活的张大妈悄悄地教我挖个坑赶紧把锄下的玉米苗埋掉，另一个叫小强子的甚至教我把没根的玉米苗在原地插上，以在收工检查时蒙混过关。也许，他们是好心，可明天太阳一晒那没根的玉米准死啊，还是内疚。咋办？学呗！我就用心看他们的动作，琢磨锄草的技巧，记得那时自己还总结出了“弯下腰、仔细瞧、用巧劲、轻轻挑”的一套口诀，不久我也成了锄玉米草的一把好手。

到了盛夏，大田里的玉米长得一人多高了，一片一片绿油油的，连天接地，随风摇曳，犹如绿色的海洋波浪起伏。但现实中可没这么浪漫，那时推广套种，要在玉米行间套种黄豆，还要在酷暑骄阳下清除玉米地里的杂草，算得上是一桩苦活累活了。那枝叶茂盛的玉米丛林被围得密不透风，正午时分的气温起码有四十多摄氏度，在田里干活简直像是闷在烤箱和蒸笼里。黄豆大的汗珠落在地上，“呲”的一声不见了，小布衫被汗水浸透了一会儿就干了，干了又湿透了，当地乡亲们干脆都脱了上衣干着。也许是我身体不够强壮吧，有一回午饭过后在玉米丛中锄草，没多会儿我只觉眼前一阵发黑，倒在了地上，便什么都不知道了。几个老乡见状马上把我抬到阴凉处，忙着掐我的人中，用草帽帮我扇风，找来大麦茶给我喝，都为我这个“小眼镜”中暑而揪心。当然，那时我们也会苦中作乐，在玉米地里干活，渴了就找一种长不大的叫作“甜秆子”的玉米秆杈当水果吃，饿了就偷偷地扳下两个新鲜的玉米棒子啃起来。现在想来，玉米还真够意思，它知道我们伺候它的辛苦，也以“甜秆子”和“鲜棒头”回馈我们。春华秋实，到了秋收的季节，我们在田里忙着把成熟的玉米棒一个一个扳下来，一担担往队里场院上挑，场院上堆起了一座座金黄色的小山。此时我们忘却了所有的辛苦，内心里尽是丰收的喜悦，因为收成好，一年劳作的分红才能多些啊！

新玉米登场了，家家户户开始忙着加工玉米。那时没有机械化，玉米脱粒全凭手工。挺有意思的是，用的工具是一个长方形的木条，中间嵌了根铁棒，顶端有个玉米粒大小的尖头，把玉米棒对准了尖头往下一推，一粒粒玉米就蹦蹦跳跳地下来了。这讲究的是巧劲，如果用力过猛，一不小心，铁尖就会戳上手。牵磨粉碎玉米是加工玉米的最后一道工序，当地人轻轻松松把磨盘推得“笃笃转、滴流圆”，可我开始学时使尽了力气，磨盘还是懒得动两下。后来，我慢慢掌握窍门了，不管是推磨还是“把喂”都得心应手，那光景恰如锡剧《双推磨》里所唱的：磨儿推得圆而圆，上爿好像龙吞珠，下爿好像白浪卷。玉米磨出小颗粒状的用来做饭，粉状的用来煮粥，新做的玉米饭、玉米糊香喷喷、黄澄澄的，我一口气能吃好几碗。“自己动手，丰衣足食”的感觉真好，那种感觉甜甜的。都说玉米营养好，吃了长身体，年复一年的玉米饭、玉米粥，冬去春来的田间活、农家事，直让我这个瘦弱白皙的城里年轻人变成了一个结结实实、黑黑黝黝的农村庄稼人，和当地人打成了一片，干起活来也毫不逊色。

还记得那时到了冬季，我们常常会取下几个挂在墙上的玉米棒往灶膛里一丢，没多会儿把烘焦了的烤玉米拿出来，连吹带拍去掉灶膛灰就啃将起来，那个香味是现在的爆米花、饭桌上的煮玉米都赶不上的。春节快到时，家家户户就忙着做玉米饼了。在大灶头上把锅烧得烫烫的，刷上一层菜籽油，用调好的玉米糊一勺一勺沿着锅壁往下贴，顷刻间玉米糊就淌成一个个长长的椭圆状，靠锅沿的上部很薄，近锅底的那部分厚许多，不一会儿一锅玉米饼就热腾腾地起锅了，正面白而松软，反面焦黄见脆，吃起来薄的香喷喷，厚的糯笃笃，它自然成了我们不可缺少的年货。我们还会做很多玉米饼，晾干了存起来，备来年春耕时填肚子。春耕春种时劳动强度大，容易发饿，一天要吃五六顿，开水泡玉米饼常是我们的主食。遗憾的是现在难得吃到这种玉米饼了。

如今在饭桌上，看到五谷杂粮端上来，朋友们常会说："现在把以前吃的东西当成宝啦。"我想，是啊，玉米糊、豆腐渣、山芋藤、野蒿草不都成了饭桌上的"宠爱"吗？时代变了，而且变得很有意思。在现代都市中，人们一边津津有味地享受着时尚的生活，一边则对原生态的东西越来越渴望，也许这就是生活的精彩所在。

# 那时，上河工

一夜寒风，把时光吹进了冬季，也吹开了我那一份尘封的记忆。1970年，也是下放苏北大丰的第二年，那个冬季，我和队里的男劳力们一起，打起背包，冒着凌厉的寒风，走上水利工地，开始了一个多月的上河工生活。

那时的苏北，正值“农业学大寨”时代；有一句经典的口号，叫作“水利是农业的命脉”。所以，每到冬季，都要组织大量的劳力开河挖泥，疏浚河道，兴修水利，为来年的农田灌溉、农业丰收做保证。那时，我执意要去，并积极申请。得到批复后，我兴高采烈地背上母亲为我整理的行囊——一条六斤重的被子、一条席子、几件替换衣服，带上母亲为我准备的炒麦粉和山芋干，随着大部队出发了。那队伍真壮观，有的坐拖拉机，有的骑“二轮车”（自行车），浩浩荡荡。我呢，也学着队里的男劳力们，头戴军帽脚穿解放鞋，身着黑棉袄草绳束紧腰，扛着泥担和大锹，酷似一个初次出阵的战士，跃跃欲试。

上河工就是挑河泥。那是一个公社里的大河疏浚工程，要从几米深的河底里把一担一担一两百斤的泥块往河岸上挑，再挑到几十米外的地方去倒，一天要来回上百趟，那算是当时农村最苦最累的活了。俗话说“看人挑担不吃力”，第一天，我就被难倒了。首先，大锹不听使唤，泥块挖不起来，锹柄握得紧紧的，没几下手就磨出了血泡；其次，挑起担来晃荡晃荡的，爬坡时一不留意，泥块就翻倒了；再次，几个来回下来，就满头大汗了，棉毛内衣也湿透了，西北风吹来身上冷飕飕的，我不禁把腰里的草绳紧了又紧。看着我包干的一段工地明显落后了，旁边的周金发大爷、严如才大叔就来帮忙，还教着我大锹挖泥和挑担前行的技巧，如握锹不要用死劲，上坡人要向前倾，等等。呵，还真管用，我慢慢地学着、挺着，总算勉强能跟上趟了。一阵哨音，终于收工了。一天下来，骨头架子像散了似的，扒了几口玉米饭，啃上一根咸菜干，赶忙就往床上躺。那是什么“床”啊，整一个地铺。租的附近老百姓的泥垒茅草屋，铺上厚厚的干稻草，席子一展，厚被一盖，一屋子十多人，就呼呼睡了。“地当床，月当被”，睡得还真暖和呢。不过厚厚的稻草吸水性强，直把人身上的水分吸得干干的，半夜里我只得爬起来，跑去食堂水缸里，舀了一瓢冷水，“咕嘟咕嘟”喝尽才解渴。

那时什么都搞竞赛，为了赶进度、“夺红旗”，第二天天蒙蒙亮就上工地了。零下四五摄氏度，西北风夹着晨雾迎面刮来，刺骨透凉，可大伙儿干得热火朝天，“呼哧呼哧”依稀可见鼻孔和嘴里呵出的一团团热气。可就是这股热气，给我这个“小眼镜”出了难题。热气、雾气，呵在镜片上，一层模糊，什么都看不见了；我只得搁下担子，擦干眼镜，继续前进；停停擦擦，擦擦停停，我又明显落后了，那个心里急得。太阳出来了，大雾散去了，只见工地上人头攒动，彩旗飘飘；只听竹竿上支起的大喇叭里时而播着革命歌曲，时而喊着革命口号。为了鼓足大伙儿的革命干劲，工地指挥部还不时在喇叭里公布各个大队的进度和好人好事，按今天的时尚语言叫作PK。都是血气方刚的男子汉，谁甘心落后呢！再说，快干、多干还能多挣工分。于是，在“革命加拼命，争当第一名”“一不怕苦，二不怕死”的口号声中，工地上的“夺红旗”热潮一浪高过一浪。在贫下中农的再教育和影响下，我也愈战愈勇，动作渐渐熟练起来，进度也渐渐赶了上去。可是，连续十多天干下来，穿不惯草鞋的双脚磨起了血泡，单薄的肩膀上长起了“面包”，两条腿酸痛得收工后不想再多走一步路。也怪，那时却不觉得苦。也许是只有扎根苏北的念头，而没有其他的期望吧。

河工生活苦，但苦中也有乐。那时，对我来说，最幸福的事就是吃上一顿肉饭。队里为了犒劳大家，并为“战将们”加油，每个星期会杀一头猪，拨几十斤米，用大锅煮上一整锅肉饭，让大家狼吞虎咽饱餐一顿。别说，那肉饭还真香，是现在绝对吃不到的。

河工生活中，还有一件难忘的事——我的八大碗。那时正是长身体的年龄，一天挑下来，好饿好饿啊。晚饭仍是稠稠的玉米粥，我一口气喝下了三大碗。看我那个样子，队里人就和我开玩笑打赌，问我能不能再喝五大碗。多吃、吃饱就是福啊。我想也没想，一会儿就把五碗青边大碗的粥干下去了。大伙儿笑了，我可撑死了，只得在河堤上走了十几个来回方才睡觉；好在和我打赌的人明天会帮我多挑八担泥。那时，有趣的是，上午、下午各有一次中场休息，队里的旗会下半旗，当地人叫着“弄袋烟”。抽烟的赶紧掏出烟袋烟斗过把瘾，我们不抽烟的人就抓把稻草一铺，躺着晒太阳。就这样，每个冬季我都会去上河工，直到1975年被推荐上盐城中等师范学校。

告别上河工的生活快有五十个年头了。然而，上河工的那段岁月，在苏北的那段生涯，沉在我的心里，始终不曾抹去。感谢这一苦涩的经历，它们不但使我懂得了农村、农民和农业，而且给了我一副结实的身板，更鞭策着我像上河工那般在人生路上迈出一个个坚实的脚印，激励着我像挑河泥那样在任何艰难困苦的情况下勇于担当。尤其是让我悟出并记住：快乐很简单。

# 麦收的季节

再过几天，就是夏季的第三个节气——芒种了，芒种又称为“忙种”，字面意思是“有芒的麦子快收，有芒的种子可种”，是农民最为忙碌的时候。想起在苏北大丰插队时那些麦收的日子和场景，脑子里过起了电影。

进入六月，苏北的气温就不再那么斯文，太阳变得毒辣。一望无际的麦田已呈现一片金色，阵阵夏风吹过，麦浪翻滚，沙沙作响；此景此声，对于我们这般城市里下去的孩子是多么新鲜。于是我在日记里写下了“微风中翻动着金色的麦浪，田野里洋溢着扑鼻的麦香，这是我的第二故乡，我将在这里收获新的希望”这样的词句……

那几天的早晨，布谷鸟一刻不停地鸣唱，像是在提醒人们“麦黄快割、麦黄快割”啦。于是家家户户磨镰刀、做干粮，开始投入一年中最为忙碌和辛苦的夏收季。因为好奇，也为了生计，赚点工分，我们这些城里孩子也不例外，揣着兴奋，加入了麦收的大军。

其实，麦收的时光绝不像我的日记中写的那般浪漫。天还没大亮，队里男女老少就拿着镰刀、扛着扁担、拎着篮子下田了。一人包干一垄麦田，弯腰摆好架势，挥起镰刀，但见左右动作飞快，随着镰刀霍霍嚓嚓响，麦茬唰唰倒下成片。初涉农事的我，业务不熟，只能一把一把地来割；为了赶进度，忙乱中还常让镰刀碰到自己的腿；麦芒擦到皮肤上更是常事，俗话说“针尖对麦芒”，可见被这麦芒尖刺到的疼是绝不亚于针刺的。到了晌午时分，啃两块玉米饼，喝几口旁边小沟里的水，就算午饭；汗珠是顾不上擦擦了，也是“前赴后继”的，衣服湿了又干，干了又湿；抬头望望骄阳，俯身继续再干。那时的我已经能体悟到农民“面朝黄土背朝天，弯躬曲腰几千年”的辛酸。渐渐地，我也掌握了要领，成了割麦的一把好手。说起来，收割麦子也是“系统工程”。前面人在割，后面跟上壮劳力把倒下的麦秸捆扎起来，一担担地挑往队里的打麦场，老人和孩子们则又随在其后，把掉下来的麦穗一颗颗捡起，放入篮里，这叫“颗粒归仓”。

在麦收的日子里，打麦场上的场景是十分壮观的。一排排脱粒机阵势摆开（开始是脚踏的，后来渐渐有了拖拉机发电的），一个个戴着草帽、包着头巾，“全副武装”的脱粒手们像是出阵的将士。机器轰鸣，一把把麦秸放进去，一颗颗麦粒吐出来，地上是金黄一片，场院上不多会儿便出现了座座金黄的小山。那时为了早早收仓，尤其是怕雨水来了浸潮丰收的果实，必须“挑灯夜战”。闷热的夏夜，场上几盏大灯高挂，引来无数蚊虫；脱粒机的轰鸣淹没了田里的蛙鸣。我也学着当上了脱粒手，那个活可是“脏苦累”。汗水、麦芒、尘灰在脸上粘成一团，可手中的活一分钟也不得停啊。特别是被脱粒机强大的风力溅起的麦粒，犹如一颗颗子弹直射过来，手上、脸上顿时呈现一个个小红点，痛不可耐，这些当然全然顾不上啦。听着脱粒的交响曲，看着一地金黄的麦粒，当时确实生出了一份劳作的快乐和丰收的喜悦。

说是风景，白天打麦场上倒是一道别样的风景：脱下了的麦粒要“扬场”，大伯们动作娴熟潇洒，拿起木锨，铲起麦粒，向空中一扬，一道道金色的弧线落地，犹如大珠小珠落玉盘。一边是麦芒和尘灰，一边是颗粒饱满的麦粒。脱粒后的麦秸，捆起来用铁叉堆成一座座麦垛，留到冬天作饲料和肥料。那场上麦垛座座，像是蘑菇，像是蒙古包，煞是好看，分明是大自然的艺术品。麦垛群里，当然成了孩子们嬉戏的乐园，成了昼夜辛苦的农人忙里偷闲“歇下子”的好地方。

这是几十年前的事了。现在几乎全面实现机械化，有了联合收割机，麦收季节，很少用到那般“脏苦累”的人工操作了。可就因为刺到手上的麦芒、溅到脸上的麦粒、汗水湿透的衣背，打麦场上那道别样的风景，还不时能浮现眼前。有一种快乐叫劳作，有一种经历叫难忘。

最近，当孙子在乐滋滋地吃着大饼的时候，我和他讲起“从种麦子到大饼”的故事，他则是一脸茫然，且生出几分好奇。是呀，现在的孩子，乃至年轻人，别说会有麦收的经历，就连田里麦子和韭菜也分不清啊。当下，发展乡村旅游、亲子旅游，如果多再现一些农业生产和劳作的场景和生活，让孩子们和庄稼和土地亲密接触，亲身体验农事劳动，那么孩子们一定会对大自然有更多感恩，对生命有更多向往，自然也会懂得“谁知盘中餐，粒粒皆辛苦”的道理。

# 第二故乡

12月9日，对我是个难忘的日子，1969年的今天，我随母亲泪别故乡，来到了苏北大丰县——我的第二故乡。

一路向北，去何方，心中多迷茫。水路上，三天两夜的时光，漫长。夜色漫漫，寒风刺骨凉。终于到了一个叫作“丰富公社和平四队”的地方。房东大爷大娘笑意相迎，把热腾腾的玉米饭给我们端上，厚厚的稻草铺在床，一阵阵温暖。从此，我们“安营扎寨”生活在第二故乡，直到1985年冬季我返城回到无锡家乡，整整十六个年头，第二故乡的土地上留下了我少年和青春的时光。

如果说，故乡是生我养我的地方，那么，第二故乡便是陪伴我成长的地方。

记得六十岁那年，写过一篇《甲子回想》，其中一段篇章，记录着“我的第二故乡”：

大丰那地方，遍地见荒凉；茅草土垒房，玉米当主粮；
生活要继续，男儿当自强；什么都不想，学把锄头扛；
种棉又种粮，河工争着上；城里小书生，农活劳力壮；
初生小牛犊，不惧苦辛尝；只要爱生活，何处不生长；
乡亲热心肠，淳朴情意长；打成一片时，他乡是故乡；
广阔天地里，知青好成长；大队团支书，田间歌声扬；
煤油灯微亮，读书未曾忘；心中有向往，继续把学上；
一九七五年，通知捧手上；推荐上大学，夙愿得以偿；
知识的海洋，似渴般徜徉；盐城师范里，珍惜好时光；
毕业后返乡，公社写文章；来年进县城，教育局上岗；
全县抓扫盲，干行爱一行；宣誓加入党，青春似朝阳；
调入县府办，重担挑肩上；怀揣感恩心，才智报故乡。
…………

感谢第二故乡，让我懂得了“农民、农业、农村”，领悟了自然和人生的“春耕、夏种、秋收、冬藏”。

感谢那些老乡，教我学会了“生产、生存、生活”。或沐浴阳光，或经历风霜，每一段艰辛的路程都可走出简单、快乐的模样。

感谢那片土地，赐予了我物质的食粮和精神的营养，赋予了我生命的力量和意志的坚强。

感谢那段岁月，陪伴着我成长，令我知晓怎样“做人、做事、做官”，常怀感恩之心，真情报答故乡，珍惜当下美好，不负人生时光。

离别几十载，常把第二故乡怀想。难以抹去的记忆，常常梦回故乡，几乎每年都要回去看看。沧海桑田，第二故乡日新月异变了模样，老乡奔小康，故土一片新气象。大丰好玩呢，乡村旅游美名扬。但不变的是“乡音、乡情、乡亲”，总在耳边萦绕、在心中回荡、在血液里流淌。2017年春节，我带着儿孙回到当年生活的地方，当年一起劳作的小伙伴们也都皱纹爬满额上，村里的“小芳”已白发苍苍；握住八十多岁的老村长那长满老茧的双手，听到那一声“洁平，你家来啦”，我禁不住热泪盈眶。

也许和我一样，很多朋友都有一个“第二故乡”，即曾经生活过、学习过、工作过、战斗过的那个地方。或回得去，或回不去。回不去的是岁月，抹不去的是记忆，只因那是陪伴我们生活和成长的地方。在第二故乡的那些岁月，无论是安然，还是苦涩，总有许多时光值得怀想，只因那是赋予我们生命力量和希望的地方。

我心安处即故乡。

难忘，第二故乡。

第二故乡，不忘！

# 走在乡间的小路上

小时候，一放暑假，就会坐着轮船回到老家去，一个叫作张泾公社的地方。小河、村巷；菜园、瓦房；稻田、麦场……那里是我的故乡。暑假在故乡，最开心的事便是和小伙伴们一起在凹凸不平的乡间小路上撒野：在路边的水稻田里钓黄鳝，爬到高高的树上逮知了，脱光了衣服跳进小河里打水仗，欢笑声在田野上荡漾；一头钻进桑园，直把桑葚吃得紫了嘴巴、紫了衣裳；跟着大人学车水、学插秧，不是跌落在地上就是遇上了蚂蟥；但就是觉得好玩。兴尽晚归时，一路呜里哇啦歌唱；乡间的小路上，留下了儿时无忧的时光。

十六岁那年，随母亲下放去了苏北大丰，那可是一个生满盐碱地和芦苇荡的地方，硬邦邦的小路上会冒出盐霜。第一次穿着草鞋走在乡间小路上，生出几分惆怅，因为新的生活从此在脚下铺展。为了生活，为了工分，为了一年的口粮，必须把锄头扁担扛肩上。天刚蒙蒙亮，就走在小路上，走进田间劳作忙：春耕大忙，拉棉花播种机是最累的行当，在几乎望不见边的棉田里从这头拉到那头，无数次来来往往，没多时已是辘辘饥肠；夏收夏种，身上沾满了汗水和麦芒，担着一百多斤重的麦子行走在田埂上，开始总是踉踉跄跄；初秋时分，钻进密不透风的玉米地里，弯腰锄着黄豆行间的杂草，腰酸得实在够呛，常常会躲到田埂边上躺一躺；隆冬季节，上河工挑河泥，自然是男子汉的担当，沉甸甸的泥块挑在肩上，小路上留下坚实的脚印一串串……

乡间的小路漫长，苦涩中也有快乐时光：晌午时分，总把小路尽头的茅草土房眺望，见那炊烟升起，似闻到母亲正在做的饭菜香；傍晚收工，一路在田边河旁挑满猪草回家，喜滋滋地看着小猪一天天成长；黑漆漆的夜里，提着煤油灯，去为村民们扫盲，小草房里传出书声琅琅；若是哪晚到队里场上看露天电影，那愉悦的心情恰如“赶节场”；深夜归时，夜空中一轮明月朗朗，秋虫鸣唱，只是不见村头的“小芳”……脚下的小路在延长：一头系着春的期盼，一头系着秋的丰收；一头牵着村庄，一头牵着远方。记下了那时生活的沟沟坎坎、低吟浅唱。

回城已经四十多载，对于乡村总是念念不忘。一有辰光，就要去乡村走一走，走在乡间的小路上：春天里，寻觅着“儿童急走追黄蝶，飞入菜花无处寻”“乱花渐欲迷人眼，浅草才能没马蹄”的春装；夏日时，欣赏着“麦随风里熟，梅逐雨中黄”“小荷才露尖尖角，早有蜻蜓立上头”的景象；习习秋风中，徜徉在“采菊东篱下，悠然见南山”“稻花香里说丰年，听取蛙声一片”的意境里；冬季夕阳下，沉浸在“莫笑农家腊酒浑，丰年留客足鸡豚”“故人具鸡黍，邀我至田家”的乡情里……曲径通幽处，走进农家去，和老乡们喝茶举杯话家常，那是一段多么温馨的时光。乡间的小路，悠长悠长，如歌如诗如画，总让我一遍遍怀想……

如今，城里的马路越修越宽，楼房越建越高，繁华中的喧嚣，匆忙中的拥挤，挥不去的雾霾，回不去的故乡……让我们更把乡间的小路向往。

走在乡间的小路上，一路徜徉，一路张望：那清澈见底的小河是否依然静静流淌？远处是否还是那熟悉的黛瓦粉墙？路旁是否还有蝶舞蛙鸣、秋虫吟唱？田间是否还有滚滚麦浪、花果飘香？走在乡间的小路上，一路泥土的芬芳，一路神情在飞扬：又闻小路旁稻荷飘香，又见小鸟在自由飞翔，又遇农场里成群的牛羊，又将果园里收获的喜悦分享，又赏“蓝天配朵夕阳在胸膛”，听着乡间的小曲在飞扬……感谢乡村复兴，感谢乡村旅游，感谢老乡。让我们放飞心情，沿着乡间的小路回归故乡。让我们放下疲惫的行囊，夜宿乡间的小屋里，仰望星空月亮，进入甜蜜的梦乡。

乡间的小路依然悠长。一头牵着乡景乡情，一头牵着乡音乡愁，一头连着乡村生活，一头连着都市风光，陪伴着我们走进“回得去的故乡”。“我心安处即故乡”，于是我们悠然自在地由衷歌唱：

走在乡间的小路上，
暮归的老牛是我同伴。
蓝天配朵夕阳在胸膛，
缤纷的云彩是晚霞的衣裳。
荷把锄头在肩上，
牧童的歌声在荡漾，
喔喔喔喔他们唱，
还有一支短笛隐约在吹响。
笑意写在脸上，
哼一曲乡居小唱，
任思绪在晚风中飞扬……

# 你正年少，我还未老

马年的钟声已经敲响，我们都长了一岁。刚满六十周岁的我，下意识地抚摸着两鬓露出的白发，不禁问自己：“我老了吗？”另一个声音在心里响起：“不，我还未老！”

平时，经常碰到一些三四十岁的年轻朋友，总是摇头叹息“自己已老”；可也常常遇见一些七八十岁的长者，问起年龄，他们总是诙谐一笑，说道：“我啊，还小！”

“老”的说“自己还小”，“少”的却说“自己已老”，可见孰老孰少，关键不在年龄、身体和容貌，关乎的是心态、心力和心情，心态好才是“王道”。

你若有童心，你就不老。童心，即孩子气，儿童般的心情。童心，是天真无邪，是简单纯朴。它没有烦恼的牵绊，它不顾世俗的纷扰，它也不为人为的框框条条所束缚着。凝视世界的眼光始终保持着最初的好奇，看什么都是美好。当我们感叹光阴荏苒、岁月如梭的时候，是不是对着“童心”这面镜子照照，自己还拥有“童心”多少？是不是还总用无邪的目光去欣赏生命中点点滴滴的美好？是不是还常以好奇的心理去探究生活中色彩斑斓的奥妙？是不是在不愉快的时候，还能毫无遮拦地向朋友倾诉自己的烦恼？是不是在开心的时候，还会肆无忌惮地哈哈大笑？若你这份初心永葆，那么你正年少，你就不老。

你有所爱，你就不老。你或风华正茂，你或年事已高，但只要你心有所爱，拥有一份热爱生活的激情，做着自己喜欢做的事，爱着自己喜欢的人，保持着自己的一份或几份爱好，在充实的生活中快乐奔跑，让快乐把当下的生活围绕，你就不会觉得老。尽管岁月会在我们的额头和眼角留下皱纹几条，但是有多少快乐、有多少幸福需要我们去创造、去拥抱，我们哪有时间去老？

你若微笑，你就不老。微笑是保持年轻态的灵丹妙药。人生谁没有这样那样的烦恼，烦恼多了心易老。那么就让我们面对烦恼淡然微笑。微笑是春天的喜雨，洗涤心头的烦恼；微笑是快乐的音符，弹奏生活的情调；微笑是希望的蓓蕾，孕育明天的美好。“恼一恼，老一老”“笑一笑，十年少”。学会摆脱往事的缠绕，不去预支明天的烦恼。保持微笑面对生活，生活就会对你微笑。只要在心头、在嘴角常葆那份灿烂的微笑，即使岁月会改变我们的外表，但改变不了我们年轻的心跳。

你若简单，你就不老。简单是快乐的影子，快乐是简单的回报。人，一简单就快乐，事不当事，心无挂碍，就会感觉生机勃勃，“自己还小”。人，一复杂就世故，事事计较，烦事缠心，就会感觉不堪重负，“自己已老”。快乐很简单，当你觉得不快乐时，说明你已不简单了；快乐不是得到的多，而是计较得少。学会放下，存一颗简单的心，做一个简单的人，“小快乐”“小幸福”就会时时在你身边围绕，你就会收获到孩童般的满足和不简单的回报。

少者当少，老者不老，保持积极的心态非常重要。对于一个积极生活、热爱生命、充满激情的人来说，年龄只是一个数字、一个符号。有的人还很年轻，但心力衰退，老气横秋，所以觉得“自己已老”；有的人年事已高，但心力旺盛，充满激情，所以感到“我正年少”。如果你永远收到美丽、希望、愉快和自信的信号，你就会永远感到“我正年少”“我还未老”。世间最可怕的衰老不是年纪的衰老，不是容貌的衰老，而是心力的衰老、精神的衰老。心态不老，人生不老。

曾有一首歌，上了些年纪的人都不会忘掉，歌名为“革命人永远是年轻”；不妨稍改，叫作“快乐人永远是年轻”，快乐的心，快乐的人，永远不会“言老”，不会“服老”。在生命的每一个历程里，在岁月的每一个时光里，都为自己的经历喝彩叫好，都和当下的快乐紧紧拥抱。哪怕最后终将衰老，你还会感受到生命的另一种美好。

回首，留不住岁月；凝眸，牵不住时光。人的一生必然从青年走向老年。然而，只要珍惜和把握，无论在哪个年龄段，都可以把人生的美境创造。于是，我们灿烂微笑，积极创造和享受当下的美好。你正年少，我还未老。时光曼妙，岁月美好。

# 风景在路上

人生如同一场漫长的旅行，我们都是行者。我们钟情旅行，我们总在前行，因为我们热爱生命。

我们走在路上，关心的不是目的地的风景，而是行走当下的心情。如同生命的美妙，不在初始也不在结局，而正藏在每个人或长或短的一生当中。带着期冀的心情和欣赏的眼光上路，用心体味过程之美，用眼发现旅途之美，你会发现沿途处处皆景，人在景中，景在人中，你也是别人眼中的风景，人生何处不胜景。

轻装才能远行。如果你背着沉重的包袱去旅行，就会感到步履蹒跚、踟蹰难行，更无心去欣赏沿途的风景。那么，何不试着放下，放下那些琐碎，放下那些烦恼，放下那些不必要的背负，丢弃那些拖累我们的东西，安心享受沿途的风景。轻松旅行，从容致远。

旅行是一种体验，不要太过匆匆地赶路。风景在于欣赏，放慢脚步，细细感受沿途的每一景，欣赏身边的每一物，品味当下的每一刻：

春花的蓬勃灿烂，夏雨的专注猛烈，秋月的寂寥淡远，冬雪的晶莹无瑕。一沙一世界、一花一天堂，品味自然，体悟人生。

旅行是一种经历，不用太多地追求结果。曾有这么一句谚语：人在世界上行走，记忆是唯一的行李。经历是旅行的主题，经历是人生的财富。人生旅途中，“绿水青山”，愉悦我们的心情；“风花雪月”，滋润我们的性情；“坎坷泥泞”，点燃我们的激情；“甜酸苦辣”，磨炼我们的真情。一份经历，一份收获；一份收获，一份沉淀；一份沉淀，一份成熟。我们享受旅行的快乐，我们笑看人生的风景。

旅行当要随心，人们渴望“说走就走”的旅行；旅行当有个性，人们崇尚“自由自在”的旅行。喜欢去哪儿就去哪儿，想出发时就出发。尽管不会事事尽如人意，但我们总能选择走自己想走的路，做自己喜欢的事，去自己向往的地方。人在旅途，虽然所选择的方向不同，所走的路径不同，所付出的情感不同，以至于发生的故事不同，邂逅的风景不同。然而，适合自己的，就是最好的，自己喜欢的，就是最美的。

因为旅行，我们会爱上一个地方。也许是为了一道偏爱的风景，也许是为了一座熟悉的老宅，也许是为了一道心仪的点心，也许是曾经邂逅过某个难忘的人，因为似曾相识，因为气味相投……就如爱上一个人。

旅行，或许是一种逃避，逃避喧嚣繁杂的熟悉环境；旅行，或许是一种回归，回归深藏心中的世外桃源；旅行，也许更是一种向往，向往超凡脱俗的那个境地。不管怎样，携一颗从容淡泊的心，走过层叠山水，笑看花开花落，在云卷云舒间发现另一个自己。

旅行，是一段时间空间的改变，而无论改变有多大，我们终将归来。但归来时，已不是出发时的自己，因为我们看到了、走过了、经历了、成熟了，所以，旅行对于我们来说，重要的不是结果，而是一路发现美的过程，一路经历当下的行程。背起背包出发，便是行者；放下行囊归来，便是故乡。只要心有所栖，纵使千山万水，无论到哪里，我们总能拥有自己人生最美的风景。

风景在路上，我们都在路上。

# 带着欣赏的眼光在路上

人生是一场旅行，我们都在路上。带着欣赏的眼光在路上，我们的心灵就会充满阳光，我们的生命就会愈加灿烂。

在路上，沿途的风景一定要用心欣赏，因为它让我们发现世界是多么美好。我们不仅要为闻名遐迩的名山大川、胜景奇观而喝彩赞叹、流连忘返，更要为那些默默无闻的小谷、小溪、小花、小草驻足留步，品赏颂扬。因为它们在为我们歌唱，在为我们散发芳香，让我们感悟生命之河在于静静地流淌，生命之花在于静静绽放。在路上，我们会为一场美味大餐而举杯畅饮，为一台精彩大戏而心灵震撼，但更多的是常常会被一回小酌、一首小曲、一个故事、一次邂逅拨动心弦。因为它们会让我们享受一段柔软的时光，让我们懂得生活可以如此多姿多彩，可以如此平平淡淡。因为精彩，所以欣赏；因为欣赏，所以精彩。人生何处不风光。懂得欣赏，让我心飞扬。

在路上，同行的人一定要懂得欣赏，因为无论和你一起走多远，大家都是一道风景在路上。“三人行，必有我师”，懂得欣赏，会让自己吸收营养；“尺有所短，寸有所长”，懂得欣赏，会让自己学到榜样；“赠人玫瑰，手留余香”，懂得欣赏，给别人多一份肯定，多一点赞扬和褒奖，会让自己收获更多的正能量。在同行的路上，如果是你朋友，那就应执着地欣赏，因为只有真正的朋友才会接受你的过去，喜欢你的现在，并和你一起走向未来。如果是你所爱，那定当加倍地欣赏，因为唯有欣赏，才能更加懂得；只有懂得，才会更加珍惜，才能走得更远。

在路上，对于自己一定要善于欣赏。因为在人生的旅途上，我们会发现一个不一样的自己是多么值得欣赏；在人生的舞台上，我们都是主角，只有自己欣赏，才能让他人鼓掌。无论是轰轰烈烈，还是平平凡凡，哪怕是不完美、不顺当、不如愿，都要把自己欣赏，因为生活的精彩就在于每个人的不一样，只要做好自己，活出个性，活得坦然，就是好样的。因为欣赏，让自信滋长；因为自信，让生活灿烂。欣赏自己，当然不是孤芳自赏。人生是用来欣赏的，如果连自己都不欣赏，别人怎会把你欣赏？你把别人仰望，别人也在把你欣赏，正是在欣赏和被欣赏中，人生路上方展现出无限风光。

常言道：我们不能决定生命的长度，但可以把握生命的厚度。带着欣赏的眼光和心灵在路上，生活定会更加美好，生命定会更加灿烂。走得美比走得远更有质量。人生何处不风光，人生何处不欣赏。

# 马山，你的蜕变令人刮目相看！
## ——写在无锡太湖国家旅游度假区三十周年之际

岛屿纵横一镜中，湿银盘紫浸芙蓉。
谁能胸贮三万顷，我欲身游七十峰。
天远洪涛翻日月，春寒泽国隐鱼龙。
中流仿佛闻鸡犬，何处堪追范蠡踪。
——文徵明《太湖诗》

无锡马山，原为太湖里的一个孤岛。

1969年开始的围湖造田，使得东北部与马圩相连，形成58平方公里的半岛。

1948年设立马迹山乡，曾先后隶属武进县、震泽县、无锡县和无锡太湖区、郊区；1988年成立马山区人民政府，那时两万多人口。

正是基于马山的山水资源优越、人文内涵丰厚、地理位置独特，1992年10月国务院批准在这里建设“无锡太湖国家旅游度假区”。从此，这个美丽而神奇的半岛，撩开她的面纱，翻开新的篇章。

这是一个蕴藏着美丽传说和历史印记的地方：

马山，旧称“马迹山”。《舆地纪胜》载：在州东太湖中，岩壁间有马迹隐然，世传秦始皇游幸马所践。

相传当年秦始皇驾着神马巡视江南，被太湖蔚为壮观的景色所迷住，神马心领神会，一声长啸飞跃而下，在湖中龙山西南端山渚的一块巨石上，踩出了四个深深的马蹄印，然后横空腾飞而去。从此那块巨石被称为“马迹石”，这座龙山也被人们称为“马迹山”。

马迹山里，有一处地方叫作“战鼓墩”，相传是吴王夫差击鼓督战之地，还有吴王阖闾建造的避暑宫、伍子胥伐越誓师之地的“伍子盟顶”“试剑石”和闾江口的阖闾城遗址，以及近年建造的阖闾城遗址博物馆，这些地方一起记录吴越时期风云际会的史诗。

秦履峰麓的云居道院遗址、道教学者葛洪的炼丹之处、胜子岭上的真武行宫旧地……道教文化又给这片风水宝地蒙上了一道神秘色彩。

这里自古就是归隐之地。曾有历代名士墨客隐居这里，筑庐归田、泼墨丹青、题诗吟咏……南宋进士许叔微的梅梁小隐、明代文人钱孝的西青草堂……

抗日战争时期，这里又是太湖地区革命根据地之一。抗日烽火燃起，红色血液染地，这里至今还流传太湖游击队和马山百姓同心抗日的悲壮而惨烈的故事……

1992年这里挂上了“无锡太湖国家旅游度假区”的牌子，作为全国首批12个国家旅游度假区之一，马山开始书写新的传奇。

## 01

“潮平岸阔风正劲，扬帆起航正逢时。”1993年马山半岛开始启动度假区建设。

当时刚进入大众旅游时代，对于度假区的认识还很粗浅。建设一个怎样的旅游度假区？

探索和思考中大家形成一个共识：“从文化进去，从旅游出来”，让传统文化和秀美山水交相辉映，建设一个具有特色的旅游度假区。

当时，找到了六块“文化基石”，即吴越文化、太湖文化、道教文化、佛教文化、隐逸文化和红色文化。

而一处祥符禅寺的旧址，引起了共同关注。唐朝贞观年间，帮助李世民打下江山的右将军杭恽解甲归田，并捐出故乡一处地方建了一座寺庙。当时的玄奘法师与杭恽的关系甚好，杭恽邀请玄奘访问马山，玄奘见寺后的山峦酷似印度佛教圣地的灵鹫峰，就给这座山取名“小灵山”，这个寺也就叫“小灵山寺”。直到宋代祥符年间更名为“祥符禅寺”。

不久，“修复祥符禅寺，建造灵山大佛”的动议，获得了江苏省政府的批准，并得到了时任全国政协副主席、中国佛教协会会长赵朴初先生的鼎力支持和亲临指导。1994年的一天，赵老来到马山，看到这里的山光水色，即兴赋《忆江南》一首：“龙头渚，景色胜天堂。七十二峰争供奉，小灵山里建禅场，大佛法中王。”

祥符禅寺旧址，一棵古银杏，一口枯井，一段残垣……就在这里，1994年“修复祥符禅寺，建造灵山大佛”工程奠基。三年打造，历经艰难。

1997年11月15日灵山大佛落成开光。“感悟灵山，吉祥平安”，这座用725吨铸铜、1560块6—8厘米厚的铜壁板构成佛体，能抵御14级台风和8级地震，88米通高的灵山大佛，屹立在东方。当天凤凰卫视向全球直播，一下子让世界瞩目。

2002年灵山文化广场奠基，演绎佛教文化经典故事的“九龙灌浴”项目启动，这个运用当代科技并为当时国内最大的音乐动态青铜群雕于2003年建成。记得6月7日那天，“非典”疫情解禁以后的江苏省内游开游式在灵山胜境举行，当九龙灌浴首次展现“花开吉祥”的壮丽景象时，“开游啦”“祝福江苏”“祝福中国”……参加开游式的省市领导和各市游客一齐欢呼，迎接旅游的重启。

时隔六年，灵山梵宫建成，2009年第二届世界佛教论坛在灵山梵宫举行，国家旅游局也把当年我国唯一一块5A级景区的牌子颁给了灵山景区。这个荟萃东方佛教艺术的文化旅游精品，被称为“旅游奇观、艺术殿堂、心灵归所”。

灵山胜境，首开国内文旅融合之先河，成为无锡城市文化旅游的新地标。“太湖绝佳处、运河水弄堂、灵山吉祥地、百年工商城”，无锡城市的崭新形象吸引着八方游客“近悦远来”。

“灵山现象”“马山现象”引起了社会和业界的关注。当时曾有“无中生有”一说。其实，应该说是充分挖掘优秀文化的精髓，并以“传统文化现代表达”创新创造，进而“有中生好”“好中生优”“优中生精”，打造文化旅游精品。

马山度假区的建设主体——灵山集团从一开始就确立和践行“精品战略”，响亮地提出“打造文旅精品，不留建筑垃圾”“多留遗产，不留遗憾”；并以对优秀文化的敬畏，发出“创造未来文化遗产”的倡议。让传统文化在新时代大放光彩，度假区走出了一条特色发展之路。

## 02

“旅游即生活”，旅游度假是一种生活方式。

随着人们旅游度假需求的日益增长，在度假区建设的进程中，建设者们认识到旅游度假区应该是人们在工作之余到不一样的环境中体验“新生活”的空间区域。度假区的主要功能是度假，让人们“放慢脚步”“把心放下”，愉悦生活；度假区的核心是“度假生活方式”的构建。于是有了下面一系列的动作：

践行“两山理论”，秀美绿水青山。在太湖水质治理的世纪工程中，执着守望一湖碧水；四十二公里湖岸线、五十七座山峰、三十八处津湾，扮靓最美湖岸；“水净空净陆净，净土即在此方”。东半山、西半山，十里明珠堤，七里风光堤，环起最美绿道；“赤橙黄绿青蓝紫，谁持彩练当空舞”。山水氧吧，生态湖岛，度假区筑起一流的旅游度假环境。

丰富产品供给，提升度假功能。从第一个度假村——月亮湾度假村，到波罗蜜多度假酒店；从无锡第一个高尔夫球场，到正在建设中的金太湖房车文旅小镇；从第一个山里农庄——慕湾山庄，到近年红火的“栖太湖”民宿集聚区；从无锡第一个旅游专业学校——江南大学旅游经贸分院，到正在对接落地中的洛桑管理学院；度假设施不断丰富，生活空间持续赋新。钟情山水，诗意栖居，度假区渐成人们“打卡”的旅游度假目的地。

打造度假小镇，倡导生活方式。从1997年的灵山大佛落成，到2003年的“九龙灌浴”绽放，到2009年的灵山梵宫面世，几乎是六年一个节点，马山度假区在打造度假胜地的路上，风雨兼程，不断出新。

2015年11月14日，拈花湾禅意小镇建成开放。这是在西太湖畔，一个叫作“耿湾”的地方，原是一个偏僻贫穷的村落。由于所在的地块形似五叶莲花，又源于“拈花一笑”的佛教文化经典故事，灵山文旅集团用五年时间在这里建设“拈花湾禅意小镇”，再现马山神奇。这是一个自然、人文、禅意和生活方式融为一体的旅游度假目的地，追求一种身、心、灵独特体验的人文关怀，让人们体验无处不在的禅意生活。

拈花一笑，生活美好。拈花湾，不仅成为当代文旅融合的标杆，沉浸式体验的首秀，更是创造和倡导了一种生活方式，成为人们向往的“心灵度假目的地”。

## 03

“山水之间有人家，湖岛盛开旅游花。”21世纪以来，在度假区文旅项目和度假设施持续推进的同时，马山岛的乡村旅游悄然兴起，渐成度假区的一道别致的风景。

马山岛，山水间，原有九个村，村名就让人感受到原生态之美：桃坞村，一个桃花盛开的地方；古竹村，古时就有修竹茂林；嶂青村，层峦叠嶂青青地；檀溪村，那里的乌杨梅远近闻名……世居这里的人们，“靠山吃山，靠水吃水”，过着勤劳而安逸的生活。而度假区的开发建设，让他们的生产方式、生活方式发生了深刻变化。

因度假区建设需要，拆迁祖居房屋、住入新村的农民，离土不离乡，纷纷走进旅游度假企业，走上旅游服务工作岗位，从此有了新的职业。不少农民家庭则利用自己的土地、房屋和生产生活资源，办起了农家乐、休闲农庄、户外拓展营地，华丽转身成了旅游业的经营者，以马山人的纯朴、好客、马山十鲜美食、农作劳动体验和“马山生活方式”，热情接待前来休闲度假的城市人群。

近十年来，马山半岛上的乡村民宿更是风生水起、红红火火。许多原住民利用自家房屋改造办起民宿，一群年轻人“返乡创业”创办民宿，一批城市创客租用集体闲置房屋设施建起了民宿。一个“栖太湖”乡村民宿集聚区，成了人们心仪的休闲度假目的地；而山居壹聚、如愿客栈、马山人家、云居西村、半亩方塘、平安客栈、心灵山居、揽月阁、青螺居等各具特色的精品民宿，则成了“网红打卡”地。

“太湖美，美就美在太湖水。”受太湖水滋养的马山岛，物产特别丰富。这里有着“江南果篮”之称，盛产马山杨梅、马山芋头、马山毫茶、马山橘子、马山枇杷等，其中杨梅最负盛名。马山杨梅的种植已有两千多年历史，以“色艳、果大、汁多、味浓，酸甜可口”而驰名，古称“吴越佳果”，宋代苏轼曾赞曰：“闽广荔枝，西冷葡萄，未若吴越杨梅。”

而旅游度假区的建设、乡村旅游的兴起，让马山杨梅名声和身价大涨。每年六月初杨梅节期间，满山是采杨梅的人影，满岛是品杨梅的人们；“马山杨梅又吃又带”，且成了人们赠送亲友的时令佳物。马山杨梅的产业链同时悄悄拉长，不仅上榜“全国农产品地理标志”，还被评为“江苏省特色农产品优势区”。一颗小小杨梅，美了人们的味蕾，富了农民的口袋，成为农旅融合、交相辉映的生动典型。

度假区的发展走出了一条发展乡村旅游、助力乡村振兴的特色路径。乡村旅游的发展实现了“农村增美、农业增值、农民增收”，和平村挂上了“全国农业旅游示范点”“美丽乡村示范村”的“金字招牌”，古竹村、群丰村双双列入“全国乡村旅游重点村”。“钟情山水间，栖居太湖边”，马山的美丽乡村、乡村民宿和灵山胜境、拈花小镇交相辉映，成为人们共建共享美好生活的“诗和远方”。

## 04

“栽下梧桐树，引得凤凰来。”建设中的度假区不仅成了人们旅游度假的乐园，还成了一片投资兴业的热土。

二十世纪七八十年代，马山岛上的乡镇工业就已起步，以制造业为主，涌现了一汽锡柴汽车、四方有信包装、东马锅炉、宏盛换热器等知名企业，尤其是换热器企业相对集中，形成一定规模效应。

国家旅游度假区建设启动后，度假区充分发挥“净空、净水、净土”的优势，不失时机招商引资，推进产业的转型升级。从二十世纪九十年代的亚洲最大的肠道营养液制造商——华瑞制药投产以来，国内外的著名生物医药企业、生命医药企业纷至沓来。

如今，生命医药产业园（国家级生命科学园）里汇聚了各类生物医药企业近一百七十家。其中不乏全球五百强的辉瑞制药，全球最大的生物医药企业药明生物，无锡“A+H”上市公司药明康德、博雅干细胞、智康弘义、贝迪生物、健适医疗等，成为国际知名的生命健康产业高地。一、二、三产业融合发展，正在翻开建设“国际健康旅游度假岛”新的篇章。

“太湖情，马山行。”以往到马山，只有一条十八湾公路，如今十八湾公路焕然一新，炫作“滨湖108公里廊道”的一道风景。2022年元旦前夕，太湖隧道开通，苏锡常南部高速公路和341省道无锡宜马段主线高架桥开通，到达马山的交通愈加便利。而马山的区位优势、环境优势、产业优势更为显现。“山含笑水含情”，秀美马山敞开太湖的怀抱，迎接旅游度假和创业旅居的人们来到。

“三十而立，秀美马山正青春。”文旅融合点亮生活，科技赋能焕新产业，受到疫情影响的马山旅游业再出发。小南湾乡创园、阖闾幻城、六合书院、西太湖湿地公园、砂之船超级艺术奥莱、太湖游客集散中心等特色文旅项目和度假生活空间正在相继启动和推进。而灵山湾科创城，以“美丽一弧”的姿态，融入太湖湾科创带的创新大潮；以“康养、旅居”为特色的大拈花湾，正在开创旅游度假的未来，引领和推进太湖湾世界级旅游度假目的地的建设。

美丽中国看太湖，美好生活在马山。

马山这个小岛，正如一艘帆船，乘风破浪太湖潮，争流奋楫；

秀美马山湖岛，恰似一匹骏马，扬鞭奋蹄向未来，未来可期。

# “灵山创造”让世界瞩目

1997年11月15日，地处太湖之滨的灵山大佛落成开光，灵山胜境建成开放。时任无锡太湖国家旅游度假区党工委副书记的我，有幸参与了景区的建设，并见证了这一吉祥时刻。那时，云开雾散，阳光灿烂，鲜花簇拥着八十八米高的露天青铜佛像；十万游客和信众从四面八方涌向灵山，凤凰卫视全程记录并向全球播放实况。那时，我已被现场的景象深深感动：不禁想起1994年开工后景区建设的日日夜夜，想起度假区和灵山的开拓者们筚路蓝缕的身影。

弹指一挥间，就在这一个名不见经传的马山湖岛，就在这一片仅存一口枯井、一段残垣、一棵古银杏的荒芜之地，灵山胜境绽放在太湖之滨，引世人向往。如此魅力，源自灵山人不懈的创新、创造。灵山的二十五年，正是以中国文化旅游创新发展的“无锡实践”，向世界打开了一个讲好中国故事、弘扬优秀文化的“窗口”，为人们创造了一个体验美好旅游、共享美好生活的胜境。

回到二十世纪九十年代初，无锡太湖国家旅游度假区启动建设。当时国内出现了一阵建造文化旅游主题园区的热潮，遍地开花，但同质现象成风。正处起步之际的灵山景区，没有盲目跟风，而是更多地思考和探索将中华优秀传统文化、江南悠久的历史文脉、太湖秀美的自然山水结合起来，从而建造独具特色的文化旅游主题园区。果然，不同凡响。1999年、2000千禧年，灵山景区连续两年年接待中外游客200多万。中国旅游的“灵山现象”，引起国际旅游界的关注。2002年，灵山文旅创始人吴国平和时任无锡市旅游局局长的我，一起走进中央电视台四套的《让世界了解你》栏目，通过卫星双向传送，与美国纽约市旅游局局长康思敏，来了一场“隔空对话”。听着国平讲述灵山胜境的故事，康思敏不禁频频点赞，但也炫耀起他们那座已被列入世界文化遗产的自由女神；我们则自豪地告诉他，灵山胜境依托的是中国几千年的优秀传统文化，不但是“传统文化时代表达”，而且正在创造未来文化遗产。中间，还提起了一个“假如把灵山大佛移建到纽约”的有趣话题，聊得甚欢。

以传承和弘扬中华优秀传统文化为已任的灵山人，迈着创新创造的脚步，一路风雨兼程。2001年开始建设“九龙灌浴”景观，不仅运用当代科学技术让景观“动”了起来，而且在世界语境中生动表达经典文化故事。

如果说“九龙灌浴”是沉浸式体验的先河，那更当为灵山创新创造文化旅游精品的精神喝彩。当“九龙灌浴”伴随灵山大佛“一开走红”，灵山胜境成为文化旅游“网红”目的地的同时，全国出现了好多克隆、仿造“九龙灌浴”的景观。对此现象，灵山人作出回应：“你可以克隆，可以仿造，但你无法超越；因为我们在创新文化和旅游融合，在创造当代文化旅游的精品。”灵山人坚持以精心传承、精准创意、精致建设、精细管理、精美服务的实践，践行着创造中国当代文化旅游精品的使命。“我们要做世界一流、中国最好的传世精品。”2005年9月，世界旅游城市联合委员会首席专家魏小安与吴国平和我三人，在灵山发起“创造新的文化遗产论坛”，与世界文化遗产对话，议当代文化旅游精品建设。论坛上，灵山景区携国内一批精品景区发出倡议：以创造未来文化遗产的精神，打造文化旅游传世之作，为中国文化的复兴和人类文明做出更大贡献。

灵山的实践，不仅创造了当代中国文化旅游的一个标杆，创造了无锡城市的一张新的名片，而且引领和驱动着无锡城市旅游的精品建设和转型升级，让无锡这座优秀旅游城市愈发精彩，蜚声中外。2007年10月凤凰卫视《纵横中国》又一次走进灵山，聚焦无锡。吴国平和我一起，在和主持人李辉的对话中，解读“灵山现象”，演绎太湖美景；携太湖鼋头渚景区、江南古运河景区、央视无锡基地、“天下第二泉”锡惠景区一起，向世界展示“太湖佳绝处，运河水弄堂，灵山吉祥地，百年工商城”的城市形象，向世界发出“太湖美景欢迎你，无锡旅情伴你行”的邀约。

也许正和我们这座充满创新精神的城市一样，灵山人心怀高远，创新创造的脚步一直在路上。2007年传来一个令人振奋的好消息：第二届世界佛教论坛定于2009年在灵山举行。灵山开始建造论坛会址。是建造一个简单会场，还是创造一个传世之作？灵山人再一次把目光聚焦在世界佛教文化和中华优秀文化的融合、传承和创新表达上。终于，一个美轮美奂、让人心灵震撼的“灵山梵宫”，迎来第二届世界佛教论坛盛会，并于2012年被定为永久会址；更被世人赞为“旅游奇观、艺术殿堂、心灵归所”。同时，志在打造世界级精品旅游景区的灵山，一直在高标准地创建和申报国家5A级景区。2009年3月初，我受市领导的委托，再一次和灵山负责人一起专程到国家旅游局汇报灵山创建精品景区的工作，汇报灵山景区对于中国文化旅游的突出贡献，得到国家旅游局的充分肯定，并决定把2009年唯一的一块“国家AAAAA景区”牌子，授予无锡灵山景区。一个只有“十二岁”的年轻景区，成为中国第六十六个5A级景区。灵山，无锡，又一次让世界瞩目，让游人近悦远来。

“满眼生机转化钧，天工人巧日争新”。在灵山胜境成为国内外著名的旅游目的地的时候，灵山人又在不断超越自己。2015年建成的“拈花湾”，在马山一个贫困村落的湖湾里，再现文化旅游的神奇之作。拈花湾，一个把禅文化“活化”、演绎在游客生活的方方面面的“大美场景”，让人们的心灵度假休闲，共享“拈花一笑”的生活方式，成为人们向往的“诗和远方”。

2020年暴发的新冠肺炎疫情让中国旅游、世界旅游遭受断崖式的

“下跌”；而灵山人坚信“风雨过后见彩虹”，他们坚守着，踔厉奋斗着：一个构筑“心灵调养、生命保养、生活康养”健康旅居生活场景的“大拈花湾”正在精心建设中；一个用元宇宙理念和手段演绎吴越文化的《吴越春秋·鸿山奇境》已经开工；一个以沉浸式体验“活化”文化遗产、打造情景式生活街区为特色的惠山古镇三期工程亦在推进之中……灵山，正在以不懈的创新创造，描绘着一道道“彩虹”，让无锡这颗“太湖明珠”更加璀璨；正在和无锡这座中国文化旅游名城一起，向着打造世界级人文旅游度假目的地的目标再出发。

# 拈花一笑

在太湖之畔有座山，名字叫作“小灵山”。相传当年唐玄奘西天取经回来，游历东南至此，只见“层峦丛翠，景色非凡”，大为赞叹，曰“无殊西竺灵鹫之胜也”，于是欣然赐名“小灵山”。如今，小灵山果然成了闻名遐迩的胜境。山上有尊佛，灵山大佛，佛大山灵；山下有座寺，祥符禅寺，梵音回响；山前有胜景，九龙灌浴，花开吉祥；山旁有奇观，灵山梵宫，艺术殿堂。人们在这里，把心放下，拈花一笑，感悟灵山，吉祥平安。

在太湖之滨有个湾，名字叫作“拈花湾”。“曲径通幽处，禅房花木深”，禅意田园小镇，一个让心灵栖息的地方。徜徉香月花街，沐浴盛唐余风，置身禅意之中；或品禅茶一味，或是抄写心经，感悟人生禅境；格桑花开陌上，融入梵天花海，尽揽美好入怀；泊居拈花客栈，体验禅客生活，枕眠明月清泉；夜色灯火阑珊，心灵归于宁静，邀月一起禅行……这里的一山一水，一草一木，一石一叶，一门一窗，一篱一栅，一桌一灯，一杯一盏，一物一景；这里的彩云薄雾，晨钟暮鼓，鸟啼蛙鸣，花开花落，烛光暗香，渔火晚唱……无处不是禅意，无处不是生活。人们在这里，拈花一笑，时光曼妙；好好生活，岁月静好。

拈花一笑，是佛教禅宗里的一个故事。据说有一天释迦牟尼在一座山上召集众弟子说法，他拈着一朵莲花，面对大家，不发一语，这时听众们面面相觑，不明所以，只有迦叶会心地一笑。于是，释迦牟尼高兴地说道："吾有正法眼藏，涅槃妙心，实相为无相，微妙法门，不立文字，教外别传，付嘱摩诃迦叶。"于是，有了"一朵花和一个微笑"的美妙故事，有了"拈花一笑"的美好意境。

拈花一笑，"因花微笑，因笑花开"，用心去看花，一花一世界，当是由衷的一笑。当初，是迦叶对于佛教禅理的透彻理解；如今，当是我们对于生活哲理的深刻感悟。生活美好，吾心知道，自然莞尔一笑。

拈花一笑，即彼此默契，心领神会，心意相通，当是会心的一笑。生活中，人与大自然，人与人之间，人与自己那个"我"，不管何时何地何事，假如都能"会心一笑"，那么定能少一点困扰、误解和烦恼，添一分默契、理解与和谐，世间会是多么美好。

拈花一笑，源自心灵深处的宁静和禅定，当是坦然的一笑。如果没有这份心静和禅定，迦叶怎能"会心一笑"。宁静致远，淡泊明志，让心归于宁静，淡观世事，静听花开花落的声音，我们依然面对纷繁喧嚣的尘世安详地一笑。

拈花一笑，只因一种简单，一种返璞归真，当是委婉地一笑。花开是幸福，花落是被幸福感动的泪水。春光明媚是美好，雪花的飘落正是为了美好的轮回。在平日的生活里，一个简单的房间，一张木桌，一杯清茶，一本书，总让我们享受生命中的那分那秒；在繁杂的世俗中，一棵小草，一缕阳光，一句问候，一个信任的眼神，分明都让我们感悟生活的那份静好。简单而心至，简单就快乐，在纷杂中守护一份简单，在世俗里守望一份本真，我们常会欣然地一笑。

拈花一笑，是一种生活的智慧，当是自在的一笑。“闲看庭前花开花落，漫随天外云卷云舒。”“我自拈花笑，清风徐徐来。”跟随自己的心，走自己的路，相信自己能行，把自己做好。当下的自己最好，我们当能自信地一笑。

拈花一笑，是一种生活的态度，叫作“好好生活”。在拈花湾灵山小镇，如是倡导：好好玩，好好学，好好吃，好好睡，好好做自己喜欢做的事，好好享受当下的时光曼妙。

“往事一笑间，生活莫空扰。”过自己喜欢的日子，是最好的日子；活自己喜欢的活法，是最好的活法。

当下最好，好好生活，我们何不“拈花一笑”？

# 山居壹聚的时光

太湖畔，马山里，秦履峰下嶂青村，沿着弯弯山路慢慢前行，草木深深，豁然开朗：一处民居，一座花园，一片芬芳，在眼前，在身旁。闻香下马，山居壹聚民宿就在这个地方。

“柴门有客忙相揖。”叩响门铃，即见民宿管家笑脸相迎。民宿的主人老毕和小史夫妻俩家在上海，原本在新加坡创业多年，也许是看多了都市的纷繁，听惯了都市的喧嚣，或是经历过商战的疲惫，他们早就向往择一乡村山间，安居乐业，拥有一份悠然时光。2017年底，他们来到太湖边的马山，看上了原来的嶂青茶厂这块宁静的地方。把茶厂租下，在山里安家，并办起村里第一家民宿。他们说只想把生活过成自己喜欢的模样，并和更多的人一起分享，共享这山居壹聚的曼妙时光。

男主人老毕不仅有情怀，而且动手能力强。出去看，到处学，院落客房都是自己设计。别说，民宿居房简洁、干净、宽畅、明亮，且床品都是上等的质量，还有依山望湖的跃层式家庭房。开门见山，推窗闻香，晨起听鸟鸣，夜静枕月眠。“因为一张床”“山里有间房”，不少城里人喜欢上了这个让身心栖息的地方。

当然，民宿不仅仅是住宿，更是一种生活方式。爱生活、会生活的女主人嫣然一笑说“主客共享慢时光”。他们觉得最自在的生活模样，就是和客人一起采茶品茶，一起欣赏琴棋书画，一起商量今晚咱们吃点啥，不少客人也乐于和他们聊聊家常事，甚至掏掏心里话。孩子则在山道间、小池旁、菜园里、“微体育场”中无忧地玩耍。

“来民宿的客人也都有着自己喜欢的生活方式”，好客的民宿主人则用心地帮大家去设计、去体验。或一本书一杯茶，或手作或抚琴，或徒步或登山，或聚会或派对、轻歌曼舞……聆听灵山梵音，寻找马山故事。时下正是马山柑橘熟了、芋头糯了、湖鲜上市的时光，采摘之旅，美食之欢，住店客人在山里、在湖畔放慢脚步，漫度闲暇时光。

一间屋的情境，让人把心放下；一杯茶的时光，让人归于宁静。

山居壹聚的主人直把他乡作故乡，城里来的朋友则在这里与青山绿水一聚，与家人朋友一聚，与闲逸时光一聚，与原本的自己一聚；把心放下，吾心安处即故乡。

夜幕降临，山静水静人静心静。“空山新雨后，天气晚来秋。明月松间照，清泉石上流。”这不就是王维《山居秋暝》描写的那般意境吗？

那微微的灯光下，有在喝茶聊天的，还有读书静思的……

也有朋友登上三楼天台，欣赏着仲秋时分太湖之上的月亮。

也许有的客人已经在徐徐山风的轻抚下，枕着湖水进入了甜蜜的梦乡……

很是喜欢山居客厅里挂着的那副对联，更喜欢这般山居生活的模样。一时兴起，欣然写下八个字：

闲在山居，

悠然壹聚。

# 曹张里的烟火气

曹张新村，前身是无锡郊区扬名乡的一片菜地。二十世纪八十年代，一个不小的新村在这里建起。九十年代我曾在曹张新村住过几年，记得新村里有条曹张街，街旁有个小菜场。早晨，喜欢拎个篮子到菜场里逛逛，回家时带上两副大饼油条或两个鸡子大饼，便是丰富的早餐。骑车上班去，已是满满元气。

也不知哪一天，人们把曹张街叫成了“曹张里”。“里”，即人们生活栖居的地方。无锡人喜欢用“里”来称呼生活着的里弄、街坊和社区，如“夹城里”“尤渡里”“盛岸里”“叙康里”……颇有一种归属的寓意。

走进曹张里，老新村改造，已是变了模样。不变的则是路旁两排法国梧桐树情深依依。遒劲的枝干、斑斓的树影，从春夏绿荫遮地，到秋冬落英缤纷，静静地守望着这里的四季，守望着这里的烟火气。

围墙上那些壁画，彩绘曹张里的故事，一下子把人带进了过去的时光里。梧桐树下，那些开了二三十年的小店店名是那么熟悉。初冬晨曦里，阿娟馄饨店里已经人头攒动。阿娟馄饨从1991年开业到现在已经有三十多个年头，早有不小的名气。据说做馄饨的就是阿娟，是老板的丈母娘，靠着好味道每天要卖一千多碗馄饨。店里营业时间是早晨六点半到晚上六点半，一开门食客就纷至沓来，随时都是满座。很多人从小时候吃到现在，已是中年，还带着孩子一起继续来吃。不少年轻人和外地游客则是开着小车、打个飞的赶来“打卡”这碗馄饨。馄饨，在无锡百姓生活里是最寻常不过的小吃，而人们对阿娟馄饨如此心仪，也许是为了那用大骨头熬的汤底，青睐那永远一两八元十只的鲜肉馅馄饨，欢喜那碗猪油、酱油加点白糖的拌馄饨吧。道地的无锡“咪道”——“咪道”里包蕴着一份寻常生活的惬意。

无锡人的早晨大都是从一碗早面开启。提及吃面，朋友们都会推荐曹张里的老面馆。店名全称是“曹张饮食店老面馆”。店面不大，五张餐桌，坐得有点拥挤。早面，可是无锡人的心头好。锡城的街头小巷，到处都有的面馆里，总是坐满了“面祖宗”（无锡地方对于嗜面人的昵称），而且会从面汤、面身、面浇头三方面去考究“道地不道地”。曹张老面馆就坚守着“三讲究”：面汤，一定是用整鸡、猪骨、鳝鱼骨等文火熬制的高汤；面身，一定是多搅揉了几回，在面机上多轧了几遍的，与舌尖接触时明显感觉到一种劲道、亲密；面浇头，花色品种也是多了去，而且总有一款是“面祖宗”们的欢喜。只见食客们，有的点了一碗白汤面，加上一盘雪菜肉丝浇头；有的点了一碗拌面，一份三鲜，边吃边赞个不停；有人则来了兴致，点上一碗白汤面，再加一个“蹄髈圆盅”，炒上一碟鸡蛋，可称标配矣。一碗拌面加姜丝、两碗红汤两圆盅……店门口那依然拿着算盘记账的店家老孔，吆喝声听上去格外亲切。门口还有不少人在等着翻台，有的等不及，干脆就在门口小凳子上，就一碗拌面一碗汤，几分钟完美。嘴一抹，齿颊留香，踩上电瓶车，淹没在上班族的车流里。

包子，无锡人早餐里的“主角”。熙盛源、王兴记、超王记的小笼包，鸿运大包、龙凤大包和功德林素包……一只只包子都在无锡人心心念念的情结里。在曹张里，那只包子叫“园园”，常红，好名气。梧桐树下包子店门口总是排起长长的队伍。包子出笼了，热气腾腾里，圆圆的包子好讨人欢喜；远道而来的人们总是十几个几十个一买，“大包小包”，满载归去。牛的是，园园包子铺只做三种馅：肉包、菜包、豆沙包。把一份专致和“用心”包进了馅里。特别是那菜包，人人都说“好吃”“道地”。

吃过早面，带点小菜回家去。小菜场里，人头攒动，讨价还价，买个称心如意；水产店里，鱼虾在盆里欢蹦乱跳，螃蟹在兜里吐沫私语；鲜肉店里，“帮我斩两斤草排”“我要这块五花肉”，吴侬软语和着斩肉、剁块、报价、扫码的声音，犹如市井生活里的交响曲。而那“阿三百叶”小店里，总有源源不断的人们光顾和牵记。

小街不宽的曹张里，总是人流、车流，川流不息，只因它是“无锡小吃里”。曹张手推馄饨、曹张鸡子大饼、华丰汤圆、阳山糕团、大饼油条、手撕面包、生煎包子，还有豆浆、锅贴、发糕、水饺、葱油饼、酸辣汤……不到八百米长的曹张里竟藏了几乎“吃遍无锡”的美味小吃。只要你想吃，总有一款在这里。而每一口都是儿时的回忆，每一道都是无锡的味道。怪不得，许多人说：走进曹张里，就像回到了“姆妈窝里”。

傍晚时分，曹张里又闹猛起来。民记茶餐厅、小顾藏书羊肉店、小伟百姓馆里，已是“吃货”盈门；或举家小酌，或老友小聚，或相约邻里，点上几道经典的锡邦菜，添上一盘花生米，无锡老酒“咪咪”，笑声荡漾在灯火里。而重庆老火锅、小龙虾、“麻得跳”……则成了年轻人“种草”的“打卡”地。一钩弯月挂上梧桐树梢头，直到夜宵休市，曹张里回到了她的静谧，人们枕着旁边的运河渐渐地进入梦乡里。

不远处，市区中心的商业繁华里；向南去，太湖广场的高楼林立里；抬头眺望，惠山顶上的龙光塔华光熠熠；就在身旁，锦绣江南的古运河生生不息。“望得见山，看得见水，记得住乡愁”。城市更新里，留住了曹张里这般烟火气，着实让人欢喜。烟火气里，延续着市井生活的印迹，蕴含着百姓生活的幸福和惬意。

# “锡式生活”里，蕴藏着百姓的幸福和惬意

元旦前夕，无锡再度入选“2021中国最具幸福感城市”，众人欣喜。前些日子，又见一对惠山泥人“阿福、阿喜”，那圆润、喜气、幸福感满满的模样，让人心仪。这“阿福、阿喜”，不就是无锡这座“最具幸福感城市”的见面礼，不正是“锡式生活”的形象、内涵和IP吗？“锡式生活”里，蕴含着百姓满满的幸福和惬意。

生活方式，狭义指个人及其家庭的日常生活的活动方式，广义指人们及其社会群体一切生活活动的典型方式和特征的总和。“锡式生活”，就是无锡百姓按照自己的方式去生活，并表现自己生活特征的一定方式。打开“锡式生活”，我们看到：

这是一种“浸润江南人文底蕴、饱含太湖山水滋养、共享工商名城繁华”的生活方式；

这是一种既有经济发达地区百姓生活的共性，又有无锡城市特征和百姓生活个性的生活方式；

这是一种“快城市”里慢生活、“烟火气”里高品质的生活方式。

正如这一对“阿福、阿喜”，会心一笑里洋溢着幸福的密码和惬意。

“锡式生活”啥模样？幸福密码在哪里？

## （一）“锡式生活”在有滋有味的人间烟火里

无锡百姓一天的生活，总是以一碗“老式面”、一碗小馄饨、一屉小笼馒头开启；小巷里的“老味道”，餐桌上的“锡帮菜”，可甜可咸三餐丰盛矣，这是舌尖上的幸福。“春赏樱花鱼虾鲜，夏沐荷风蜜桃甜，秋揽湖色螃蟹肥，冬品蜡梅老酒醉”，这是四季里的滋味。无锡百姓把“味道”称作“咪道”；无锡“咪道”有点甜，甜在味蕾，润及心底。烟火气中，老“咪道”里，生活总是这般甜蜜和惬意。

## （二）“锡式生活”在诗情画意的江南山水里

“太湖美，美就美在太湖水。”湖水依依；千年古运河抱城一环，碧波涟漪；惠山山麓梁溪河水，蜿蜒旖旎；“蠡湖烟雨”，贡湖湿地，“江尾海头”，云湖碧绿……“无锡充满温情和水”，山水秀丽。在水一方、繁衍生息；枕河人家、亲水乐居，已成无锡百姓生活的IP。

“四面青山皆入画，一年无日不看花。”徜徉在四季花海里，散步在江南园林里，“花里”“画里”日子过出了诗一般的写意。宋苏轼曰：“踏遍江南南岸山，逢山未免更留连。独携天上小团月，来试人间第二泉。”二泉水、紫砂壶、翠竹茶产于一地，如此盛境恐怕人间难有他地。无锡人喜欢把“喝茶”称为“吃茶”。“吃茶”的闲适时光，自在这壶泉茶的流连里，在这方山水的滋润里。

## （三）“锡式生活”在书香润泽的人文印记里

“风声雨声读书声，声声入耳；家事国事天下事，事事关心。”东林书院书声琅琅，灵山胜境钟声悠扬。耕读人家，书香门第，吴侬软语里，锡剧雅韵里，千年文脉在生命的长河里静静延续，润泽人们的心底。红色印记，工商传奇。名人故居里，小娄古巷里，聆听江南的风雨，品读家乡的故事。或许在文化的碎片里感悟人生的意义，或许在河畔的雨巷里邂逅一位“撑着油纸伞的丁香姑娘”，或许在翻动的书页里发现一个不一样的自己……平凡的生活里总有一份缱绻的心仪。

### （四）“锡式生活”在留住乡愁的美丽乡村里

这里是江南文明的发祥地，这里是吴地文化的荟萃地。江南老家是故乡，根在这方富庶的土地，情系魂牵梦萦的乡村里。小镇、古村、新居，粉墙黛瓦中“又见炊烟升起”；小桥、流水、人家，摇橹咿呀淌进“摇啊摇，摇到外婆桥”的梦乡里。布谷声声，稻花香里，传承江南习俗，沐浴乡土风情，将“生态、生产、生活”过成了活色生香的“二十四个节气”。改革春风里，见证家乡变异；绿色发展中，共享城乡一体。“望得见山，看得见水，记得住乡愁”；幸福，荡漾在阡陌田野和美丽乡村里；惬意，融化在共同富裕的小康生活里。

### （五）“锡式生活”在精彩纷呈的旅游场境里

当年中华游圣徐霞客从这里出发，以三十多个春秋的“行者无疆”，告诉人们“人生是一场旅行”。旅游即城市，旅游即生活。旅游已成百姓的一种生活方式，四季浸润在美好里：

春赏梅花梅园里，鼋渚春涛樱花雨。

阳山桃源蜜桃甜，惠山古镇寄畅意。

影视城中读传奇，拈花一笑品禅意。

流连湿地长广溪，光影流年影都里。

耘林阅府悦人家，旅居阳羡小镇里。

九龙湾里花四季，融创乐园欢乐地。

画里诗里到梅里，荡口古镇江南驿。

今夜“梁”宵南长街，飞马水城夜瑰丽……

城乡何处不是精彩生活的“打卡”地？

老街、新城、小区花园里，茶楼、咖吧、湖畔剧院里，时光总是可以这么静闲适意。彩虹道上“跑马”，蠡湖之畔骑行，运河岸边漫步，中山路上“嗨逛”……生活里总是迸发着时尚的气息。

在这里，随时可以遇见美丽：柳丝依依，谈一场甜甜蜜蜜的爱情；春色秋意，来一回说走就走的旅行；乡间民宿，享一份休闲时光的惬意；择水而居，过一个悠然自在的假期……“锡式生活”告诉世界：“诗和远方”，就在这里。

## （六）“锡式生活”在创业创新的激情涌动里

无锡，当年中国民族工商业的发祥地，当今长三角经济发展的繁华地。“会创业，爱生活”，锡商精神和情怀，已经刻在无锡人的骨子里，化在无锡人的生活里。在活色生香的生活背后，是对朝夕岁月的珍惜。善创业，无锡“无惜”；会生活，无锡“有戏”。愿意花更多的时间和精力去把创业和生活融在一起，投入其中，享受其中，书写创业的奇迹，诠释生活的意义。当下，美丽的太湖湾，又见科创的春潮兴起。“不断实现人们对美好生活的向往”，涌动的激情，融进建设“强富美高”新无锡的征程里，融入共筑“明天更加美好”的梦想里。

有一种美好叫“无锡”，有一种生活叫“惬意”。“锡式生活”，藏着百姓的欢喜和惬意，盈盈实实的获得感、幸福感蕴含在“锡式生活”里。“锡式生活”恰是无锡百姓高品质生活的代名词，已成“太湖明珠·江南盛地”——无锡城市形象的IP。

“人人尽说江南好，游人只合江南老。”无锡正以江南的名义、太湖的印记，诚邀“爱生活爱旅游”的人们走进无锡，融进“锡式生活”里；邀约“爱创业、爱生活”的人们一起来这里，共建美丽家园，共享“锡式生活”的美好和惬意。

“湖水依依盼君来。”无锡，已然是人们的创业、创新首选地，美好生活心仪地，旅游“网红打卡”地。

来吧！我在无锡等你。

# 拽住春天的“尾巴”，一起去赏花“打卡”

“四面有山皆入画，一年无日不看花。”就时赏花，已是无锡人的一种生活方式。可2021年的春天好不令人遗憾，疫情挡住了人们赏花踏青的脚步：错过了鼋头渚的樱花季，错过了梅园里的郁金香，没去成阳山赏桃花……只能在网上“云赏花”。云游不如身游，云赏哪及近赏，怎能了却赏花的美美心愿？当下，静默后的景区相继开放，暮春时的花儿不负众望，且依然芳华。出发！拽住春天的“尾巴”，一起去赏花，去那些鲜花盛开的地方“打卡”。

映山湖畔映山红。惠山古镇的杜鹃园里，无锡的市花——杜鹃花正开得烂漫。这个匠心制作的江南园林中，醉红坡上，云锦堂外，沁芳涧里，踯躅廊旁，“一园红艳醉坡陀，自地连梢簇蒨萝”，已是醉人、倾城。“江南好，争说杜鹃园。坡上醉红花欲语，泉边沁绿茗初焙，欲去更流连。”赏过身旁的杜鹃花，再去二泉茶室茗一杯新茶，去惠山古街吃一碗豆腐花，在寄畅园里听一曲吴韵戏曲，怎不流连，忘了回家？

赏杜鹃花，还得赶快去胡埭那边的九龙湾花彩小镇。花星球里，来自世界各地的千余株古树杜鹃正“满庭芳”。久留米杜鹃、平户杜鹃、映山红、满山红、羊踯躅……一树树花开，一树树芳华。“烟雨啼燃杜鹃红，绿叶相扶动春容”，赏着这遍野的映山红，又谁人不动容？当下赏花，当数紫藤花。九龙湾花星球里的紫藤花长廊间，紫藤花开灿若云霞；吟苑那处的紫藤花，宛如紫色的瀑布淌入静静的运河。而在蠡园，那株紫藤花却不见常见的紫色花瓣，花开似碎银。这是园主陈梅芳造园时亲手种植的，已有百年历史。花开时节，香气袭人，映入烟雨蠡湖，沁入湖岸游人。“紫藤挂云木，花蔓宜阳春。密叶隐歌鸟，香风留美人。”唯有紫藤花唯有蠡湖景，才配得上如此美妙的诗意情境啊！

鼋头渚的樱花刚刚谢幕，一种叫作“溪荪”的花儿已争相盛放。溪荪花，听来很陌生，它是鸢尾科鸢尾属植物，喜长于湖畔溪边。花色鲜艳，气味芬芳，像一只只凤蝶在太湖岸边翩翩起舞，低吟浅唱。而那充山隐秀处、诵芬堂周围的琼花已是悄然锦簇。对了，琼花不称一朵朵，而是一簇簇。琼花由八朵五瓣大花围成一圈，簇拥着中间珍珠似的白色小花，犹如八仙聚首。好一个“聚首”啊！我们聚首在太湖佳绝处，我们泛舟在湖光山色间，我们簇拥着岁月的芳华，再次唱响《太湖美》，如诗如画。

也许你没有赶上去梅园欣赏郁金香花，但当下的木绣球花正等你来“打卡”。与郁金香的色彩艳丽奔放不同，木绣球花正在绿白之间悄悄变化：初开时，深绿；渐渐地，浅绿；再晚些，已是白色，洁白如雪。变的是花色，不变的恰是花意。“绣球花簇玉团团，翠叶琼葩秀色攒。月下抛来牵情线，邀君趁兴且同欢。”这不，人们正邀朋呼友走进梅园，在小溪旁支起帐篷，在春景里摆起雅集，在山水间露营“撒欢”，脸上、心中开满欢乐的花。

荡口古镇，小河桥畔人家，古巷白墙黛瓦，开满了、挂满了木香花。白白的花，淡淡的香，点“靓”了古镇的暮春初夏。“本是木香香故里，何为人念念家乡”，花里、画里、家里；掬一捧花香，揽一抹书香，吟一首江南的歌谣；坐上一叶弯弯的小船，“摇啊摇，摇到外婆家”，驿江南，夜泊荡口，进入甜蜜的梦乡，仿佛回到了老家。

离古镇不远处，宛青荡旁，玫瑰园里，千朵万朵玫瑰开，引得人们“打卡”来。“折得玫瑰花一朵，凭君簪向凤凰钗”，瞧，花海里走来了谁家的新娘？无独有偶，惠山区那边的尚田农庄，玫瑰廊里玫瑰花，正开得情浓盎然；一路耳畔萦绕的情歌，似乎在讲述着从邂逅、一见钟情，到牵手相恋、执爱相伴的美丽故事。也许此时，你还会发现一个美丽的自己，邂逅美丽，邂逅爱意，邂逅心中那朵玫瑰花。

好久没去拈花湾了吧。梵天花海里，一片片金鱼草花在等候着你，她的花儿与金鱼相似，“像只鱼儿在花海间，只为守候人间四月芳菲天”。那虞美人如约而开，她的名字又叫“蝴蝶满园春”，她的花语是始终对生活抱有美好的憧憬。拈花湾里，拈花塔下，拈花湖畔，民宿客栈，香月花街，鹿鸣谷里……人们与花会心，与禅同行，拈花一笑，岁月静好。

“蔷薇蔷薇处处开”，满城芬芳入胸怀。在贡湖湾、尚贤河、长广溪湿地，运河公园、惠山古镇、古运河岸、动物园里，在阳羡茶园旁，在暨阳大地上，乃至在街头小巷里，处处盛开的蔷薇花织起了一面面蔷薇花墙，烂烂漫漫。“玉女翠帷熏，香粉开妆面。不是占春迟，羞被群花见。纤手折柔条，绛雪飞千片。”蔷薇花有点姗姗来迟，可她的花语恰是永恒的微笑。前来“打卡”合影、发朋友圈的江南女子们笑起来真好看，正像暮春初夏的花一样。蔷薇花“开到荼蘼花事了”，说的是，蔷薇花开，春事将阑。那就期待夏花的灿烂，守望着明天的美好。

“你一句春不晚，我到了真江南”，赏花，赏春，赏江南。春天永驻心坎，生活美好依然。

# 天青色等烟雨，<br>而我在无锡的春天里等你

三月里的小雨淅沥沥，四月天的无锡情依依。

春至江南，江南烟雨，

是迤逦，是氤氲，是旖旎，还是诗意？我正在这里等着你！

等你在太湖的浩渺烟波里：帆船点点，湖鸥翩翩，远山近水，水墨画意；让我们一起把太湖上甜甜的空气使劲地呼吸，再去“太湖佳绝处”的鼋头渚景区里赴一场樱花雨，让粉色的花雨浸润心底。《太湖美》的歌谣又在山水间响起。

等你在蠡湖的一叶扁舟里：一起去穿越斜风细雨，寻找当年范蠡西施的故事和踪迹；蠡园的湖堤上“一棵杨柳一棵桃”，桃红柳绿，意绵绵情依依；“拂堤杨柳醉春烟”的故事原来说的就是这里，也许此刻你已经忘了归去。

等你在拈花湾塔上的风铃声声里：香月花街上，何处不遇禅意？鹿鸣谷里，恍若与世远离；微笑广场间，笑得多么甜蜜；梵天花海里，雨后的格桑花百般娇滴千种艳丽，万只蝴蝶在花丛中自由自在地嬉戏。就在这里，把心放下，好好生活。此时，你或许会发现一个不一样的自己，拈花一笑，春风得意。

等你在惠山古镇里：“空山新雨后”，杜鹃花叶上血红欲滴，似闻子规声声啼；江南名园寄畅园的八音涧泉水叮叮咚咚，俨然一曲春天的神曲；“独携天上小团月，来试人间第二泉”，揣着心中那轮团月，

邀一掬二泉水，沏一杯明前茶吧，时光可以如此的惬意；徜徉在古镇的街上，江南的味道就在那一碗豆腐花里，久违的乡愁就在那一只惠山油酥里。

等你在三国水浒城的场境里："三英战吕布"，疆场上再现三国演义；紫石街角边，《好汉歌》又在耳边响起；一首《洛神赋》，诗画中重闻一声叹息……身临其境读名著，感悟旅行和人生的意义；一起坐上"战船"，驶进浩渺太湖里，驶进烟雨春天里，春色也已驶进我们的心海里。

等你在古运河水的涟漪里：清名桥上把古运河千年的故事尽收眼底。你在桥上看风景，人们却在欣赏你。"南朝四百八十寺"，南禅寺的楼台却在烟雨里。"三月桃花舟，杏花风雨后，你在舟中游，我在水边留"，暮色降临，一起融进桨声灯影里，融进"在水一方"的人家里，融入"月上柳梢头，人约黄昏后"的依稀里……

等你在小娄巷沁人心脾的书香里：邂逅一场小雨，青石板街上，斑驳陆离的粉墙上，溅起的雨滴，滴滴润泽在心里；崇安寺大自鸣钟的钟声悠扬，东林书院里书声琅琅，声声回响在小巷里。不经意，你还会遇见雨巷那头缓缓走来的，撑着油纸伞的丁香一般的姑娘……

等你在宜兴苍翠茫茫的竹海里：雨雾中的翠竹亭亭玉立、轻轻摇曳，犹如天上飘下来的一群仙女；慕蠡洞里，泉水涟涟；善卷洞口，彩蝶依依；采茶姑娘们歌落手起，茶香飘溢在铺天盖地的绿洲里，"天子不喝阳羡茶，百草不敢先开花"，此茶只应阳羡有啊！凡俗的你我，已经陶醉在那一把紫砂壶里，那一抹芬芳四溢的毫香里。

等你在游圣徐霞客的故里：华夏旅游，当年正是从江阴开启；如今，华西村里，美好生活在生动演绎；飞马水城，诠释着旅游度假的意义；江尾海头，鹅鼻嘴上，眺望大江东去；"竹外桃花三两枝，春江水暖鸭先知。蒌蒿满地芦芽短，正是河豚欲上时"，因为一江春水、一味江鲜，你一定会爱上这里。

等你在吴地的美丽乡村里：阳山桃花源，一场三月桃花雪后，万亩桃林愈加苍翠欲滴，枝头上正孕育着水蜜桃的讯息；山联村的那碗早面啊，乡味里满满的烟火气息；泰伯故里鸿山，江南老家梅村，乡亲们把浓浓的乡愁都当作馅包进了青团、麦饼里。荡口古镇的摇橹船啊，咿呀声声带你摇进水乡里。

白塔村的“白塔味道”，红豆村的相思树下，和平村的“平安人家”……一村一品或正是你的心仪；篱笆园、绿缘庄、鸣珂里、青螺居、水云居、龙隐江南、既见桑梓、山居壹聚、云居西村……一家家乡村民宿又见炊烟升起，今晚择一家“网红”民宿住下吧！

等你在江南无锡的四季里：“四面有山皆入画，一年无日不看花”，春天从梅园开启，梅花开罢郁金香；樱花雨伴桃花季，夏荷连连花菖蒲；秋桂飘香菊花黄，金色秋叶紫薰衣……这里是让你着迷的四季赏花地。当下，四月天里，玫瑰园的玫瑰羞羞答答，九龙湾的杜鹃映红一地，中东村的梨花满带春雨，运河畔的海棠胭脂点点……和烂漫春花来个约会吧，花海里也许会有一场艳遇，遇见春色，遇见美丽。

不负花期，亦不负美食兮。无锡春天的美食正在等着你，城厢边，小巷里，那太湖“三白”、荠菜馄饨、小笼包、青团子、玉兰饼、阳春面……定让你大快朵颐，且带回美美的记忆。

一场烟雨，半城花絮。在缱绻的四月里，你还可到无锡的南北四城门走一走：在薛福成故居，到民族工商博物馆，品读百年工商城的传奇；去华莱坞影都里，或遇一部大片正在开机；去融创文旅城里，在水世界、海世界、雪世界，在“飞越江苏大地”的刺激体验里，走进江南的四季。或哪儿都不去，就择一家客栈酒店，在楼一隅，静静地听雨，把一片落霞看到天黑，把一杯茶香品到无味，枕着古运河水睡去，进入江南的梦乡里。

朋友，一场疫情拉开了你我之间的距离，可我们的心一直在一起，和春天只有“一米”的距离。来吧！天青色等烟雨，而我在无锡的春天等你。

“人人尽说江南好，游人只合江南老。春水碧于天，画船听雨眠”，正好你来，正好我在，让我们一起共赴一场江南烟雨，共享一处绝世的美丽。

# 陌上花开，可缓缓归矣

## ——相约在无锡的春天里

不会忘记，2021年这个时候，我曾这样写道：“天青色等烟雨，而我在无锡的春天里等你。”可是因为疫情，大伙儿都只能窝在家里，错过了到无锡赏春的花季。鼠年疫情欠你的，辛丑春日还给你。太湖湾，锡城里，郊外地，春花烂漫正艳丽。陌上花开，可缓缓归矣。来吧，相约在无锡的春花季里。

“忽然一夜清香发，散作乾坤万里春。”无锡的花季是从梅园开始的。“俏也不争春，只把春来报。”凌着春寒怒放的梅花，邀上路边的迎春花一起，把“绿水青山皆入画，一年无日不看花”的花漾年华开启。

太湖佳绝处，樱花鼋头渚。这里，世界第三大赏樱地，正在上演樱花季。如云似霞，铺天盖地，粉色掩映在碧波青山里，荡漾着柔情的涟漪。晨赏、午赏、暮赏、夜赏，童话般的美丽总会惊艳到你，身临其中就像浪漫的梦境蕴入每个人的心里。来吧！赴一“场”太湖的樱花季，之所以说“场”，是因为实在很难再找到第二个量词来形容盛时的樱花了。三月的小雨淅淅沥沥，不如在这里沐一场樱花雨，粉色的记忆定会嵌入你骨子里。

“我在这儿等着你回来，等着你回来，看那桃花开……”歌声里，阳山的桃花朵朵开，满山遍地。走近桃花，五片娇滴滴的花瓣不紧不慢地张开，淡淡水粉色里还泛着一点红晕，掩映着初生的嫩绿细叶，叫人连带心情都被点成了艳丽。“桃之夭夭，灼灼其华”，与其说是花儿，倒不如说是女孩子绯红不自胜的面容，不仅美丽，而且开花、长叶、结果，如水蜜桃般的甜蜜，还有什么比这更好的生命轨迹？蜜桃小镇蜜桃村，“又见炊烟生起”。桃农家，民宿里，主人们捧出桃花酒，烹着桃花宴，招待归来的游子们：香椿炒鸡蛋、马兰拌茶干、葱油蚕豆、浓汤煮蛳螺、桃胶蹄髈、麦青团子、荠菜馄饨……满桌的春味，满心的芬芳。“人面桃花相映红”，你我欣然醉倒在花海里、梦乡里。

再去蠡湖湾，蠡园里。长亭外，湖堤上，看那一树桃花一枝柳，桃红柳绿，相映相依，怎不叫人心生欢喜？要寻春色，还须看柳。沉浸在桃红柳色里，泛舟烟雨蠡湖上，把当年范蠡和西施爱情的踪迹寻觅。柳丝依依情依依，转眼已是千年矣。当下你的心里，也许已在把缱绻不舍的往事追忆，把你生命中的那朵桃花那株柳树想起，上扬的嘴角洋溢着甜蜜。

当梅花悄悄谢幕之际，梅园里的郁金香已经如约而至，静静绽放绚丽。黄的、红的、紫的、粉的、白的，色彩各异，而绿色的叶片如同佳丽们的舞裙飘逸。置身在花园里，恰如在七彩的画里、浪漫的诗里。花儿亭亭玉立，有的嫣然低首含颌，羞羞答答滴，有的随风扭动腰肢，在媲美绮丽，有的则面对面凑在一起，像是在说着“高雅美丽”的花语。人生是一场旅行，旅行是一场“艳遇”。就在这里，就在无锡，你会“郁”见江南多彩多姿的美丽，还会遇见一个不一样的自己。

恋恋不舍地离开梅园，挥手向郁金香“佳丽们”致意；没多时，你也许已经徜徉在拈花湾的梵天花海里，波斯菊、硫化菊、芝樱花，纷纷摇曳着她们的美丽。人们总把她们喻作“格桑花”呢，格桑花，“最美丽的花”，还有“美好时光”的寓意。仪态万千的“格桑花”已然让你着迷，还会有几只蝴蝶和你不期而遇，拈花一笑的会意。在拈花湖畔，在香月花街，在微笑广场……无处不在的花境和禅意陪伴着你，“好好生活”，感悟“美好时光”的意义，自然会“拈花一笑”，把“你笑起来真好看”唱起。

十里春风起，花开江南盛地。沉浸在太湖的柔水里，漫步在无锡的时光里，已是俯拾皆是的花意和惊喜。

“梨花淡白柳深青，柳絮飞时花满城。”大浮乡、中东村的梨花雨，直润及你我心里那处柔软地。眼前的太湖水，脚下的芳草地，湖湾的新城区，当下的时光里，似乎一切都是那么柔软，那么温情和惬意。

“湖水依依花满蹊，千朵万朵压枝低。”九龙湾花彩小镇里，桃花、樱花、紫藤花、杜鹃花花开满地，更喜欢那“母亲花”鲁冰花的多彩和绚丽，吟唱着生命的意义。

“折得玫瑰花一朵，凭君簪向凤凰钗。”鹅湖玫瑰园，“羞答答的玫瑰静悄悄地开”，妩媚动人，娇艳欲滴。好想摘一朵插在她的秀发里，但可赏不可采也。不然DIY一下吧，把玫瑰花的爱意滴入玫瑰纯露中，融进芳香的玫瑰饼里。怀揣着暖暖的玫瑰花意，去向荡口古镇水乡里，弯弯的小桥弯弯的小船，“摇啊摇，摇到外婆桥”，摇到春意荡漾的心海里。

“枝间新绿一重重，小蕾深藏数点红。”长广溪，贡湖湾，红掩绿色中的海棠花涌入眼里、扑入怀里。她有一种叫作“离愁”的花语，成为游子对于家乡思念的寄寓。“吾心安处即故乡”，此时当你融进江南的春天里，也许已经忘了归去。

坐上画舫，游览古运河，把工商名城的传奇探秘，把枕河人家的故事寻觅。两岸的蔷薇花正向你致意，船在画中游，人在繁华里。水悠悠，船悠悠，锦绣江南已驶进你的心底。

在爬蔓月季花的南长街上、小娄巷里，或临窗而坐，沏一杯明前茶，喝到无味的境地，或走进酒家里，点几个地道的无锡菜，品味无锡的甜咪咪，或择一客栈，把心放下，憩息在万家灯火里。

到郊外乡村的田野里踏青去，宜兴杨巷镇、太华镇，江阴华西村、君山湾，锡山的山联村、严家桥、惠山区的尚田农庄，阡陌乡野里，油菜花海泛着金黄的涟漪。春雨在菜花那精致的花瓣上洒下亿万颗珍珠，圆润、明盈，令人直想把那股清香深深地呼吸。“油菜花开满地黄，丛间蝶舞蜜蜂忙”“儿童急走追黄蝶，飞入菜花无寻处”，你已沉浸在乡愁里。而“天子须尝阳羡茶，百草不敢先开花”，宜兴茶园里，采茶姑娘笑声逐起，斗山矮脚雾中的油菜花地有着朦胧诗意。“雾里看花”，平添一份乡间生活的乐趣。

“杜鹃花里杜鹃啼，浅紫深红更傍溪。”惠山古镇里，天下第二泉旁，杜鹃花进入盛放期，一丛丛，一片片，杜鹃花开红艳艳；竟有一处叫“醉红坡”的“网红打卡”地。无锡人爱杜鹃直是爱到了骨子里，将她捧为“市花”呢，或许喜欢的就是生活如杜鹃花这般红红火火，花漾舒意。连惠山泥人的名字，也叫作“阿福”和“阿喜”。

“枝上子规啼夜月，园中粉蝶宿花丛。”子归声声啼，仿佛在唤你，“陌上花开，君可缓缓归矣”。不对，该是早早归矣，别再错过江南春天的花季，邀你融进太湖的花漾时光里。

“若到江南赶上春，千万和春住。”归来兮！让美好的相遇进驻心里，把江南的春天留在岁月里。

# 后语

本书汇编了我多年写下的散文。为什么取名“旅游即美好”呢？朋友们说“可以起个更雅致的书名呀”。因为我的第一本书叫“旅游即城市”，第二本书叫“旅游即生活”，从事旅游业三十余年，一直在探究，也一直在书写我的旅游“三部曲”，所以此书取名“旅游即美好”。

旅游业是美丽的事业，旅游业是幸福的产业；发展旅游业就是要不断满足人们对于美好生活的向往。于是，旅游、旅游业，成了我的挚爱，亦是我三十多年执着的追求。

《旅游即城市》以论文为主，记录的是我对新时代怎样做旅游的思考和实践。2004年，我在国内首提“旅游即城市”的理念，得到了社会各方的认可；以“旅游即城市”的理念指导所在城市——无锡——旅游的发展实践，激励着我在深爱的这片土地上践行、耕耘，和大家一起谱写“无锡是个好地方”的美丽篇章。

《旅游即生活》以杂谈为主，选编的是我对“旅游是一种生活方式”的心得文章。旅游，到底是什么？当年“中华游圣”徐霞客从无锡江阴的家乡出发，以三十余个春秋的“行者无疆”告诉我们：旅行，是一种生活方式。于是在旅行的路途上、在工作的日常里，我总是在思考、探索“旅游该是一种什么样的生活方式；旅游，怎样满足人们对美好生活的向往”；写下了点点滴滴、方方面面的心得，纵论杂谈，并和大家一起躬行“旅游让生活更美好”的畅想。

《旅游即美好》则以散文为主，汇集的是我对“旅游让生活更美好”的感悟文字。一路走来，一路随想，一路笔耕，书写的是生活日常的琐琐碎碎，抒发的是对美好旅游的心心念念，更想和热爱生活、热爱旅游的人们分享，一同感悟“生活如此美好”。

旅游是一种发现。带着欣赏的心境在路上，我们欣然地发现四季别样的美丽，感悟着时光曼妙、岁月静好。

旅游是一种体验。人间烟火气，最抚凡人心。带着快乐的心情在路上，我们愉悦地体验家乡的滋味，邂逅生活的甜美。美丽的乡愁，温暖心头。

旅游是一场对话。一草一木皆风景，一枝一叶总关情。带着审美的情怀在路上，阅一路山水，赏一季花开。

旅游是一场遇见。带着感动的情怀在路上，“见境见物见生活”，境由心生，心随物动；入眼的是景物，感动的是生命。

旅游是一种感受。我们是行者，身体和心灵总在路上。路途纵有坎坷崎岖，且有风霜雨雪，但美好无处不在。只要用心去感悟，以爱去感怀，我们依然能够感受到生命那份最初的纯真和当下生活的美好。

人生是一场旅行。从青葱岁月到蹉跎岁月，从激情燃烧的岁月到素时锦年的岁月，怀揣美好，即使岁月如流，我们的内心将永远洋溢着灿烂的阳光。

“生活不止于眼前的苟且，还有诗和远方。”心之所向，身之所往。愿我们一路毅行，风雨兼程，去发现美、遇见美、感受美、追求美、创造美，奔赴心中的“诗和远方”。